그대는 그대로 가게

# 그대는 그대로 가게

성혜정 판타지 힐링 소설

맑은샘

# 차례

지금도 너는 네가 바라는 모습으로 포장되어 걸어가고 있어. 겉과 안이 달라도 너는 그대로 너야. 문제 될 건 없어. 아무것도 틀리지 않았어. 하지만 오늘 넌 문득 숨기고 싶은 모습을 보여줄 시기가 왔음을 느껴. 감추고 싶지만 보여주고 싶은 이야기가 있을 거야.

우리 안의 양분된 감정들의 혼란을 타인의 도움으로 멈추어 바라보고 싶지만 가족, 친구, 병원, 심리 상담 센터, 각종 종교, 템플스테이, 타로카드, 점집 등 속마음을 털어놓을 수 있는 많은 곳들에 막상 날 꺼내 늘어놓기엔 몹시 불안해져. 대단히 재미있거나 신기하지도 않을 거고 일상을 뒤흔드는 문제들 때문에 해결방안을 찾는다고 판단하기엔 명분이 꽤나 부족해. 환자 인증 서류 같은 처방전을 쥐고 약국에 가서 내밀기도 싫고, 처음 만난 사람들에게 눈물을 보여주는 일도 그다지 경험하고 싶진 않아.

재미없는 인생 이야기를 특별하게 이해하려 경청해 주는 사람을 만나고 싶다면 편의점처럼 부담 없이 드나들 수 있는 가게가 여기 있어. 비정상적이고 쓸데없는 말만 늘어놓아도 되고, 각종 심리 검사들로 시험을 치르지 않아도 되는 곳. 커튼으로 가려진 창문이 있는 벽 아래 네모난 구멍을 사이로 듣고 싶은 말을 해주는 곳.

시간의 흐름, 하늘과 우주, 죽음과 윤회, 영혼의 실체, 벗어나고 싶은 중력, 언젠가 사라질 나와 모든 사람들, 바람에 흔들리며 낙하할 듯 말듯한 빨래 등 멈추지 않는 크고 작은 생각들과 끝없는 불안, 자잘한 의문들과 흔들리는 마음을 털어놓기 마땅한 곳. 그 판타지 같은 장소가 여기 있어.

앞뒤가 엉킨 서툰 어휘력도 괜찮아. 침묵의 눈빛으로 "그래서 어쩌라고?" 같은 반응이 두려워서 못할 말도 없어. 눈치 볼 필요도 없어. 초능력을 파는 사람과의 비대면 교류니까.


내가 조잘대는 모든 것을 듣는 동안 날 위한 그림을 그리는 그 사람이 있는 곳은 우리의 소망을 그대로 이뤄줄 신묘한 그림을 파는 가게야. 가게 주인의 초능력 진위 여부를 파헤치러 갔다가도 소망 실현을 기대하며 그대로 쉬다 가는 곳. 가게 주인과 손님들의 티키타카 혹은 불신과 환희가 오가는 일상을 같이 들여다보면 잠시나마 고단한 마음이 잠들고 우리 기분은 몽글몽글 달달한 구름일 거야.

1장

사 장 님 소 개

안녕하세요. 그대는 그대로 가게 주인 샐리 메스머입니다. 예명이에요. 손님들 이야기를 실컷 들어 줄 텐데 손님을 만나기 전 제 이야기도 좀 지껄이고 싶어요.

성별은 여자고요 나이는 비밀입니다. 고객들에게 친근한 이미지로 다가가고 싶으면서도 신비스러운 느낌도 보여주고 싶어요. 일관성 있는 진중한 모습과 예측할 수 없어 궁금증을 불러일으키는 매력을 모두 갖고 싶은 사람입니다. 낯을 좀 가리지만 나대는 것을 좋아하고요. 친하지 않은 사람과 긴 시간 눈을 마주 보며 이야기하는 것을 어려워하지만 초면에도 고민상담은 자신 있습니다. 익숙하지 않은 상황에 많은 불안감을 느끼며 스스로를 채근할 줄 알아서 새로운 환경에 씩씩하게 적응은 잘해낸답니다.

충동구매는 거의 안 하는 편이고요. 갖고 싶은 물건을 직접 가졌을 때보다 타인에게 선물할 때 더 행복해요. 상대방이 예상하지 못한 물건을 제가 또 기가 막히게 잘 골라서 선물해 주었을 때 그 사람이 느끼는 행복을 나눠 가지며 만족하고 행복해합니다.

최근 흰 머리카락이 한 개씩 나타나서 슬퍼요. 내가 벌써? 아니야. 그럴 리가 없어. 며칠 자고 일어나면 백발이 되는 건 절대 아닐 거예요. 흰머리가 꽂혀있는 내 머리통을 잊어버릴 즈음, 그러니까 아주 나중에 아주 가끔씩 또 한 개의 흰머리를 만나게 될 거라 믿을 거예요. '지금 뽑은 흰 머리카락 한 개는 당장 잊어버릴 겁니다.'라고 스스로 다짐해 놓고 물기가 남아있는 화장실 거울 벽에 머리카락을 붙여 보았어요. 보기 싫은데 자세히는 보고 싶은 모순된 감정이 자주 들끓어요. 하지만 크게 상심하지 않아요. 앞으로 오랫동안 흰머리를 못 볼 거라 믿을 거라니까요.

한여름에도 따뜻한 차를 주문하는 편이지만 갈증 해소에는 역시 차가운 액체예요. 아이스 음료를 10번 마시고 싶다면 2번이나 3번만 마시고요 나머지는 따뜻한 차를 마셔요. 찬 음료를 욕심내서 많이 마셨다가는 설사병이 날 확률이 높아지거든요.


예쁜 여자보다는 키 큰 여자를 부러워하고 키 큰 남자보다는 키 작은 남자에게 호감을 느끼는 편이에요. 몇 년 전에 195cm가 넘는 남자와 데이트를 한 적이 있었어요. 저도 작은 편은 아닌데도 그 남자의 시선에 머무르기 위해 하이힐을 신었었죠. 13cm 높이의 하이힐에 올라타 붕붕 떠다니는 산책 속에서 힘겹게 좋알대는 내 이야기를 그가 제대로 들어주지 않았어요. 미간을 찌푸리며 고개를 숙이고는 "뭐라고? 잘 안 들려."라고 하는 그의 말에 장신남과의 거리감을 제대로 느껴버렸지 뭐예요.

창고에 식료품은 예쁘게 쌓아 두지만 스트레스를 마음에 많이 쌓아 두진 않아요. 눈치 채셨겠지만 화제를 빠르게 자주 바꾸며 생각의 분위기를 전환시키는 것을 좋아해요. 다양한 나의 매력을 알아주십사 키워드를 뿌려대지만 단시간 안에 나를 깊게 파악하는 사람이 나타나면 나를 얼른 숨기고 싶어요. 사실은 좋은 말만 듣고 싶고 호감만 사고 싶은 거죠.

사람들이 날 나쁘게 오해하는 상황이 생겨 수많은 공격들이 빛의 속도로 스트레스가 되어 쌓이려 할 때면 드라이브를 가요. 주변 사람들 사이에서는 알아주는 베스트 드라이버가 저거든요. 운전 실력은 최고여도 미친 음주 운전자가 순식간에 날 받아버리면 구급차가 오기도 전에 죽어버릴 수 있을 테죠. 그래도 자주 달려요. 백 프로 안전한 순간과 상황은 없는 거니까. 불안해서 가만히 있다가 아무것도 못 하고 죽으면 억울하니까요. 사실은 조수석이나 뒷좌석에 앉은 날이면 멀미를 심하게 해요. 동전요법으로 손가락에 동전을 잘 붙이면 멀미를 거의 안 하지만 컨디션 난조거나 공복일 땐 동전요법도 소용이 없어요. 최근 멀미안경이라는 물건을 인터넷에서 봤어요. 정말 그 안경을 쓰면 멀미를 안 할까요? 아무튼 제가 운전을 하면 멀미를 안 해요. 신기하죠. 그래서 더 드라이브가 좋아요.

옷은 단정하게 입는 것을 좋아하는데 유니크한 포인트 아이템 하나쯤은 욕심을 부려요. 투 머치 하다는 평가를 들어도 믹스 앤드 매치로 난 소화했다고 확신해요. 외국어 하나쯤 잘하면 멋질 것 같지만 언어 공부하기 싫어요.

악기 하나쯤 잘 다루면 멋질 것 같아서 기타를 배웠었는데 손에 물집이 잡힐락 말락 하다가 방구석에 기타 혼자 세워 놓고 사진 찍을 때 소품으로만 쓰다 보니 다 잊어버렸어요. 너에게 난 나에게 넌, 섬집 아기, 나 항상 그대를 등 명곡들을 어설프게나마 연주했었는데 기타 맨 아랫줄 한 줄로 로망스 띵띵거림만 가능해요. 그마저도 흐릿해져 가요. 언젠가 다시 기타를 연습하리라 마음먹으면 줄도 새것으로 바꾸고 낡은 악보 종잇조각들도 코팅할래요. 그때까지 기타가 잘 기다려 줄지 아니면 먼지다듬이의 집으로 타락할지 몰라서 심란하긴 해요.

내가 누구인지, 내가 죽으면 우주가 사라지는지, 사후세계는 존재하는지, 예지몽의 신비함은 어떻게 설명할 수 있는지 등등 심오한 미스터리들에 호기심이 많아요. 감정은 밑바닥의 우울함과 저세상 하이텐션의 반복들로 조울증이 의심되기도 하지만 명상과 자기 합리화로 통제가 잘 되는 편이에요.

떠오르는 순서대로 제 이야기를 나름 써보았는데 자기소개라는 건 객관적이기 힘든 것 같아요. 다른 사람들이 나라는 사람에 대해 발견해 주고 말해주길 바라는 내용들만이 자기소개에 꽉 들어차 있네요. 나에 대한 호기심이 어느 정도 걷어졌나요? 맥락 없는 사적인 이야기들로 지쳤거나 내가 더 궁금해졌거나 둘 중 하나일 거라 예상해 봅니다. 후자였으면 좋겠어요.

이제 내 가게에 대한 일 얘기를 시작할게요. 공과 사는 구분해야 하니까 일 얘기는 조금 진지한 궁서체 느낌으로 말해보려 합니다.

저 샐리 메스머는 가게를 창업하였습니다. 작은 가게에서 그림을 팝니다. 그림에 초능력을 담고요, 초능력이 담긴 그림을 팝니다. 미리 그려놓은 그림은 없습니다. 내담자와 상담하면서 우리가 소통하는 순간에 그려낸 그림을 팝니다. 심리 상담을 전문적으로 잘 해내기보다는 초능력을 앞세워 나오는 자신감으로 상담을 하니 내담자라는 표현보다는 편하고 친근하게 손님이라고 부르는 것도 좋겠습니다. 손님의 존재가 더 친근해지면 호칭이 바뀔지도 모를 일이죠.

방 가운데 가벽을 설치하였고 가벽 밑쪽에 그림을 주고받을 수 있는 작은 통로가 있습니다. 벽을 사이에 두고 손님과 저는 비대면으로 이야기를 나눕니다. 가벽은 허공에 떠다니는 환상 같은 나의 미래처럼 불투명할 때도 있지만 우리의 목소리는 투명하게 전달할 줄 아는 똑똑한 벽이라 신뢰해도 좋습니다. 벽 중앙에는 창문이 있습니다. 얼굴을 마주 보고 이야기하고 싶은 분들을 위해 설치해 두었지만 대부분 상담자와의 대면이 부담스러워 이곳까지 오신 분들이라 저의 얼굴을 궁금해하시지 않는 편입니다. 그래서 두껍고 어두운 암막 커튼으로 가려져 있습니다.

손님이 고민과 소망을 제게 설명해 주시는 동안 저는 그분의 감정을 같이 느낍니다. 공감하려 노력하는 수준이 아니라 감정을 복사+붙여넣기 한 것처럼 느낄 수 있어요. 신비하죠. 이 또한 저의 초능력이라 말할 수도 있겠어요. 원하는 상황을 스스로 정확히 인지하지 못하신다면 제가 알아내어 진심을 담아 그려내고 상담이 끝나면 벽 아래쪽 작은 통로를 통해 그림을 드립니다. 손님은 제 그림을 관찰하고 그림이 본인의 미래의 이미지라 믿어주고 확신하면 그림 안에 담긴 소망은 그분의 현실이 됩니다.

우리의 상담 시간에 그려진 그림은 미래의 실감 나는 예고편이 됩니다. 얼굴도 보지 못한 채 마음을 나눈 사람이 그린 그림을 통한 시각적인 자극을 긍정적으로 해석하여 마음에 담는 일은 생각보다 어렵습니다. 무조건적인 믿음으로 소망을 이뤄낸 분들은 나의 초능력을 신뢰하고, 의심과 불신으로 그림을 제대로 관찰하지 않는 분들은 사기라 치부하며 죽을 때까지 나를 다시 찾지 않을 테죠. 그래도 저는 괜찮습니다.

초능력의 실체를 경험한 사람들은 언제나 원하는 미래를 정확하게 가질 수가 있죠. 처음부터 믿는 사람들은 반드시 경험할 수 있는 효력이니 당신도 날 믿어야 신기한 이 느낌을 공감할 수 있습니다. 지금부터 저 샐리를 믿어보세요. 저는 의사도 아니고 심리 상담사도 아니며 무속인도 아니고 종교도 없습니다. 그냥 샐리이지만 초능력은 분명히 여기 존재합니다.

확실한 바람은 있으나 수단과 방법의 자세한 과정을 고민하는 것에 에너지를 낭비할 필요가 없습니다. 과정은 그다지 걱정하지 않아도 충분합니다. 소망이 이뤄진 기분만 미리 느끼시면 됩니다. 씨를 뿌리고 햇볕과 비를 만나 땅 밖으로 싹이 틀 때까지의 시간을 기다려 주세요.

그림을 구입한 날 이뤄질지 며칠 후에 이뤄질지는 확신할 수 없습니다. 하지만 언젠가 반드시 이뤄질 소망을 제 그림 안에서 또렷하게 바라보세요. 그림이 미래가 될 거라 믿기만 해도 이뤄진다면 세상에 안 될 것도, 못할 것도 없다고 비아냥대며 찌푸린 미간과 욕설을 쏟을 혀가 어둠의 춤을 출 동안 누군가는 원하는 미래를 미리 맛보고 만나게 됩니다.

행동 없는 믿음은 힘이 없다고 믿고 있나요? 그 믿음은 언제부터 얼마나 단단했나요? 어린아이가 산타를 믿듯이 순수하게 믿어주세요. 이것이 현실적인 어른들에게 얼마나 어려운 일인지 알지만 그 어려움을 걷어내면 믿을 수 있어요. 당신이 나를 백 퍼센트로 믿는 순간 그것은 행동 없는 믿음이 아닙니다. 행동은 나의 초능력이 대신하죠. 잘 될 가능성이 없다? 가능성은 제가 만듭니다.

일대일 예약 후 가게로 찾아온 손님은 저와 단둘이 가게 안에 있게 됩니다. 단둘이면서 혼자 있는 편안함도 느낄 수 있는 아늑함과 부담감 없는 공간을 연출해 두었습니다. 마음속 진짜 이야기들을 여과 없이 투명하게 잘 꺼낼 수 있도록 이완된 몸과 마음을 돕기 위한 소품들도 깨알같이 구비했고요. 꾸준히 추가, 재정비 예정도 있습니다.

정서 안정에 좋은 클래식 음악을 들려드릴 수도 있고 제가 분노가 치밀 때 안정을 찾기 위해 자주 찾아 듣는 파도소리, 빗소리, 장작불 타는 소리, 새 소리 등 자연의 소리 배경음도 재생 목록에 있습니다.

따뜻하고 자극적이지 않는 기분 좋은 향이 나는 차, 각종 비상약과 최신 정수기, 끈적임과 오염이 없어 손이 가는 담요, 전기장판과 에어컨, 물티슈로 자주 닦을 수 있는 가죽 방석, 옛날 아파트 현관에 붙어 있던 우유구멍 크기의 동그랗고 귀여운 여닫이 환기창, 샤워기 온도만큼이나 섬세하게 조절할 수 있는 조명 밝기와 색상, 편한 사람과 통화할 때 심심한 내 손이 그려내던 추상적인 드로잉을 재현할 수 있는 메모장, 필기도구, 절대로 한 개만 먹을 수 없는 마이쮸, 땅콩카라멜, 빼빼로 그리고 피로함을 씻어낼 커피, 푹신한 슬리퍼, 안대, 목소리 음량을 조절할 수 있는 종이컵과 실로 만든 전화기와 블루투스 마이크 등 벽을 사이로 얼굴을 마주 보지 않아도 편안하게 소통할 수 있게 하는 모든 것을 준비할 겁니다. 방 뒤로 쉽게 드나들 수 있는 화장실도 청결과 방음이 보장되오니 걱정 마세요.

혹시 말을 꺼내는 것조차 지치고 귀찮지만 저의 초능력이 궁금하신 분 계신가요? 아무 말도 하지 않고 숙면을 취하고 나가도 아무 그림이나 받고 싶고 그림의 내용과 효력을 기대해 보고 싶으신가요? 이곳에 들어와 잠들기 직전까지 원하는 바를 계속해서 떠올리다가 잠드세요. 목소리가 들리지 않아도 흐릿하게나마 당신의 감정을 그려낼 수도 있거든요. 하지만 자세히 이야기해 주면 더 정확한 그림을 그릴 수 있어서 상담을 권하는 것뿐입니다.


내가 있는 곳에 찾아와 하고 싶은 이야기를 실컷 하고 가세요. 당신의 말이 내 손을 움직이게 하고 우리가 함께 느낄 감정을 효과적으로 담을 수 있어요. 무한한 초능력을 품은 그림의 영향으로 그 안에서 힘들지 않을 수 있습니다. 제 가게에 오시기 전에 무슨 말을 어떻게 해야 하는지 생각 정리가 잘 안 되나요? 혹시 해결할 수 없는 일을 노려보고 있나요? 하기 싫은 일을 억지로 하며 갇혀있나요? "견디세요.", "과감히 도망가세요." 따위의 말들이 전혀 도움이 되지 않아서 분노가 치밀었나요?

바쁜 시간을 쪼개어 여행을 가고 좋은 사람들과 좋은 시간을 보냈지만 행복한 기억의 힘으로 버티는 것도 금세 힘들어질 만큼 우리의 일상이 찐득찐득하다는 걸 잘 알고 있어요. 여행을 위해 준비했던 예쁜 새 옷이 시간이 한참 흐르고 보니 초라하고 낡아 보여 힘이 없어졌나요? 함께 여행 갔던 소중한 사람들도 나도 언젠가 사라질 존재들이기에 이별이 문득 두려워지나요? 모든 순간이 마지막일까 봐 아쉽고 안달 나나요? 행복한 시간들이 과거가 되어 마음이 편안하기도 하고 불안하기도 하나요?

과거는 바꿀 수 없어 그대로 보존되니 행복은 안전히 잘 있는 것일까요, 아니면 행복의 순간은 흐려지고 멀어지고 날 미래로 밀어내서 그 시간이 그리워지고 힘들어질까요? 원하는 답은 정해져 있는데 항상 좋은 쪽과 나쁜 쪽 두 가지 이상의 예시들을 늘어놓고 심각해졌다가 괜찮아졌다가 도대체 어떻게 누구에게 자세히 날 설명해야 하는지 모를 때가 많아요.


우리는 다른 생각도 많이 하지만 같은 생각도 많아요. 문제 삼지 않으면 문제 되지 않는 일들로 힘들어할 때도 심각한 문제 앞에 갑자기 초연해지고 싶을 때도 모두 괜찮으니까 아무 때나 만나요. 다양한 삶 속에 흘러가는 사람들의 이야기를 듣고 싶어요. 잔잔하고 쉬운 손님과 까다롭고 어려운 손님 모두 다 반가워요. 무서운 손님도 체험하고 싶어요.

지난주에 우연히 일상 속 길에서 보았던 그 사람. 나에게 와주었으면 하는 사람이 떠올라요. 극단적으로 심각한 수준의 고민이 있을 것으로 의심되는 자가 있어요. 그 사람은 나의 가게 영업 글을 읽고 '내 이야기구나.'라고 느껴지면 그때 오세요. 당신이 오면 어떻게 될지 미리 맛보기로 써 볼게요.

죽을 때까지 발설해서는 안 되는 사건이나 비밀을 언젠가 한 번쯤은 꺼내놓고 싶은 적 있나요? 아무도 눈치채지 못하게 내 안에 넣어두었던 비밀에 걱정과 불안들이 달라붙어 커질 대로 커져서 장기들을 짓누르는 돌덩이로 변해가나요? 주저 말고 나한테 와요. 나는 달라요. 사람들을 치료할 수 있는 전문가도 아니고 사람들을 아프게 하는 사기꾼도 아니지만 너를 도와줄 수 있어요. 당신은 아무에게도 피해를 주지 않고 당신의 문제를 해결하게 될 거예요.

나는 가게 주인이고 손님의 감정을 동일하게 느끼며 당신들이 마음으로만 그리는 미래를 너를 위해 그려 보여 줄 거니까. 모든 판단과 해결책을 이미 갖고 있지만 혼란스러워 멈춰있는 너에게 그림은 잘 알고 있지만 모른 척하고 싶었던 것까지 그려낼 테니까. 그때 마음 놓고 불안을 멈출 수 있을 거라는 것을, 옳은 결론을 내릴 수 있도록 내가 도와줄 수 있다는 것을 이미 알고 있지? 무슨 말을 하는지 어떤 의도인지 잘 이해가 되지 않아도 오세요. 마음속 흐림을 선명하게 해줄 수 있답니다.


음. 지금은 일요일 밤 10시가 넘었어요. 내일부터 본격적인 가게 운영을 하기 위해 준비는 이미 며칠 전 마친 상태예요. 아. 본격적인 가게 운영이라기보다는 가오픈이라고 해야 할 것 같아요. 예약제로 운영할 가게의 첫 손님 예약은 이틀 후, 그러니까 다음 주 화요일에 잡혀있어요. 내일은 아는 사람들이 가게에 손님 역할로 와주기로 했거든요. 하루 정도 나를 면박하지 않고 무조건 믿어줄 지인들과의 연습으로 근무를 대체하는 것도 나를 위해서 나쁘지 않다고 생각했어요.

일면식도 없는 분들을 만나 초능력을 판매하며 도움을 드리는 일에 대한 설렘과 기대감으로 일을 벌여놨는데 막상 시작하려니 두려움이 생겨요. 초능력에 대한 존재는 확실한데, 많은 사람들이 나를 믿어주지 않으면 어쩌죠? 타인의 감정을 동일하게 느낄 수 있다는 자신감도 뭔가 불확실한가 의심되고, 잘못된 그림을 그려내면 어쩐담. 한 가지 걱정을 하면 걱정의 잔가지들이 무성히 자라나서 두려움 덩어리가 되는 것 같아요. 몸속에서 날아다니는 두려움이 겉으로 터져 나오지 못하도록 피부가 막고 있는 느낌이랄까. 두꺼운 피부 장벽을 뚫고 나오려는 두려움들의 모양은 동그랗고 색깔은 붉은색이었어요. 하… 속에서 뜨겁게도 끓더니 결국 얼굴 피부를 뚫고 나오며 날 괴롭히다니….

갑작스럽게 튀어나온 피부 트러블들이 안에서 돌아다니던 두려움인 걸 눈치채고는 꼴 보기 싫어서 나머지 두려움은 뚫린 구멍으로 나가버리라고 입을 열어 한숨으로 토해냈어요. 아직도 빠져나가지 못한 잔뜩 성이 난 나머지 두려움들은 지독한 냄새를 풍기며 내보내 달라고 비는 것 같았어요. 못된 두려움들은 제발 날 떠나주길. 당장 화장실로 달려가 변기에 앉고 밑을 열어 내보내고 나서야 속이 좀 후련했어요.

나의 초능력은 확실히 존재해요. 하지만 지금 가진 것이 영원한 내 옵션일 수 없다는 불안한 생각과 걱정은 누구나 한 번쯤은 하잖아요. 가게 오픈을 앞두고 긴장해서 잠깐 마음이 약해졌던 것뿐입니다. 나의 불안한 모습은 잊어주세요. 자신을 가장 먼저 믿어줘야 많은 사람들에게 믿음을 살 수 있겠죠.

다시 한 번 새로이 마음을 붙잡고 소중한 가게의 빛나는 운영자가 되기를. 수많은 사람들의 예약이 밀려들고 모두가 만족해서… 아… 아니… 모두가 나를 믿고 좋아할 수는 없겠죠. 너무 현실적이지 않은 꿈은 꾸지 않겠습니다. 대부분. 대부분의 사람들이 나를 믿고 내 초능력 그림의 영향력 안에서 행복해지기를.

이 마음을 담아 나에게 선물할 그림을 먼저 그리겠습니다. 무르고 진하게 4B 연필로 슥슥, 간결하고 선명하게 HB 연필로 슥슥. 플러스펜, 네임펜, 붓펜, 볼펜 그때그때 어울리는 도구로 툴도 따고, 연필스케치는 지우개로 지워내고, 미니 빗자루로 지우개 가루들을 싹싹 모아 쓰레기통으로 슝. 쓰레기통에 담긴 지우개 가루들에도 초능력 가루들이 조금씩 흩뿌려져 있네.

이 그림은 특히 진해요. 초능력이 깊게 젖었어요. 가게의 미래 모습을 오래전 찍어둔 사진 같아. 행복해. 가치 있는 가게와 감동 품은 운영자. 그게 바로 이 가게와 나의 이야기. 바로 지금 여기서 시작합니다.

2장

임시 영업일

월요일입니다. 직원으로 근무하는 것에 익숙한 제가 처음 사장으로 첫 출근을 해봅니다. 상사의 지시 아래 업무를 이행하는 회사의 소모품 같았던 내가 드디어. 나 없으면 존재할 수 없는 직장으로 첫발을 내딛다니 인생에서 잊지 못할 두근거림의 순간으로 입장합니다. 걱정이 많지만 기쁨으로 걱정을 밟고 뚜벅뚜벅 몇 걸음. 빨리빨리 걸었어요. 빨라진 발걸음에 발바닥에는 기쁨만이 묻어있고 뒤쪽으로 밀려난 걱정들은 조용히 날 응원하고 있어요. 자신감 있는 출근길입니다.

가게 입구에 있는 깨끗하고 반듯한 계단은 나를 가게 내부로 안전하게 넣어주고 계단 양쪽에 핀 장미들은 영원히 시들지 않아요. 조화니까요. 여러 송이의 조화끼리 조화롭게 조용히 자리를 지키고 있어요. 바람이 불면 흔들리겠지만 뽑히진 않을 거예요. 날 닮아서 튼튼하고 강하니까. 하지만 가짜 꽃이죠. 지나친 애정이 쏟아지지 않게 감정의 문을 잘 단속해야 할 것 같아요. 난 진짜니까요. 진짜와 가짜의 감정 교류는 한쪽으로 치우칠 테니까. 불공평한 사랑을 감내할 잔정은 없어요. 저는 조금 이기적이고 냉정하니까요.

생각이 너무 많죠? 계단과 꽃들만으로도 의미 부여와 이야기를 가득 담고 싶은 나의 첫 가게니까요. 고풍스러운 창호지 문을 열고 내부로 들어가 청소를 해요. 눈에 보이지 않는 먼지 정도는 눈감아 주겠지만 벌레나 온갖 바이러스의 침투는 허용되지 않는 공간입니다. 넓지 않아도 넓게 느껴질 수 있고 지독한 비바람이나 지진 따위에도 굳건히 스스로의 존재를 유지하는 공간이 되도록 반드시 지켜낼 겁니다.

책임감을 갖고 이 공간에 좋은 에너지를 매일 덧바를 거예요. 가게와 가게 주인, 이곳에 찾아오는 모든 이들은 더 튼튼해질 거고 더 강해질 거니까. 공간은 주인의 의지와 함께 살아 숨쉬기도, 피폐해지기도 하는 수동적인 주인바라기니까.

가족을 제외한 지인들 중 나의 사업 소식을 가장 먼저 듣게 된 친구 두 명이 가오픈 날 손님이 되어주기로 했어요. 두 친구는 서로 아는 사이지만 여가 시간을 보내는 것이 아니라 일적으로 도움을 받기 위해서 서로 겹치지 않는 시간대에 약속을 잡았습니다. 이 가게는 일대일이 원칙이니까요.

우리 가게 가오픈 첫 번째 손님이 되어줄 친구를 소개해 볼게요. 중학교 동창 기미예요. 인상이 좋고 성실함과 따듯함으로 많은 인맥을 자랑하는 마당발이죠. 지인의 슬픔에 진심으로 같이 아파하고 위로해 주는 사람이에요. 타인의 기쁜 일에도 배 아파하지 않고 기꺼이 축하해 주고 같이 행복해하는 사람이죠. 기미의 이런 점에 늘 감동하고 기미를 높이 평가합니다.

슬픔에 공감하는 것은 쉽지만 타인의 기쁨을 진심으로 축하해 주는 일이 많은 사람들에게 꽤 어려운 일이긴 하죠. 그 어려운 일을 저도 기미처럼 앞으로도 잘해낼 겁니다. 행복한 일들에 같이 기뻐해 주는 사람들에게 매 순간 감동해요. 진심으로 감사하게 생각합니다. 남의 행복에 샘을 내고 꼬투리 잡아 비난하는 인생을 선택하면 누군가에게 감사함을 받아보기는커녕 적군만 늘어나고 행운은 달아나겠죠.

다시 기미 자랑을 더 하자면요. 잘못된 선택이나 안 좋은 생각들에는 무조건적인 공감이 아닌 현실적인 쓴소리를 아낌없이 쏟아붓는 정의로움도 가졌어요. 가령 어울리지 않고 실용성 없는 난해한 디자인의 모자를 사겠다고 우기는 친구 앞에서 "이건 아니야."라고 가차 없이 판단한 후 친구 팔을 붙잡고 매장 밖으로 끌어내 주는 단호함으로 쇼핑 실패를 막아주는 멋진 친구예요.

별것 아닌 이야기들에 꺄르르 배가 찢어져라 대폭소하고 나의 억울한 일에 힘껏 분노해 주며 본인의 슬픔은 조용히 감춰요. 감정이 끓어넘쳐 오를 때만 가끔 뚜껑을 들춰 보여주는 신중하고 단단하고 강한 친구예요.

오랜 시간 동안 인생을 나누고 보여줘 왔지만 서로를 완전히 다 안다고 자신할 수는 없어요. 누구나 절친에게도 말할 수 없는 일들은 보이지 않는 곳에 담아둘 테니까요. 하지만 오늘은 아주 작은 한 알이라도 기미의 새로운 면을 꺼내 보여줘도 좋아요. 그렇지 않아도 좋고요. 기미는 오래전부터 나의 초능력을 듣고, 믿어주었지만 내게 그림을 부탁한 적은 없어요. 믿지 않아서가 아니라 필요하지 않아서였다고 생각해요. 기미는 도움을 받는 것보다 주는 것이 마음 편한 친구라서 그럴 거예요. 오늘 내가 몰랐던 기미의 속마음을 들을 수 있을지 궁금하네요.

드디어 기미가 가게에 왔습니다. 화장기 없는 수수한 얼굴과 대충 묶은 듯 청순하게 묶인 생머리, 약간의 잔머리들이 귀엽게 매달려있네요. 통 넓은 롤업 데님팬츠에 로고가 작게 박힌 맨투맨 티셔츠를 입고 크로스백을 맨 그녀는 또래보다 앳된 얼굴에 호기심을 가득 묻혀 들어왔어요.

**기미 :** 샐리샐리 나왔슈~ 아하 이게 그 가게구만! 오픈했구만! 그래 잘 될 거여! 자 이거 받으슈~ 이거 녹차맛 롤케이크야. 오픈 축하축하 너무 축하해~

**샐리 :** 아이고 손님 역할만 좀 해주고 가면 된다니께 뭘 사오고 그랴 미안허게. 빈손으로 오라니께, 참. 고마워. 이따 따듯한 차랑 같이 먹자구!

일부러 입구에서 기다렸어. 손님과 내가 있을 공간이 가벽으로 분리되어 있어서 서로 다른 문으로 들어가야 해. 기미는 이쪽으로 들어가서 앉고 커튼은 그냥 두든지 치든지 천천히 결정하고, 대화를 나눈 뒤에 가벽 밑쪽 구멍으로 그림을 건네줄게. 크게 말하지 않아도 소리는 잘 들릴 거야.

**기미** : 아하 이쪽이구먼. 그래 그래 들어가볼께. 고마우이. 이따보소~

**샐리** : 이제부터 넌 친구이기 전에 이 가게 손님인 거야. 부탁해.

**기미** : 오키오키 알겠슈.

**샐리** : 안녕하세요. 그대는 그대로 가게에 오신 것을 환영합니다. 당신이 의심 없이 믿을 수 있는 일들을 선명하게 그려내어 이뤄지도록 도와드릴게요. 하고 싶은 이야기를 꺼내주시면 이야기의 흐름이 당신의 미래에 긍정적으로 각색되도록 필요한 그림을 그려드릴 거예요.

**기미** : 아하하하하! 이렇게 벽을 사이에 두고 앉아있으니 뭔가 어색하구만. 소원 비는 거유?

**샐리** : 짧은 문장이나 단어 몇 개로 내 안의 진실된 초능력을 간결하게 설명하는 일은 어려워요. 소원을 빌어도 되고, 소원이 뭔지 스스로 모를 때는 알고 싶다는 말을 실컷 돌려서 길게 늘어놔도 되며, 고민을 말해도 되고, 의미 없이 따분한 이야기를 늘어놓아도 눈치 보이지 않는 곳이죠.
이곳은 빠르게 연기가 새어나오는 요술램프가 아닙니다. 나는 지니가 아니에요. 뿌연 연기는 거부하는 진실된 샐리입니다. 자판기에 동전을 넣으면 정해진 금액에 맞게 바깥으로 떨어져 나오는 음료수같이 무미건조하게 차가운 걸 삼키고 내뱉는 기계가 되고 싶지는 않아요. 샐리

의 초능력은 경탄의 대상이 될 겁니다.

당신이 겪었던 사건의 전말과 그 안에 붙은 감정들을 분리하지 않고 같이 꺼내어 보여주셔도 되고 아직 경험하지 않은 일들에 대한 흐릿한 기대나 부담감을 설명해 줘도 좋아요.

**기미** : 음… 마음을 보여달라는 뜻이지?

**샐리** : 맞아요. 그게 가장 좋아요. 아까도 말했듯이 원하는 것이 없을 때나 원하는 것이 무엇인지 모를 때 부담 없이 와도 되는 곳이니까. 시간 내어 미리 할 말을 준비해야 하는 발표 과제가 아니니까.

이곳에 오기까지 힘들었든 힘들지 않았든 편안히 몸을 기대고 심신의 긴장감을 최대한 낮춘 후 입을 벌렸을 때 뱉게 될 즉흥적인 이야기들은 꾸밈없이 구깃구깃한 포장지 안에 담겨있던 진짜 선물 같은 거니까. 스스로가 원하는 선물. 스스로가 원하는 말. 그 사람의 진짜 이야기. 손님의 이야기에 담긴 감정을 깨끗하게 읽어야 초능력이 담긴 그림을 더욱 선명하게 그릴 수 있습니다.

**기미** : 음… 지금 내가 하고 싶은 말은 뭐가 있을까. 모든 사람이 원하는 일은 행복이고 안전이겠지. 행복은 어디에나 있지만 뒤통수에 숨어서 가까이에 두고도 보지 못하고 느끼지 못할 때가 많아. 강력하고 기분 좋은 충격을 줄 수 있는 사건처럼 시선을 끌 수 있는 곳에 행복이 자주 있을 수도 있다고 생각해. 하지만 난 긍정적이고 현실적이니까 잘 알고 있어. 행복은 어떤 희소성의 가치와 비교할 수 없다는 걸.

일상 곳곳에 투명하게 깔려 있어서 언제 어디서든 들춰 바라보면 만날 수 있듯 너무 흔해서 더 감동적이고 소중한 거야.

그래도 가끔은 이론적으로 정리된 생각에 밀가루가 쏟아지듯 긍정이 뿌옇게 가려질 때도 있었어. 답답하고 텁텁한 느낌이었지. 작디작은 가루들이 다닥다닥 모여 내려앉아 생각을 덮고 있었어. 부정적인 생각을 주입시키려는 타인의 영향을 받았을 때도 그랬고 불운이 겹쳐 운이 안 좋은 날에도 밀가루들이 찾아와 올바른 생각들을 가렸지. 내가 걸어가는 길에 놓인 행복을 누군가 걷어가는구나. 예상하지 못한 특별한 행운을 만나지 못하는 처지에 초라해지고 우울한 날들도 있었어. 우울했어. 그랬었지. 그때 조금 더 멈춰있었다면 머릿속 밀가루가 썩어갈 때까지 곰팡이를 기다리며 슬퍼했을 거야.

하지만 나는 멍청하지 않아. 몸과 마음을 움직여 걷고 예쁜 나무와 꽃, 새, 익숙한 건물 등을 보며 걸었어. 신선한 바람 속을 걸으니 밀가루들이 바람에 날아가더라고. 단단하게 자리 잡고 있던 튼튼하고 밝은 생각들이 여전히 흔들리지 않고 옳다고 떠올랐어. 긍정적인 신념은 날 배신하지 않았고 깊은 우울감으로 데려가지 않았어. 그렇게 나는 타인의 공격을 이겨내고 스스로를 잘 지켜내며 살아왔네.

갑자기 로또복권에 당첨되는 일이라든지 많은 사람들에게 이름을 알리고 명예를 얻는 그런 일은 바라지 않아. 아니 뭐, 좋기도 하겠지만 넘치는 행운을 갖게 되면 무거운 걱정도 같이 따라올 것 같아서. 가진 게 많을수록 잃고 싶지 않은 두려움도 많아질 것 같고 불안감 없이 행복만을 만끽할 수 있는 나를 상상하기에는 늦은감을 느껴. 이미 많은 걱정을 탑재하고 있는 멘탈이라 크게 달라질 것 같지 않아. 그래도 지나친 행복이 기꺼이 나를 찾아와 준다면 안전하게 받아들일 수 있는 내가 되고 싶어.

정리되지 않은 생각들을 논문처럼 논리정연하게 읽어낼 수 없어도 놓치지 않고 경청해 주며 작은 종이 안에 구도가 정리된 좋은 그림으로 내게 돌려준다는 거지? 이것만으로도 너무 신기해. 충분히 놀랍고 기대감 상승 중이야!

매일 아무 일이 일어나지 않는 일상들이 최대한 오랫동안 튼튼하게 유지되었으면 좋겠어. 가족들, 내가 아는 지인들, 나에게 좋은 기분을 느끼게 해주는 힘이 되는 사람들이 다 건강하고 별 탈 없이 곁에 맴도는 게 지금 가장 바라는 일이야.

나와 상관없는 사람들이 어떤 불행에 던져지든 신경 쓰지 않는다는 건 아니야. 모든 사람이 다 행복하고 불행이 사라지면 좋겠지. 근데 또 내가 모두의 행복을 바랄 만큼 해탈의 경지에 오른 천사는 아니야. 누군가에게는 소중하고 따뜻한 사람이면서 나에게는 상처를 주고 차가운 사람인 경우도 분명 있었어. 그 사람의 행운까지 빌어줄 마음의 여유는 없지만 잘난척하며 성공한 삶을 뽐내는 그 사람의 모습을 미디어에서 결코 보고 싶지 않아. 그렇다고 해서 벼락 맞아 나락으로 떨어진 모습을 뉴스에서 발견하고 싶지도 않고. 제발 잔잔한 나의 일상에 그의 삶이 더러운 충격을 던져 주는 일이 없기를. 있는 듯 없는 듯, 좁은 생활 반경 안에 갇힌 듯 자유로운 듯 머물기를 바라.

나도 누군가에게는 좋은 사람, 또 다른 누군가에게는 불편한 사람일 거야. 모두 친해질 수 없고 모두의 삶을 공감해 줄 수는 없어. 우리는 서로 다른 세상을 만들어 가니까. 곁에 있는 사람들과는 끝까지 서로 상처를 주고받지 않았으면 좋겠고, 멀어진 사람들과는 이번 생 끝까지 두 번 다시 겹치지 않는 삶을 걸어갔으면 좋겠어.

사람들을 워낙 좋아해서 인생에서 일상이 겹쳐지는 사람들 한 명 한 명 모두 소중히 끊어지지 않게 잘 지내왔다고 생각했는데 어느 순간 멀어지고 수틀리면 나에게 잘해줄 사람들만 골라 장바구니에 담는 느낌이랄까. 자꾸 내 안에 담아두는 사람 수가 적어지더라고. 학교, 직장, 각종 모임에서 같은 소속감을 느끼며 만났던 사람들은 그 시간에 우리가 생각하고 말하고 행동하던 그 교집합 안에서만 서로를 공유하고 필요로 했던 것 같아. 교집합이 사라지면 서로를 필요로 하지도 궁금해하지도 않고 달라진 생활 방식에 각자 다른 섬으로 떠나버렸어.

가끔 저쪽 섬에 두고 온 나를 만나기 위해 배를 타든 비행기를 타든 형식적인 의리로 노력을 해보지만 두통이 끼어들었지. 어지러워지고 멀미가 나고 파도가 치고 천둥 번개가 꽂히면서 나를 만나고 전화할 이유를 잃어버린 거야. 그렇게 저렇게 멀어진 사람들이 늘어갔어. 그래서 아직도 남아있는 내 사람들은 꼭 지키고 싶고 놓고 싶지 않다는 조급함을 느끼는 중이야. 전화기에 들어있는 번호 수가 중요하지 않다고 생각하지만 할 말 없어도 망설임 없이 통화 버튼을 누를 수 있는 번호가 손에 꼽을 정도로 줄어버렸어.

억지로 이어나가는 인연에 피로감을 소비할 시간이 아깝다는 것을 알아버린 지금, 나의 성격에 문제가 있는 건 아닌지 자책도 했고 영양가 있는 인연들에게만 투자를 하라는 현실적인 조언도 맞는 것 같고. 나이 들어버린 걸까? 합리적인 시간 절약, 감정소비 절약일까? 아니면 계산적이고 이기적인 차가움에 가까워지다가 죽는 날 온기를 다 잃고 차가워지는 걸까. 차가운 시신이 될 나이에 가까워질수록 세상에 정을 떼 버리느라 차갑게 변해가는 자연스러운 과정일까?

잠이 들기 전 혼자 침대에 누워 눈을 감고 휴대폰도 TV도 자고 있을 때 한 가지 생각이 어둠을 향해 퍼지는 날들이 있었어. 문득 떠오르는, 과거에 나를 기분 나쁘게 했던 사람들. 진작에 잘라버렸어야 할 썩은 인연들. 그 인간들이 지금 곁에 남아 있지 않다는 게 새삼스레 좋더라고. 그런데 아쉬움 없는 악연들을 걷어내고 묻혀있던 좋은 기억도 생각났지. 끊어진 연락들 중 누군가를 떠올리고 있었어. 혹시 내가 꽤 아쉬워하고 있나… 하는 의심이 들었어.

가끔은 용기 내어 "잘 지내?" 문자 보내고 싶었는데 그 친구가 지금 사는 세상에서 나는 이미 삭제된 사람일 수도 있을 거란 생각. 한때 친했던 친구. 특별한 사건이랄 것도 없이 힘없는 대화들이 오가다 오해와 불편함이 귀찮음으로 변하고 하루가 다르게 변해가던 자신들의 일상을 설명해 주는 일이 지쳐갔던 상황들 속에 불편해졌던 우리. 그 친구에게 나는 어떤 감정들로 지나간 과거일까. 오랜만에 먼저 문자를 한다면 나에게 어떤 답장을 해줄지 도무지 예상할 수 없는데. 이제 와서 연락할 명분이 없네. 괜한 고민이야. 너무 오래전 일이야. 오래전에 멀어졌어.

연락할 수 없어. 연락하기 싫고. 그 사람의 존재 자체가 아쉬운 게 아닌가 봐. 머물다 떠난 모든 게 아쉬운 느낌. 아무것도 아닌 느낌. 억지스러운 노력은 하지 않으려 해. 자연스럽게 서로 타이밍이 맞을 때, 마음의 여유가 맞을 때, 바라는 바와 피하고 싶은 일들이 일치할 때 그때 다시 만날 수 있다면 편하게 웃어줄 수 있을 거 같아. 하지만 지금은 아니야. 내 마음이 그래. 이보다 더 명확하게 설명할 수 없어. 인간관계가 참 어렵다. 그치?

**샐리 :** 인연의 영속성에 대한 환상에서 벗어나야 해요. 우리는 언젠가 모두 지구를 떠날 거니까. 각자의 별로 돌아가겠죠. 어쩌면 지구에서 사람으로서 사는 삶은 우주 안과 밖에서의 수많은 '나' 중에서 하나가 겪는 찰나의 순간일지도 몰라요. 전생을 기억하고 환생을 하는 사람도 있다지만 과학적으로 증명된 바는 아니죠. 대부분은 다른 곳에서의 삶은 기억하지 못해요. 지구 안에서 살았던 순간 중에서도 모든 나이를 기억하지는 못하죠.
그런데요. 저는 달라요. 사실은 나는 다 차곡차곡 기억해요. 몽땅 다 기억해요. 가끔 기억나지 않는 척하기도 하지만요. 진짜 다 기억하고 있어요. 정말이에요. 우주와 가깝게 연결되어 있거든요. 느껴져요. 혹시 연락해 보고 싶은 마음이 생겼다가 사라졌다가 혼란스러운 그 친구에게 서운함이 남아있나요? 어떤 점이 서운하죠?

**기미 :** 흐르는 시간처럼 주변에 존재하는 사람들도 흘러가고 곁에 머무는 사람들이 변화하는 게 당연하다 이해되면서도 인생에서 스쳐 가는 주변인의 변화에 대한 혼란 정도인 것 같아. 시간은 똑같이 흐르면서도 모든 사람들이 서로 다른 시간을 흘려보내다 보니 서로 어긋나기도, 우연히 자꾸 만나기도 하는 느낌.
잘 모르겠어. 생각을 이렇게 깊게 해보고 깊은 생각들을 다 말로 해본 일이 거의 없어서 나도 내가 무슨 말을 하는지 잘 모르겠네. 그래도 네

가 내 마음을 잘 해석해 주고 정리해 주는 것 같아서 기분이 좋다. 그 친구에게 서운한 점은 있었던 것 같은데 지금 떠오르지 않네.

샐리 : 시시콜콜한 일상과 감정을 공유하던 그 친구와는 언제 어떤 일로 멀어졌는지 중요하지 않아요. 그 사람과의 일희일비가 중요했던 시점은 지난 거잖아요. 함께한 과거의 감정도 다 지나갔어요. 이제는 내 인생에 등장하지 않는 그 친구가 현재 일상에 영향을 끼칠 정도로 상처를 주고받은 적이 있나요?

기미 : 아니. 아니야. 무슨 학폭도 아니고, 배신도 아니고. 그냥 흔한, 미성숙한 어린 시절의 백만 가지 감정의 소용돌이에 휘말렸어. 자제하지 못했을 뿐. 서로 이렇다 할 큰 사건은 없어. 아닌가. 나만의 생각일까. 그 친구는 또 다르게 기억하려나 그건 모르겠지만 없을 거야. 없다고 믿고 싶다.

샐리 : 서로에게 필요하면 만나게 될 거예요. 서로에게 무익한 시기라 분명하게 느끼고 있잖아요. 직접적인 연락이 닿지 않아도 각자의 세계에서 행복하길 바라는 마음만 갖고 있다면 괜찮아요. 그 친구를 떠올렸을 때 마음의 불편함이 없을 정도로 관계의 희망을 조금만 남겨둠을 증명해 줄게요. 자연스럽게 물처럼 바람처럼 흘러다니는 인연이라 여기고 기다리지도 거부하지도 않는 마음을 드릴 거예요.
그리고 긍정적인 생각들이 튼튼하게 자리 잡고 있어서 다행이고 기쁩니다. 그 사실을 스스로 인지하고 있다는 점도 좋아요. 대단합니다. 외

부의 공격을 받았을 때에 잠시 흐려진 마음을 되찾을 수 있는 움직임도 멋져요. 평정심을 되찾기 위한 뻔한 절차가 아니고 오랫동안 노력해 온 감정의 돌봄이라는 것을 잘 알아요. 멋진 자가돌봄입니다.

당신은 행복이 정해진 곳에만 있지 않다는 것을 잘 알고 있어요. 그리고 당신은 누구나처럼 행복을 바라죠. 밝은 면에 더 민감한 것 같아서 기뻐요. 행복을 잃어버릴까 두렵기도 하고 커다란 행복은 불안감이 함께 오는 거라 생각하고 있어요. 특별한 일이 생기길 기대하면서도 특별한 일 없이 예측 가능한 일들 속에서 안전함을 움켜쥐고 또 다른 행복을 찾고 있기도 하죠. 하지만 지나친 욕심은 내지 않는 당신. 좋아요.

우리의 끝은 이곳을 떠남이라는 것도 멋지게 자각하고 있네요. 맞아요. 내가 사라지면 온 우주가 사라지죠. 아직 지구에 머무르는 동안은 이곳에 존재하는 사람들이 정한 정답의 말들을 믿으며 살고 있어요. 간절히 믿어주면 이뤄지는 내 그림처럼 우리의 모든 일이 믿는 대로 이뤄지길 바라지만 그렇지 않을 때도 있어요. 내 그림도 순수한 믿음이 바탕이 된 이미지만 실현되죠. 모든 터무니없는 소망 실현을 진심으로 100% 믿으려면 그동안 믿어온 정답들을 부정하는 일이 전제되어야 하는데 그것은 지구보다 더 무거운 고민이에요. 모두에게 매우 어렵죠.

당신은 이미 이 모든 걸 알고 있어서 굳이 길게 설명할 필요는 없지만요. 혹시나 해서 말해둘게요. 거짓으로 반만 믿고 왜 이뤄지지 않았는지 화를 낼 일이 아니라 온전히 믿지 못했다는 것을 인정해야 해요. 이를테면 영원히 죽지 않고 늙지 않게 될 거라 믿을 테니 이뤄지게 해달라고 하면 이미 뼛속 깊이 인정하고 있는 죽음이라는 정답에 세뇌되어 메마른 믿음땅에 싹이 자라지 않아 환멸감을 느끼겠죠.

다행히도 당신은 가능성이 없는 것은 과감히 포기할 줄 알아요. 왜 가능성이 없는 건지 짜증 내고 억울해하지 않죠. 그래서 당신의 그림이 더욱더 가볍고 자신 있습니다. 어둠보다 확실히 밝은 면에 민감하고 믿음의 가이드라인을 잘 인지하고 있는 당신을 위한 그림이 완성되었습니다. 밝은 파스텔 톤 바탕의 그림의 주제들을 보세요. 마음에 드나요?

기미 : 와~ 바로 이거야. 내 마음, 만나고 싶고 인정하고 싶은 나의 미래. 난 반드시 이렇게 될 거야. 앞으로도 어떤 날은 걱정과 한숨이 나타나겠지만 그 날들을 이겨낼 안정감과 기쁨들이 더 크다는 걸 다시 한번 새롭게 느낄 수 있는 작품이군. 고마워. 또 이곳에 올 것 같아. 진짜 나를 만나러 자꾸 오게 될 거야.

우리는 가게 뒤 테라스에서 만나 기미가 사온 녹차맛 롤케이크와 적당히 따뜻한 얼그레이, 루이보스 차를 마시며 수다 시간을 가졌습니다. 가게 안에서 오갔던 내용들은 입 밖에 내지 않았어요. 좀 전까지 내장 밑바닥에서 꺼낸 듯 깊은 이야기들을 나눴던 것 같은데 바깥의 공기와 햇빛을 보니 기억이 잘 나지 않았어요. 가게 안에서의 대화가 비밀은 아니지만 이곳 테라스에서는 어울리지도 꺼내고 싶지도 않았으니까요.

디저트를 머금은 입안은 달달하고 지금 이 시간의 분위기는 우리의 기분처럼 시원하고 상쾌했어요. 안에서 쏟은 에너지로 가벼워진 마음은 겉으로 티 내지 않아도 1초 전 분사된 향처럼 내뿜어져 흩날리고 있었죠. 말하지 않아도 서로 잘 알고 있었어요. 녹차빵의 향이 입안에서 차의 향긋함과 섞여 맴돌았지만 우리는 미래의 솜사탕 향을 맡고 내뱉고 있었죠.

기미는 집으로 돌아갔고 오후 3시가 되었어요. 가오픈 두 번째 손님은 라미예요. 라미는 아담하고 귀여운 외모에 130g의 얇은 켄트지 같은 여린 마음의 소유자예요. 라미가 어렸을 때 외부 자극으로부터 스스로를 지켜내는 마음은 붉은색 습자지처럼 얇고 얇아서 약간의 입김으로도 쉽게 날아올랐고, 누가 침을 뱉으면 그 자리에 눌어붙어 바닥에 피 같은 색을 물들였어요. 비가 쏟아지면 바닥에 색을 다 쏟아내며 찢어지기도 했고 견딜 수 없는 따가운 공격을 받을 때면 불붙은 습자지처럼 높이 타올랐답니다.

그랬던 라미는 어른이 되고 사람들의 못된 말들에 의미를 부여하지 않으려 노력하면서 조금씩 마음이 두터워졌어요. 그래도 아직 얇은 켄트지처럼 여리고 가볍게 흔들립니다. 라미는 사람들 말에 쉽게 상처받아요. 그럴 때마다 눈물을 삼키며 센 척하지 않아요. 큰 눈망울만큼 굵은 눈물을 흘리며 아리는 심장을 부여잡고 속상함을 여과 없이 쏟아내요. 아픔을 숨기지 않았고 부끄러워하지 않았죠. 그런 라미가 순수하고 예뻐요.

배가 아파 약속 장소에 못 나올 때면 못 간다는 연락 대신 휴대폰을 꺼놓고 잠수를 타기도 했고, 좋아하는 남자에게 먼저 고백을 받았다는 어설픈 거짓말을 늘어놓았을 때에도 그 마음들이 지나친 미안함과 설렘이 뒤섞인 서툰 표현이라는 것을 너무 잘 알고 있기에 나쁘게 오해하지 않았어요. 쉽사리 들킬 행복한 상상의 거짓말들을 현실과 거짓의 모호한 경계 속에 얼버무려 내뱉을 때에도 나를 악의적으로 속이려는 마음은 없었다는 것을 알아요. 주변 사람의 기분을 상하게 하려는 못된 마음은 상상도 할 수 없는 그런 사람이에요. 그녀는 사랑받을 준비가 되어있는 사랑스러운 존재라고요.

친구와 카페나 식당에 가서 매번 친구가 값을 지불하여도 미안해하거나 불편해하지 않고 너무 맛있게 잘 먹어요. 작은 얼굴에 넘치도록 신남이 가득 차요. 나와 함께하는 시간을 진심으로 행복해해요. 잘 모르는 사람들이 상황만 듣고 뻔뻔하다 판단할 수도 있지만 행복을 느끼는 그녀의 얼굴을 직접 본다면 맑은 웃음에 홀려 할 말을 잃을지도 몰라요. 사람에게 실망한 기억이 없는 아기처럼 행복해하고 고마움을 느끼거든요.

제 인생에 수입도 행복도 없을 때 그녀가 사준 파스타가 얼마나 진한 감동의 맛이었는지 말로 다 형용할 수 없어요. 그 식당은 남극 한가운데 있는 찜질방처럼, 사막의 대나무숲처럼 희망적인 환상이었어요. 그만큼 상상하지 못했던 기쁨이라는 뜻이죠. 과거의 내가 실패의 연속으로 판단력이 흐려질 때에도 그녀는 실망스러운 표정이나 뼈아픈 조언 대신 날 위해 기도했고 나의 가치를 믿어주었어요. 그런 라미에 대해 모든 것을 다 알고만 싶어요.

그녀에 대해 많이 안다고 생각하지만 아직도 모르는 부분이 많을 거예요. 지방에 사는 길치 방향치인 그녀가 혼자 버스를 타고 서울까지 찾아가 가수의 팬미팅에 다녀온 사실도 시간이 흐른 뒤에 우연히 알게 되었거든요. 한 번의 통화로도 2~3시간은 거뜬히 이야기를 나누는 우리 사이인데, 일기장에 쓸 내용보다 더 많은 일상 이야기들을 모두 공유하던 나에게 왜 그 부분은 말하지 않았을까요? 연예인을 좋아하지만 화면 밖의 스타를 만나기 위해 직접 찾아가는 수고스러움을 택하기에는 일상의 고단함과 바쁨이 훨씬 더 중요하다고 느끼는 나의 관념을 잘 알고 있기에 그녀의 선택이 나에게 이해받기 힘들 거라고 판단해서였을까요?

우리의 관계 안에서는 서로에게 상처를 주고 싶지 않다는 암묵적인 약속이 있기 때문에 그녀가 어떤 말을 하더라도 난 그녀를 이해하고 싶은 마음을 바탕으로 그녀를 대했을 거예요. 하지만 일상의 모든 사건을 말하지 않더라도 내가 서운해할 권리는 없어요. 그녀가 겪은 재미있는 일들을 모조리 직접 듣고 싶은 건 욕심이에요. 그녀가 내 친구가 아니라 애인이었다 하더라도 욕심이죠. 말하지 않은 이유가 무엇인지는 중요하지 않다는 사실을 잊어버리지 않으려 노력할 겁니다. 분명히 그럴 만한 이유가 있겠죠. 그 이유의 실체가 무엇이든 존중해 줘야 해요. 라미니까요. 날 위한 배려가 섞였을 거라 확신하니까요. 우리는 친구니까요.

가게 근처 횡단보도에서 라미를 기다립니다. 기미는 인간 내비게이션이지만 라미는 새로운 길을 잘 찾지 못해요. 아니 도대체 그런 그녀가 서울까지 혼자 다녀오다니 아직도 믿을 수가 없습니다. 아차, 제가 또 그녀의 서울행 이야기를 하고 있군요. 좀팽이처럼 자꾸 그녀가 나에게 말하지 않고 서울에 다녀온 일을 떠올리는 걸까요? 제 인생에서 그녀가 꽤 중요한 사람인가 봅니다. 쿨하게 이해하기로 했으니 서울 사건은 다시 말하지 않을게요.

라미가 길을 잘 찾지 못하는 건 명백한 사실이니 친히 마중을 나왔어요. 횡단보도라는 장소는 라미와 나에게 특별한 의미예요. 그녀와 내가 가까운 거리에 살았을 때, 그러니까 지금은 조금 먼 곳으로 이사를 왔지만요, 이사 전 그녀와 동네 친구였을 때 우리의 만남 장소는 늘 횡단보도였어요. 서로의 집과 집 사이에 횡단보도가 있어 중간에서 만나기엔 최적의 장소였거든요. 그녀의 집에서 그 횡단보도로 걸어오는 거리와 나의 집에서 횡단보도까지 도보 거리가 똑같은 느낌이었어요. 지도로 거리를 비교해 본 적은 없지만요.

횡단보도 앞에 서 있을 때 빨간불 너머로 그녀의 모습을 발견할 때면 손을 흔들어 내가 왔음을 생색내곤 했죠. 횡단보도 옆 차선에 정차되어 있는 자동차 속 운전자가 날 바라본다면 반대편에 내 지인이 있어서 인사를 하는 내 모습을 알아차려 주길 바라기도 하면서 알 수 없는 으쓱한 설렘을 갖기도 했어요.

이곳은 그곳과는 다른 횡단보도지만 내 마음은 우리의 추억이 담긴 그 횡단보도에서 그녀를 기다립니다. 횡단보도의 추억에 젖어들 즈음 그녀의 모습이 보이네요. 바비인형이 신은 듯한 반짝이는 에나멜 구두는 어린이처럼 작은 발에 꽉 달라붙어 있었고, 흰색 스키니진의 아슬아슬한 금빛 바지 단추와 지퍼는 곧 펑~하고 열릴 듯 말 듯 나를 불안하게 했으며 레몬옐로우 빛깔의 카디건 안으로 비치는 얇은 티셔츠엔

오전에 그녀가 먹은 초콜릿 과자와 바나나의 흔적이 남아있는 듯 보였어요.

엉덩이 근처에서 위태롭게 흔들리는 크로스백은 지퍼가 65%쯤 열려있어 가방 안의 화장품들과 지갑에 들어가지도 못한 꾸깃꾸깃한 지폐들이 금방이라도 바깥으로 탈출할 것만 같은 불안한 아이보리색 가방이었습니다. 만약 소매치기가 달려와 가방을 쓱 낚아챈다면 빛의 속도로 달려가 날렵한 나의 발을 휘날리며 소매치기를 넘어뜨리고 라미의 가방을 지키는 장면을 상상하며 그녀를 바라봅니다. 오랜만의 만남이라 반가움의 미소를 띤 얼굴은 진한 틴트와 덧바른 파운데이션의 농도로 나들이의 설렘을 깊이 설명해 주고 있었어요.

**라미** : 친구야~ 오랜만이다. 나 보고싶어쪄요?

**샐리** : 애교 여전하네~ 오늘 어떤 만남인지는 잘 알고 있지?

**라미** : 웅. 내가 너를 도와주러 왔지. 사업을 하다니 진짜 내가 너무 기쁘고 행복하다. 가게 넓어? 사람 많이 와? 돈도 많이 버니? 궁금하다. 진심으로 설렌다. 대단해.

**샐리** : 그렇게 말해주어 고마워. 아직 본격적인 영업 전이야. 오늘 가오픈이라고 말했었잖아.

**라미** : 아, 맞다, 맞다. 하하하하. 가오픈이랬지. 그럼 내가 너의 가게

첫 번째 손님인 거야?

**샐리** : 음. 첫날 받은 손님이지. 첫날 첫 번째 손님은 아니지만. 사실은 오전에 기미가 왔다 갔거든. 오후에 약속이 있다고 해서 오전에 오라 했어. 너도 잘 알다시피 기미가 워낙 마당발이잖아.

기미와 라미는 나를 계기로 서로 알게 된 사이였어요.

**라미** : 뭐? 내가 아니라 기미가 첫 번째 손님이라고? 흠. 기미가 좋아, 내가 좋아?

**샐리** : 하… 또 시작이네

약간의 피곤함과 지침이 몰려왔지만 그녀의 질투는 귀여운 매력이라고 받아들이며 중독되어 버린 후였어요.

**샐리** : 네가 서울을 나 몰래 갔다 온 일을 너한테 듣기 전에 내가 알아낸 것도 서운해하지 않고 이해해 준 건 잘 알고 있지? 그리고 기미는 내가 선물로 준 소설책도 단숨에 다 읽었다고! 넌 아직도 그 소설책을 읽지 않았어. 흥! 뭐, 괜찮아. 독서는 취향이니까. 선물 받은 책이라도 읽고 싶지 않을 수도 있지. 그 마음은 이해가 되고 잘 알고 있지만 내가 이해가 안 되는 건 읽겠다고 약속해 놓고 안 읽으니 기대감이 깎여서 그래. 언젠간 읽을 거라 믿을게. 대신 다음에 또 다른 책을 기미에

게 먼저 선물해 준다 해도 서운해하면 안 돼!

**샐리의 속마음:** 그녀에게 느낀 서운함의 감정들을 그녀가 알아차리기 전에 없애야겠다고 결심했었다. 스스로 서운함의 마음을 정리한 뒤 그녀를 만나야 그녀에게 괜찮은 사람이 될 거라 확신했다. 항상 친구에게 일부러 스트레스를 주고 싶지는 않았고 좋은 친구가 되어 주기 위해서 할 수 있는 행동과 태도들의 올바름에 대해 고민했다. 혼자 정리했던 마음들은 조용히 지나간 감정으로 흘려버리는 것이 나다운 거라 생각했다.

하지만 여자들의 관계에서 서로에 대한 일상의 사건과 마음은 말하지 않아도 예쁘게 전달되거나 마무리되는 일이 어려웠다. 모든 여자들의 관계가 그러한 것인지는 알 수 없으나 내가 속한 세계에서는 그런 일이 늘 비일비재했다. 친구1에게 내가 어제 겪은 일과 그 일을 겪으며 느낀 감정을 전달하고, 친구2에게 내가 오늘 겪은 일과 그 일로 느낀 감정을 겹치지 않게 전달했다면 그러고 싶었던 이유가 충분히 있었을 것이다. 하지만 친구1, 2가 서로 소통할 때 서로 모르는 사실이 발견되면 사건의 기승전결은 중요하지 않다는 걸 이론적으로는 알면서도 심적으로는 백만 가지 감정이 사방으로 튀긴다.

중구난방으로 튕겨져 나가는 감정들은 여러 명이던 모임의 명수를 줄이고, 사람들은 나뉘고 흩어진다. 그렇게 서로 더 필요한 사람끼리 모이고 불편함과 서운함을 간직한 사람은 멀어진다. 확실한 마음 전달의 증명에 소홀하면 불평등과 차별로 변질된 오해와 상처가 쉽게 퍼지게 되고, 그런 관계는 오래 지속시키기 힘들다.

그래도 기미와 라미와 나는 오해하지 않기 위해 서로 많이 배려하는 편이다. 기미를 향한 나의 마음의 크기가 자신을 향한 마음의 크기보다 큰 것은 아닌지 장난 반 진심 반으로 의심하는 라미의 질투 화산을 불씨 하나 남기지 않고 빠르게 잠재우고 싶었다.

결국 라미를 위한 배려였다고, 지금은 사라졌지만 그녀에게 향했던 서운함을 보여주고 생색내고 말았다. 내가 너를 이렇게 이해하고 배려했으니 너도 나에게 서운해하지 말라고. 근미래에 내가 할 수도 있는 행동들이 그녀에게 서운하게 느껴질지도 모른다는 걱정 때문에 덮어두려 했던 유치한 생각들을 조심성 없이 그녀에게 뱉고 말았다.

그녀에게 잘못 말한 것은 아닐까. 후회할 겨를도 없이 그녀는 멋진 반응을 선택해 준다. 나를 위한 반응이라는 것을 안다. 고맙게 생각하고 있다. 다행히도 그녀는 나의 말을 받아들이고 좋아했다. 어떤 단어들로 급히 엮은 문장들도 스스로 듣고 싶은 말로 해석하여 이해했다. 라미는 대화의 흐름이 부정적으로 흘러가지 않도록 막을 줄 아는 사람이다. 그래서 우리는 오랫동안 그랬듯이 앞으로도 친하게 지낼 수 있는 관계다.

라미 : 아~ 맞다! 소설책! 나 그 책 꼭 읽을 거야. 한 장은 읽었다궁! 알겠어. 서울 갔다 온 건 말하려 했는데 타이밍을 놓쳐서 말 안 했네. 비밀은 아니었어. 정말 좋은 경험이었어. 재밌게 잘 다녀왔으니 걱정마요. 오늘은 기미 다음 차례지만 다음엔 내가 기미보다 먼저 올 거다! 지금 오래오래 상담해 줘야 해!

**샐리 :** 좋아! 여기서 가게까지 5분도 안 걸려. 얼른 가자. 그렇게 넓지는 않아. 너무 기대하지는 말고.

**라미 :** 기대된다, 기대돼. 너무 좋을 거 같아. 근데 남자 손님들도 많이 받을 거니? 상담실에 CCTV 설치는 되어 있니? 잘생긴 남자 손님들 오면 나 구경 가도 될까?

**샐리 :** 아이고~ 아쉽겠지만 맞선 보는 분위기의 장소가 아니야. 카운슬링 같은 분위기라고. CCTV는 입구 쪽을 향해 있어서 사람은 찍히지 않을 거고 특별히 가벽 창문을 열어보는 사람 아니면 비대면으로 진행할 거라 얼굴을 자세히 볼 수 있는 기회는 없을 거로 예상하고 있어.

**라미 :** 아, 아쉽다. 새로운 남자들 구경할 기회가 생기는 줄 알았는데~

**샐리 :** 네가 원하는 기회는 올 거야, 반드시. 나 믿지?

**라미 :** 정말? 와, 기대할게.

**샐리 :** 여기야. 계단 조심해서 올라가요. 왼쪽이 손님방, 오른쪽이 내방.

**라미 :** 오~ 와, 좋다. 분위기 좋다. 감성카페 같아. 어? 과자도 있는 것 같은데? 먹어도 되니?

샐리 : 응. 우리 라미 하고 싶은 거 다 해~ 들어가서 편하게 앉거나 누워도 돼요. 먹고 싶은 거 먹고 울고 싶으면 울고 웃고 싶으면 웃고 하고 싶은 얘기 실컷 해. 평소처럼 친구라 생각해도 되고 가게 사장님에게 초능력을 부탁하는 설렘을 갖고 좀 더 진지하게 이야기해 주면 더 좋아. 외부 소리로부터 차단되어 소음 없이 고요하지만 내 목소리는 잘 들릴 거야. 작은 소리로 클래식 음악은 재생되고 있지만 거슬리면 꺼줄게. 이제 나는 내 방으로 들어갈게. 들어가서 목소리로 만나요, 우리.

라미 : 와, 신기하다. 벌레는 없지? 이따 화장실 가고 싶으면 말하고 나갔다 와도 되지? 지금 들어갈게. 이따 봐용.

샐리 : 안녕하세요. 그대는 그대로 가게에 오신 것을 환영합니다. 당신이 의심 없이 믿을 수 있는 일들을 선명하게 그려내어 이뤄지도록 도와드릴게요. 하고 싶은 이야기를 꺼내주시면 이야기의 흐름이 당신의 미래에 긍정적으로 각색되도록 필요한 그림을 그려드릴 거예요.

라미 : 오! 안녕하세요. 세상에서 제일 예쁜 라미예요. 히히히. 음. 어떤 말부터 해야 하는 거지. 아하하하하하하하하. 신기하다. 어, 제가 좀 예쁜가요? 예쁜 편인가요? 세상에서 제일 예쁜가요? 하하하하. 나무슨 백설공주 엄마? 그 마녀 같다. 하하하하하하하.

샐리 : 예뻐요. 너무 예뻐요. 지금 여기서 내가 생각하는 라미는 너무

예뻐요. 그런데요. 피부과나 성형외과에 가면 안 예쁘다고 할지도 몰라요. 그래도 상처받지 마요. 병원에서 설명하는 미의 기준에 맞춰지려면 가진 돈을 다 써도 모자라니까요. 하나의 시술을 받으면 2개를 권하고, 2개의 시술을 받으면 더 고가의 시술들을 끊임없이 권해요. 아. 이건 나에게만 해당되는 이야기일 수도 있겠죠? 그래도 내 맘대로 해석하려고요. 그래야 마음이 편하니까요.

내 얼굴이 김태희나 전지현이어도 상담을 받으면 시술을 권유받을지도 몰라요. 병원에서는 돈을 벌어야 하니까요. 물론 우리가 연예인처럼 비현실적인 아름다움을 갖고 있지는 않아요. 우리의 얼굴은 몹시 현실적이죠. 하지만 우리의 미의 기준은 누가 정하나요? 정답이라는 것은 인간이 정한 것일 뿐. 같이 사는 세계 안에서, 서로 피해가 가지 않는 틀 안에서, 정답이라는 모양은 다양해질 수 있다고 생각해요.

미스코리아나 모델이 될 수 있는 까다로운 조건 따위의 정답 안에 들어가야 할 이유가 없다면 라미만의 미의 기준을 따로 찾아내고 믿고 보여줘도 정말 괜찮아요. 라미는 어디에서 어떻게 왜 예쁜 거죠? 라미는 연예인이 되고 싶은 것도 아니고 미스코리아가 되고 싶은 것도 아니에요. 사랑받고 싶고 예쁨받고 싶잖아요. 전과 기록이 있는지 귀신인지 좀비인지 확인할 수단이 없는 정체불명의 불특정 다수에게 특별한 마음을 받고 싶나요?

조심해요. 아무에게나 마음을 덜컥 열었다가 외계 생명체의 실험 대상으로 납치될 수도 있어요. 미확인 비행 물체에 납치된 라미를 구할 수 있는 그림을 그려내어 구해줄 수도 있지만 황당한 난제 앞에 100퍼센트의 믿음을 충전하기엔 시간이 걸리니까. 내가 라미를 구하러 가기 전에 외계인들이 라미를 잡아먹어 버리는 상상이 들면 나는 그림을 그리릴 힘이 없어져요.

라미는 소중해요. 라미는 라미에게 상처 주지 않는 소중한 사람들로부터 예쁨과 인정을 받고 싶어하죠. 라미는 너무 예뻐요. 스스로를 예쁘지 않다고 의심하는 순간 라미의 예쁜 거울은 라미를 죽이는 독으로 변할지도 몰라요. 예쁨을 잃어버리지도 잊어버리지도 않도록 선명하게 그려줄 거예요. 라미만의 아름다움을.

**라미** : 예쁘다는 착각을 벗으면 혹시 안 예쁜가요…. 기분 좋으라고 예쁘다고 해주는 건가요?

**샐리** : 샐리는 거짓말을 하지 않아요. 제 말을 의심하는 건가요?

**라미** : 사실은 예쁘지 않다는 말을 들은 적이 있어요.

**샐리** : 그 사람들 말을 믿고 싶어요, 아니면 샐리의 말을 믿고 싶어요? 너에게 상처를 주려 애쓸 정도로 본인들에게 불만이 많고 불행한 사람들 말을 믿고 싶어요, 아니면 널 사랑하는 사람들 말을 믿고 싶어요? 라미가 선택할 수 있어요. 라미의 생각은 라미 자체가 아니에요. 라미 소유예요.

**라미** : 맞아. 내 생각은 내가 정하는 거지. 스스로 선택하고 믿고 감정을 통제할 수 있다고 생각해. 그렇지만 차분히 생각할 여유가 없을 때

공격을 받으면 눈물부터 나더라고.

**샐리 :** 맞아요. 이론적으로는 잘 알고 있어도 내가 나임을 잊게 될 때도 있고 일부러 상처받기를 자처하며 스스로를 괴롭힐 때도 있어요. 감정을 통제할 수 없는 시간을 점점 줄이기 위해 노력하는 거죠. 참을 수 없는 기분 나쁨에 잠깐 허우적대다가 평온함으로 돌아오고 또 잠깐 울고 화내다가 또 진정된 안락함으로 돌아오는 것을 습관화하다 보면 큰 돌덩이에 갑자기 행복이 납작 뭉개져도 돌을 쓱쓱 치우고 일어날 수 있어요.

외모 비난에 오랫동안 힘들었어요? 지금은 힘듦을 빠져나왔지만 예쁘다는 말이 듣고 싶어서 물어본 거죠? 못된 사람들 말을 아직 믿고 있는 건 아니죠? 라미는 정말 예뻐요. 예쁘다는 게 의심이 든다면 나처럼 라미가 원하는 답을 해줄 사람들한테 자꾸 물어보세요. 백 번 천 번 물어보세요. 같은 질문을 퍼붓다가 앵무새로 변해버려도 내가 새장 안에 가두지 않고 예뻐해 줄게요.

**라미 :** 조언이랍시고 잔소리를 해댔어. 예쁘지도 않은데 우울한 표정으로 돌아다니면 널 사랑해 줄 사람을 만나기 힘들 거라나 뭐라나. 그 사람들 생김새도 분위기도 엉망진창이었어. 꼴이 아주 우스웠다니까.

**샐리 :** 조언이라뇨? 조언은 내가 남에게 하는 게 조언이고 남들이 나에게 하는 건 다 잔소리예요. 난 그렇게 생각해요. 굳이 조언을 하고 싶다면 상대방의 요청이 있었을 때 해주는 게 그나마 조언이라고 할 수

있겠네요. 조언을 해달라는 사람한테도 부정적인 저주가 섞인 말을 한다면 폭언이에요. 제발 요청하지 않은, 조언인 척하는 폭언으로 상대방의 미래 날씨에 먹구름을 저주하는 더러운 소나기는 먼 곳으로 지나갔으면 좋겠어요. 화가 많이 나요. 소중한 라미에게 폭언을 하다니. 그 사람들은 어디서, 왜 만난 사람들인가요?

**라미 :** 교회에서 만났어. 그 사람들의 신앙심도 의심스러워. 믿음으로 형제자매라 칭하며 서로 사랑하고 행복을 빌어주며 신실한 태도를 보여줄 거라 기대했어. 자신들의 기도는 진실하고 남에게는 기분 나쁜 말을 조언이랍시고 지껄이는 눈깔이 어찌나 악마 같던지…. 남의 심장에 화살 톡톡 쏴대면서 천국에 갈 거라 믿고 있겠지. 기가 막혀. 만만한 화풀이 대상을 골라서 상대를 낮춤으로써 자신의 가치를 높이려는 착각 속에 사는 것 같아. 자신들이 나보다 우월하다는 착각이라도 해야 불만 가득한 삶에서 구원받을 줄 아나 봐.

**샐리 :** 라미가 속상했겠어요. 라미는 사람들에게 좋은 말만 하려 노력하고 기분 좋은 교회생활을 하고 싶었을 텐데 예상하지 못했던 걸림돌이 교회에 있다니 상당히 거슬렸겠어요. 일상에서 넘치도록 만나게 되는 스트레스를 종교 활동 중에도 받아야 한다면 원인을 없애고 싶을 것 같아요.
황당하고 힘들었던 그 마음은 단단하고 꾸덕꾸덕하게 유성 색연필과 오일파스텔로 칠해줄 거예요. 못된 사람들의 침방울이 많이 튀어도 그림은 망가지지 않을 거예요. 아무도 라미의 자존감을 훼손할 수 없도

록 해줄 거예요. 기대해 봐요. 같은 스트레스를 반복해서 받는 일은 없을 거예요.

이번 스트레스의 원인이 종교 안에서 일어난 일이라 그 이야기도 좀 하고 싶어요. 라미의 종교 생활에 대해 이야기해도 될까요? 내 판단은 무조건 옳다 믿고 내가 하면 괜찮은 것 같은 착각일 수도 있지만 라미는 내게 관대하니까 말해주고 싶어요. 조언이랍시고 잔소리를 해댈 수도 있겠지만 라미는 나의 말을 잔소리로 해석하지 않고 잘 받아들일 걸 아니까 라미가 좋아할 만큼 딱 그만큼만 이야기할게요. 그 선을 넘게 되면 라미의 귀와 샐리의 입을 힘껏 닫아주세요.

**라미 :** 괜찮아. 난 정말 괜찮아. 다 얘기하고 싶다. 오늘은 뭔가 잘 모르겠어. 표현하기 어려운 기분인데. 그냥 다 말해도 좋을 것 같아. 다 기분 좋아.

**샐리 :** 라미가 종교적 활동을 통해 긍정적인 변화를 얻은 것은 잘 알고 있어요. 겁이 많고 불운을 끌고 다니던 불안했던 표정들은 희망을 기대하고 웃음이 많아졌죠. 방언 기도를 하고 간증을 이야기하는 목소리는 발음과 색깔이 또렷해졌어요. 종교가 라미의 삶에 동기 부여가 되었다는 사실이 얼굴에 묻어났어요. 기도의 힘으로 좋은 직장으로 이직도 했고 희미했던 간헐적 쌍꺼풀은 완전히 자리 잡았죠.

내가 가진 초능력의 힘은 믿음을 바탕으로 이뤄지는 기적적인 현상이라는 점이 종교와 닮아있죠. 모든 종교 안에서 기도의 힘으로 이뤄지는 기적과 일맥상통한 부분도 있기도 해요. 우리는 같은 세계에 살면서 또 다른 세계에서 살기도 하는 거니까. 시간의 흐름을 흘러가는 대로 인지하는 사람도 있고, 우주의 신비에 대해 공부하는 사람들 중에 시간은 흐르지 않지만 우리가 과거, 현재, 미래로 틀을 만들어 놓고 순서대로 받아들이고 믿는 거라 말하는 사람도 있어요.

종교는 자유잖아요. 자유롭지 않은 부분이 있다면 그 부분은 마음에서 뺐으면 좋겠어요. 라미가 믿는 종교를 존중하지만 저는 그 실체를 맹신하지 않아요. 우리는 각자 원하는 세상에서 믿고 싶은 종교를 통해 나를 믿고 있어요. 저 샐리는요, 어디에든 존재해요. 언제 어디서든 믿음을 받으면 미래를 그려낼 수 있거든요. 종교와는 무관해요. 나를 꼭 알아주세요. 믿어줘요.

믿고 싶은 종교 안에서 믿고 싶은 기적을 간증하고 자랑하는 일은 행복한 일이에요. 나는 종파의 창시자가 되고 싶어요. 나를 찾아오는 사람에게 나를 믿어달라고 말하듯 기독교도 먼저 문을 두드리는 사람에게 믿음을 나눠주면 좋을 것 같아요. 서로가 믿는 세상이 달라도 인정해 주고 배려해 주었으면 좋겠어요. 기독교인 중에서는 다른 종교를 믿는 사람이나 무교라고 말하는 이들을 틀렸다는 시선으로 보고 안타까워하며 그들 안의 세계로 들어올 것을 강요하는 사람이 너무 많잖아요.

라미는 그들과는 좀 달랐으면 좋겠어요. 담백하고 센스 있게 건강한 종교 활동을 누리는 예쁜 라미를 그립니다. 지금 여기서 나를 생각하고 내 그림을 상상하기를 바라요.

**라미 :** 맞아. 나는 싫어하는 사람들에게 막 전도하지 않아. 나도 그렇게

생각해. 와~ 거의 다 그렸어? 기대된다. 정말 기대하는 중이야. 고마워. 나 말고 오늘 손님 또 있니? 좀 더 말하고 싶어. 좀 더 있다가 가도 될까?

**샐리 :** 응. 새 종이 한 장 더 준비할게요.

**라미 :** 뒤쪽으로 나가면 되나? 화장실 열려있어? 나 화장실 갔다 올게.

**샐리 :** 천천히 다녀와요.

**라미 :** 완성된 그림 먼저 봐도 될까?

**샐리 :** 물론이죠. 물론 모든 걸 다 줄 수는 없지만~

**라미 :** 작은 행복에 미소 짓게 해 줄게~

**샐리, 라미 :** 무슨 일이 있어도 너의 편이 돼 줄게~ 언제까지나~ 하하 하하하하!

**라미 :** 갑자기 노래 부르기, 히히히. 재밌어. 나 이 노래 좋아해. 와, 그림 멋지다. 하하하, 마음에 들어. 그림 속 내가 예쁘고 편해 보여. 여유 있어 보여. 장소 분위기도 사람도 느낌이 좋다. 너무 맘에 들어.

아, 갑자기 노래방 가고 싶다. 너랑 노래방 가본 지 오래된 것 같아. 우리 자주 가던 노래방 아직 잘 있을까? 너와 나의 추억의 장소. 사라지지 않고 잘 있었으면 좋겠다. 친절했던 인상 좋은 사장님도 잘 계신지 궁금하다.

**샐리 :** 다음에 노래방 가요. 기미도 같이 가면 좋고. 물론 우리 둘이 가도 좋죠. 아까 우리가 갑자기 부른 노래 '물론'은 축가로 많이 불리는 노래잖아요. 라미가 결혼하게 되면 내가 축가로 불러줄까요? 가수처럼 잘 부를 수는 없지만 나름 꽤 쓸 만한 가창력이잖아요. 무엇보다 누가 부르는가에 의미를 두는 게 결혼식 축가잖아요.

**라미 :** 아, 너무 좋을 것 같아. 감동일 것 같아. 생각만 해도 너무 좋다. 아무래도 결혼 이야기를 하고 싶었어. 너도 좋은 사람 만나서 결혼하면 내가 너무 행복할 것 같고 내가 먼저 하면 더 행복할 것 같아. 히히히.

**샐리 :** 결혼과 출산이 의무인 시대는 지났어요. 지나지 않았다면 지나가고 있다고 말할래요. 우리 세대가 과도기예요. 인생에서 언젠가 꼭 겪어야 할 통과의례라 생각하는 사람들이 아직까지는 많지만 좀 더 시간이 흐르면 다양한 형태의 가족이 인정받고 자연스럽게 받아들여지며 편견이 없는 세상이 올 거라 믿거든요.
나는 결혼을 꼭 해야겠다는 생각은 없어요. 하지만 꼭 하지 않아야겠다는 생각도 없습니다. 인생의 마지막 남자라고 느껴지는 사람을 만나

게 된다면, 또 청혼을 받는다면 거절하지 못할 것 같기도 해요. 결혼은 아직 먼 미래의 일이라고 느껴집니다. 약간만 상상하려고 해도 신기루 같은 느낌이에요.

미래의 내가 지금의 나와 같으면서도 또 다르니까 어떤 생각을 하게 될지 기대되고 긴장되고 흥미로워요. 일부러 나중에 확인하고 싶은 급히 쓰인 연애편지 쪽지처럼, 꾸깃꾸깃하게 접혀있는 종이처럼 접어둘 거예요. 알고 싶지만 아직 알고 싶지 않은 결과. 아껴두고 싶은 핑크빛 미래. 그래서 나에게 결혼이란 간절하게 원하거나 결과가 정해진 단어가 아니에요. 나의 결혼에 관한 그림은 그리지 않고 있어요. 그려내지 않은 채 흘러가는 대로 두고 천천히 지켜보고 싶은 마음입니다. 그게 재미있어요. 꽤나 재미있습니다. 라미는 결혼을 간절히 원하고 있나요?

**라미 :** 응. 아, 그렇구나. 신기하다. 그럴 수 있지. 미래를 다 알면 재미없기도 하지. 결혼하고 싶고 안정적인 가정을 이루고 싶어. 예쁜 아기도 갖고 싶고, 행복한 엄마, 아내가 되고 싶어요.

**샐리 :** 라미는 어떤 사람을 만나고 싶어요?

**라미 :** 멋있는 사람. 애정표현 많이 해주고 성실한 사람. 약간의 살집이 있어 듬직한 체격에 또렷한 이목구비가 부담스럽지 않을 정도로 적당히 잘생긴 사람. 너무 크지 않은 선명한 쌍꺼풀을 가진 사람. 너무 어리지 않고, 너무 아저씨도 싫고, 적당히 몇 살 차이 나지 않는 오빠. 상

처가 있더라도 멋지게 극복해 내고 행복한 사람. 노래도 잘하고 케이크도 잘 먹는 사람.

샐리 : 영~ 원~ 히~ 변하지 않을 사람을 그리고 있군요.

라미 : 히히히히히, 맞아. 변하지 않고 든든한 버팀목이 되어 줄 그런 사람을 만나고 싶어.

샐리 : 전과도 없어야 하고 신원이 분명한 사람이어야 해요. 정직하고 믿을 수 있는 사람이어야 합니다. 드럼 같은 건 다룰 줄 몰랐으면 좋겠고, 스스로 멋있는 줄 착각하지만 하나도 멋지지 않은 저렴한 인격을 갖춘 사람은 안 됩니다. 얼마나 예쁘고 어린 여자를 만난 적이 있는지 누가 묻기도 전에 과시해 대는 날라리는 안 된다는 말이에요.

드럼을 취미로 연주하던 이상한 남자가 라미에게 허세를 부리며 치근덕대다가 거절당하자 추잡스러운 꼴로 라미를 모함하고 괴롭혔던 적이 있었어요.

라미 : 미치겠다. 드럼통 같은 찌질이는 절대 안 만날 거야.

샐리 : 혹시 드럼통을 좋아했던 건 아니죠?

라미 : 아니야. 절대로. 그 인간을 좋아하지 않아. 처음에는 잘해 주니

까. 좋은 친구가 될 거라고 생각했던 것뿐이야. 이제 깨달았어. 나에게 상처를 주려 애쓰는 사람에게 내 매력을 보여줄 가치가 없다는 것을. 나를 알아달라 애원하며 관계 회복을 위해 노력할 시간에 괜찮은 사람들과 건강한 마음을 나누는 게 더 현명하다는 것을 이제 알아. 너무 걱정하지 마.

**샐리 :** 다행이에요. 라미가 생각보다 더 많이 단단해졌네요. 라미가 원하는 사람과 결혼을 한다면 어디에서 무엇을 하는 장면을 그려야 가장 실제처럼 믿을 수 있을까요? 실감 나는 장면을 그린 그림을 보면 이미 이뤄졌다고 느끼고 현실로 다가올 수 있거든요.

**라미 :** 아, 미치겠다. 크크크크. 정말 지금 말해도 되니?

**샐리 :** 어떤 생각인지 잘 알겠어요. 엉뚱한 매력의 우리 라미. 19금 생각하고 있다는 것을 잘 알고 있어요. 말하지 않아도 너무 선명히 전달되었네요.

**라미 :** ·······.

　벽 너머로 라미의 얼굴이 보이지 않았지만 저는 볼 수 있었어요. 라미는 목젖이 보일 정도로 고개를 뒤로 젖혀 커진 입과 벌렁거리는 콧구멍으로 소리 나지 않는 음소거 웃음을 짓고 있었어요. 그녀의 어깨는 마구 들썩이고 있었고 바지 단추는 터져 벌어졌으며 작고 흰 손가

락은 넘치는 웃음으로 생긴 눈물에 지워진 마스카라를 비비고 있었어
요.

**샐리** : 침묵 속에 보이는 음소거 웃음 잘 느꼈고요. 19금 그림도 그려드
렸고요. 12세 청취 가능한 이야기를 해주시겠어요?

**라미** : 아… 날 너무 잘 알아. 미치겠다. 그거 말고도 하고 싶은 게 너
무 많은데. 음… 어떻게 떠올려야 하지?

**샐리** : 장소, 시간, 계절, 분위기, 소품, 표정 같은 걸 하나씩 생각하다
보면 라미가 원하는 결혼생활 중 하루를 기억해 낼 수 있을 거예요.

**라미** : 와. 미래를 기억해 내라고? 신기하다. 알았어. 나 할 수 있어.

**샐리** : 파이팅! 천천히 생각해 보고 말해줘요.

**라미** : 장소. 음… 바다. 바다 가고 싶어. 시간은 배 안 고프게 점심 먹
고 바로? 1시? 아, 아침에 생크림 많이 바른 빵에 아이스 아메리카노
벌컥벌컥 마시고, 꽉 끼는 허리 25인치 청바지에 몸을 억지로 구겨 넣
고, 바닷가에서 남편이랑 나 잡아 봐라 놀이도 유치하게 해보고, 모래
에 이름 하트 이름도 써보며 놀다가 차가운 커피를 너무 급하게 마셨
나 급 설사병 나서 흰 바지에 지리는 상상이 끼어들어. 미치겠다….

**샐리** : 괜찮아요. 일단 그 상상은 나에게 이야기하며 버려요. 아직 그리지 않았어요. 나도 중요한 날이나 여행 때 '배탈이 나면 어쩌나. 편두통이 오면 힘들겠지.'라는 걱정을 하기도 해요. 하지만 그날 아프지 않을 거라고 믿고 그림을 그리죠. 그래도 계속 아픈 상상이 끼어들고 믿음이 흐려져 초능력이 깨어나지 않을 땐 믿음을 키워줄 수단을 챙겨요. 이 약을 먹으면 절대 배탈이 나지 않을 거라고 확신하죠. 가방 안에 약이 있다면 그 날은 아플 일이 없는 거예요.

그날 라미는 위장약을 미리 챙겨 갔고 점심 식사는 호텔에서 한식으로 선택한 조식을 먹었어요. 소화가 잘되는 건강식이었고 천천히 먹었답니다. 아이스 아메리카노는 마시지 않았고요. 따뜻한 매실차를 마셨어요. 시큼한 향이 뜨끈하게 배 속으로 들어가면 꿀렁대던 위장도 차분히 할 일을 할 거예요.

**라미** : 좋아. 나 매실차 좋아해. 역시 날 가장 잘 아는구나. 감동이다. 엄지 척! 쌍 엄치 척!

라미는 짧은 엄지손가락 두 개를 얼굴까지 높이 치켜세워 올리며 들뜬 기분을 표현하고 있었어요.

**라미** : 다시 생각해 볼게. 결혼 후 남편과 바다에 갔어. 건강한 식사로 소화가 잘되었고 화장실도 다녀온 후에 해변을 거닐어. 오빠와 손을 잡고 걷는데 오빠가 손이 크고 따듯해. 근데 오빠가 손도 크고 근데 또 뭐가 크냐면…

라미는 또 19금 생각을 하고 있었어요. 라미는 성적 호기심이 왕성했죠. 친구들에게 본인의 생각을 드러내는 것을 부끄러워하지 않았어요. 낄낄대며 신나서 이야기하곤 했죠.

**샐리 :** 잘 알겠어. 잘 알겠는데 모든 상황을 19금으로 몰고 가면 바다를 그리기가 힘들어요. 해변의 정사씬 말고 건전한 장면도 그리게 해줘요, 제발.

**라미 :** 아. 미치겠다. 알, 알겠… 아… 알겠어요…. 해변에서 오빠랑 걷고 있어. 그리고 소화가 잘돼서 속이 편하고, 또 춥지도 덥지도 않아. 맨다리에 스커트, 상의는 얇은 카디건을 걸쳤는데 입었다가 벗어도 춥지 않아. 파도가 부드럽게 지나가고 잔잔한 물결이 투명해서 잉어가 보여. 그리고 또…

**샐리 :** 잠깐만! 잉어는 바다에 살지 않아요. 우리 라미 너무 귀여운 생각을 했네요?

**라미 :** 아, 그래? 아. 미안해, 진짜. 웃겨서 미치겠다.

**샐리 :** 미안할 일은 아니야. 지금 너무 유쾌해. 음… 라미가 해변을 걷기 전에 누가 잉어를 바다에 던져놨을 수도 있죠.

**라미 :** 아니야. 아닌 것 같아. 잉어 그렸어? 지워주라. 잉어가 바다에

없다는 사실을 안 순간 믿기 힘들 것 같아.

**샐리** : 내가 라미의 환상을 깼나요? 나도 미안해요. 잉어가 있는 바다를 믿을 수 없게 되었으니 지울게요. 짠~ 잉어를 그리려다가 지웠답니다! 걱정 마세요. 잉어만 빼고 또 이야기해 주세요. 그날의 풍경을 설명해 줘요. 누가 봐도 사실적이지 않은 부분은 함께 지우고 수정해 가며 같이 기억해 봐요.

**라미** : 응. 괜찮아. 파도가 지나가고 잔잔한 물결이 투명해. 깊은 바다 쪽에는 예쁜 배도 지나가고 있어. 뿌우 뿌우 소리가 나요. 바다에 떠 있는 배에서 나는 소리야. 내 배에서 나는 소리가 아니고.

**샐리** : 배가 방귀쟁인가요? 뿌우 뿌우 귀여운 배네요.

**라미** : 아, 맞아. 뿌우 소리가 나는 배도 있고, 불가사리도 보이고, 사진 찍는 연인들도 보여. 여행지 특유의 여유로운 분위기야. 해변에 있는 사람들 표정이 다들 편안해 보여. 나랑 오빠 표정도 편안해. 우리는 휴가 날짜를 서로 맞춰서 놀러 왔어. 근무 스트레스를 잊고 여유로움을 만끽하고 있어. 저기 파라솔도 보여. 파란색이랑 빨간색이 있는 줄무늬 파라솔인데 오늘만 대여료가 무료야. 튜브도 무료야. 햇볕 쬐며 수영할 수 있을 것 같아. 수영복도 챙겨왔거든. 아주 섹시한 흰색 비키니야. 얇아서 물에 젖으면 다 비칠 수도 있을 텐데, 앗! 제모를 안 했네.

**샐리 :** 라미는 수영복으로 갈아입고 해수욕을 즐길 수 있어요. 아침에 조식 먹기 전 객실 화장실에서 제모했잖아요. 잊었어요? 자신감 있게 비키니를 소화한 멋진 라미네요.

**라미 :** 맞다. 난 수영할 준비가 되었다. 수영도 하고 약간의 선선함을 감싸줄 두툼한 타월도 있어. 무료 파라솔 그늘 밑에서 햇볕을 피했다가 또 햇볕 쬐러 나왔다가 여유를 즐긴다. 상상만 해도 너무 좋다. 이렇게 둘만의 휴가를 두세 해 보낸 후에 아이를 갖게 될 것 같아.

**샐리 :** 잘했어요. 라미가 원하는 미래를 잘 기억해 냈어요. 대단해요. 그 날의 그림을 그렸어요. 볼래요? 오늘부터 그 날까지 걸어갈 방법들은 고민하지 말아요. 결과만 실감 나게 느끼고 믿어요.

**라미 :** 와, 맞아. 이게 내 미래다. 이거 언제야? 설마 80살에 결혼하는 건 아니지?

**샐리 :** 좀 전에 기억한 라미의 미래는 80살이었나요? 아니죠? 믿음이 땅속의 씨가 되었어요. 땅 밖으로 뚫고 나갈 새싹이 될 때까지 믿고 기다려 주세요. 조급해하지 말고 잠시 잊고 지내세요. 토스트기에서 빵이 뽕 튀어나오듯이 알고 있었지만 깜짝 놀라는 설렘을 기대해요. 눈 깜짝할 사이에 반짝거리며 그날로 가게 될 거예요.

**라미 :** 좋다. 생각만 해도 좋아. 내가 그리던 사람과 결혼하고, 열심히

일하고, 휴가 때 좋은 곳에서 좋은 시간 보내는 모습. 잘 봤어. 고마워.

**샐리** : 내가 준 그림을 남편과 함께 바라볼 날도 만나게 될 거예요. 그때 이 그림이 많이 낡아 있지 않을 겁니다. 염려 말고 기다리세요. 그날만 기다리며 일상을 잃어버리지 말고 행복한 하루하루를 보내세요. 의심하는 기다림은 초능력을 방해할 수도 있습니다. 라미가 믿으면 반드시 그림 속 장면을 만납니다.

**라미** : 응. 명심할게용. 고마워. 이제 집에 가볼게. 그림 코팅해서 잘 갖고 있을 거야. 연락할게. 다음에 만나.

**샐리** : 안녕. 나의 라미.

임시 영업일은 대만족입니다. 두 명의 친구들이 지불한 그림의 금액은 말하지 않을 거예요. 굳이 돈을 받을 생각은 없었지만 초능력을 사는 값을 지불하지 않으면 효과가 떨어질 거라나 뭐라나, 참. 고맙게도 값을 지불한 기미와 라미였습니다. 소중한 친구들은 기대를 저버리지 않고 날 순수하게 믿어주었어요. 서로 희망의 미래를 나눠 갖고 행복해할 수 있어서 기쁩니다.

돌이켜보면 누구보다 서로를 잘 알고 있다고 자신했던 우리에게도 소통의 부재 기간이 있었습니다. 10년 넘게 알고 지냈던 시간 동안 한 달 이상 만남을 갖지 않았던 시간도 존재했습니다. 두 달, 어쩌면 세 달일까요. 잘 모르겠습니다. 서로를 찾지 않았던 이유는 잘 기억이 나지 않습니다. 머리카락을 한 움큼 쥐어뜯고 쌍욕을 주고받을 만큼 서로가 미워질 만한 놀라운 사건이 일어난 적은 분명 없습니다. 애정을 바탕으로 생겨난 귀여운 서운함과 미안함을 만드는 일들은 가끔 눈치 없이 나타나긴 했지만, 정이 떨어질 만큼의 사건이 발생하지 않았음에 안도합니다.

우정의 힘은 얄밉도록 짧게 스쳐 지나간 가을 같은 전 남자친구처럼 쓸쓸하고 쌀쌀한 기억과는 결이 다릅니다. 만남이 없는 기간 동안 서로의 안부를 묻고, 믿었고, 나를 잊지 말아달라 애원하지 않았으며 여전히 내 편이 맞는지 증명을 재촉하지 않았습니다. 우리는 항상 학업과 진로, 아르바이트, 가족과의 약속, 남자친구와의 영원한 사랑을 꿈꾸고 포기하기를 반복하는 등 해결해야 할 당면 과제를 안고 살았고 그때그때 최우선이었던 일들을 급하게 해결하고 실패하고 웃고 울었으며 모든 일상에 붙은 감정들을 서로에게 여과 없이 털어놓았습니다. 인생의 계단을 오를 때마다 같은 칸에서 함께 느끼고, 위로받고, 또 위로해 주었습니다.

우리의 연락 횟수만 나열하면 소통의 부재가 있었지만 마음은 함께 존재했으니 소통의 부재가 없었던 걸로 생각해도 되는 것일까요? 묻지 않아도 같은 답을 떠올리고 있는 우리는 서로의 마음을 깨트릴 계획이 없습니다.

우정은 그렇게 쉽게 망가지지 않을 만큼 겹겹이 쌓이고 있었어요. 기미와 라미가 그대는 그대로 가게에 머물던 시간은 지금 어디에 있을까요? 우리가 이곳에서 함께한 시간은 과거로 밀려났지만 그 시간을 떠올리는 순간 그 시간은 지금 여기에 있습니다. 서로의 힘을 모아 견고하게 묻어둔 씨앗은 미래에 발현될 열매가 될 거예요.

함께 열매를 먹으며 웃고 이야기하고 그림을 사고팔며 초능력을 체험하는 샐리와 친구들. 그 모습을 지금 그리고 있어요. 붓펜으로 깔끔한 드로잉 외곽 툴을 정리하였고 색연필과 파스텔로 따뜻하게 채색하여 부드럽고 단단한 느낌이 마음에 들어요. 미래에 함께 맛볼 열매의 달달함과 그날의 바람과 온도를 지금 느끼고 있어요. 지금 나는 임시 영업일에 친구들을 만났던 시간들 안에 존재함과 동시에 또 원하는 대로 이뤄진 미래 안에도 있습니다. 걱정은 없고 아주 상쾌해요.

3장

❀

그
림
판
매
중

## 1) 부분적 조감도[*]

　　　　　높은 곳에서 바라보듯이 내 마음 전체를 객관적으로 한 번에 바라보려 하지만 부분적으로 보고 싶은 부분만 보게 되는 마음들. 그 마음들과 싸우는 또 다른 나의 생각들. 내 안의 문제들로부터 시작된 이야기들을 위한 그림을 그려봅시다.

### # 얼굴 주름

**샐리 :** 안녕하세요. 그대는 그대로 가게에 오신 것을 환영합니다. 당신이 의심 없이 믿을 수 있는 일들을 선명하게 그려내어 이뤄지도록 도와드릴게요. 하고 싶은 이야기를 꺼내주시면 이야기의 흐름이 당신의 미래에 긍정적으로 각색되도록 필요한 그림을 그려드릴 거예요.

........................

[*]　조감도(鳥瞰圖): 높은 곳에서 내려다본 상태의 그림이나 지도.

**손님 :** 안녕하세요, 샐리 메스머 사장님. 들리시나요?

**샐리 :** 듣고 있어요. 당신의 목소리와 감정을 가까이에서 듣고 있습니다. 제 얼굴을 보고 싶으시면 벽 가운데 커튼을 걷어도 괜찮습니다.

**손님 :** 아니요. 커튼을 걷지 않아도 보이는 것 같은 기분입니다. 괜찮아요. 사장님은 의사도 아니고 심리 상담사도 아니죠? 초능력을 가진 특별한 사람이라죠?

**샐리 :** 네. 저는 제가 가진 초능력의 힘을 수차례 체험했습니다. 샐리의 초능력을 믿어주시는 분들의 소망 실현이 성공할 때마다 저를 찾는 사람들은 늘어나게 될 것입니다.

**손님 :** 사장님이 의사가 아니라서 좋아요. 상담가나 문제 해결의 전문가가 아니라서 좋아요. 동등한 느낌이 들어요. 부탁하는 느낌이 들지도 않고 평가받는 느낌도 없을 것 같아요. 제 느낌이 맞죠?

**샐리 :** 병명을 진단해 주거나 강의를 하는 곳은 아닙니다. 편안한 마음으로 저를 활용하세요.

**손님 :** 사장님이 파는 그림은 일종의 부적인가요?

**샐리 :** 손님이 어떻게 받아들이는가에 따라 달리 해석될 수 있습니다.

부적과 저의 그림의 공통점은 소망이 담긴 물건이라는 정도로 가볍게 생각해 주세요. 손님의 믿음을 키우는 데 도움이 된다면 원하는 방향으로 생각하시는 게 좋겠네요. 부적에 포함되는 범위는 잘 모르겠으나 아무튼 저의 그림에는 어둠은 담을 수 없습니다. 부정적인 암시는 이뤄질 수 없어요. 당신의 청사진이라고 생각하시는 게 이해하시기 쉽습니다.

**손님** : 청사진이라. 미래의 희망적인 일들만 담을 수 있군요.

**샐리** : 초능력은 타인을 초월하여 적용될 수 있으나 타인의 불행을 소망할 수는 없습니다.

**손님** : 알아요. 타인의 불행을 바라는 마음은 자신에게 불행으로 돌아온다는 것. 내가 불행을 돌려받지 않더라도 지인이나 후손에게 업보가 씌워진다는 걸 믿어요. 제대로 살아온 사람들은 이 정도 세상 이치는 깨닫고 있죠.

**샐리** : 동감입니다. 지금 당신은 급히 해결하고 싶은 고민이 있군요.

**손님** : 얼굴을 보지 않고 목소리만 듣고 감정을 느낀다더니 참 신기하네요. 그것도 초능력인가요?

**샐리** : 가벽은 우리 사이에 존재하지만 사실 단단하지 않아요. 당신이

보이지 않는 상태임과 동시에 당신을 볼 수 있죠.

손님 : 무인카메라라도 설치해 놓으신 건가요?

샐리 : 아니요. 카메라는 없어요. 보이지 않아도 볼 수 있고 마음으로 보고 읽을 수 있는 감정을 공유하는 지금, 우리는 하나입니다.

손님 : 어쩌면 지구 안에서 이해하기 힘든 일들이 많아요. 공부는 끝이 없고, 알 수 없는 일들을 이해하기 쉽게 하려고 사람들이 정하고 받아들이는 연습을 하는 것 같아요. 보이는 것, 들리는 것이 다가 아니고 과학이 설명할 수 없는 영역이 많다는 것을 어렴풋이 느끼면서도 선뜻 이해한다고 말할 수 없어요.

샐리 : 신기한 세상에서 서로가 정해진 시간에 맞춰 흘러가고 있죠. 그 안에서 최대한 자유롭기 위해서 우리는 한순간이라도 더 행복해져야만 해요. 당신을 지금 지치게 하는 일은 무엇이죠?

손님 : 지켜내기 힘겨워지는 것들을 잃지 않게 해주세요.

샐리 : 당신은 무엇을 잃지 않아야 하죠?

손님 : 어릴 때는 새로운 것을 갖고 싶다는 욕심을 내는 게 일상이었어요. 어른이 되고 나서 새로운 것을 갖지 못하는 것보다 가진 것을 잃

는 것이 더 큰 절망이라는 것을 알아버렸어요. 어른이 된다는 것은 잃어버릴 것이 많다는 것 같아요. 아쉬워하고 안타까워하는 일들이 한두 가지가 아닌 걸요. 인정하고 포기하면 편하기도 해요. 하지만 변하는 외모는 거울 속에서 오늘의 나로 각인돼요. 오늘의 나는 어제의 나와 다름을 잊지 말라고 경고해요.

샐리 : 오늘의 나와 어제의 내 모습이 다름은 멈추지 않는 시간이 만든 자연스러운 현상인데 변하는 모습을 받아들이기가 힘든가요? 누가 경고를 하죠?

손님 : 제가요. 거울 속의 저로부터 현타가 오죠. 포기하지 말아달라 울부짖죠. 받아들이기가 힘들어요. 얼굴 피부 껍데기 바로 안쪽의 내 표정은 아직 10대 소녀인데 피부에 주름이 자꾸 접혀요. 철이 들고 성숙해지는 인격과는 다른 문제죠. 마음은 지구 안의 어떤 시간 속에 머무르려 하는데 몸은 지구를 떠나갈 채비를 하는 것 같아요. 눈가 주름을 차곡, 팔자 주름을 차곡, 이마 주름을 차곡차곡 접고, 허리를 접고, 목을 접어서 다 접히면 땅속에 묻힐 것 같아요.

샐리 : 제가 신비주의 사장이거든요. 정확한 나이도 비밀이에요. 그렇지만 살짝 힌트를 줄게요. 저도 같은 고민을 하고 있어요. 최근에 나이 앞자리가 바뀌었거든요. 아직은 이곳에 오래 머물 것 같은데 또 어떤 날은 내가 사라질 것만 같죠.
눈가 주름이 견딜 수 없이 보기 싫다면 피부과에 가서 보톡스를 맞으

세요. 국산 보톡스는 생각보다 비싸지도 않고 수입산과 큰 차이 없이 효과를 보기도 한대요. 모두에게 보톡스가 최고의 방법이라는 뜻은 절대 아니고요. 국산이 무조건 더 좋다는 것도 절대 절대 아니니 오해하시지 않기를 바랍니다. 제 지인들이 느낀 지극히 주관적인 생각이니 참고만 하시고요. 시술은 개인에 맞게 전문가와 충분한 상담 후에 결정하시면 좋겠습니다. 물론 일시적으로 숨긴 주름은 나타나고 또 나타나지만, 신경에 거슬린다면 병원에 가는 것도 좋은 방법이지 않을까요? 돈을 더 쓸 수 있다면 고가의 리프팅을 하는 것도 좋고요.

**손님**: 뭐라고요? 늙지 않고 더 어려지는 얼굴을 그리면 되잖아요? 왜 초능력을 쓰지 않고 병원을 권유하세요? 의외의 대답이네요.

**샐리**: 아시다시피 초능력은 완벽한 믿음이 깔렸을 때 이뤄지는 마법이거든요. 죽음과 늙음의 원칙은 거부할 수 없이 뿌리박힌, 누구나 인정할 수밖에 없는 사실이잖아요. 태어날 때부터 본능적으로 믿어왔어요. 시간이 흐르고 나이가 들고 우리는 죽음을 향해 늙어감을.

**손님**: 다른 방법은 없나요? 다른 대답을 해줄 수 없나요? 무슨 초능력 가게가 이따위예요? 병원에서 돈 받고 홍보해 주나요?

**샐리**: 그 어떤 기관과도 무관합니다. 수많은 방법을 찾을 수 있는 시간을 그려드릴 수 있지만 병원 이야기를 먼저 꺼낸 이유는요, 당신이 잘 알고 있어요. 초능력은 씨앗을 심는 일이라 싹이 틀 때까지 기다려야

해요. 하지만 당신은 문제를 당장 해결하고 싶고, 아직까지 나를 온전히 믿지 않아요. 맞죠? 괜찮아요. 이해해요.

시술이나 성형도 믿음이 들어간 효과라고 생각해요. 같은 병원에서 같은 시술을 받아도 효과가 미미한 사람, 효과가 기적적인 사람이 나뉘죠. 좀 더 작은 믿음으로 빠른 효과를 얻을 수 있는 방법 중 하나를 제시한 것뿐입니다.

**손님** : 휴… 그 정도 말은 저도 할 수 있겠네요.

**샐리** : 깊은 속마음을 말해줘서 고마워요. 당신이 믿을 수 있는 부분이면 제가 어려진 얼굴을 그려드렸을 겁니다. 현실적인 방법에 당신이 믿을 만한 초능력을 조합하여 그려드릴게요.

**손님** : 대화의 흐름이 난잡한데 허무맹랑하면서도 솔깃한 이 느낌은 뭐죠? 마치 정리되지 않은 내 마음을 들킨 것 같아요.

**샐리** : 안티에이징에 효과 좋은 시술과 화장품을 선물로 받게 해 드릴게요. 이너뷰티를 위한 제품들과 함께 잔뜩 효과를 맛본 당신을 그려드릴 겁니다. 꾸준한 관리와 스트레스 해소로 동안 소리를 듣도록 그려드릴 거예요. 마음에 드실까요? 아니면 늙어가는 얼굴을 받아들이고 신경 쓰지 않는 당신의 마음을 그려드릴까요? 우리는 지금 솔직하게 신뢰 가능한 구체적인 방법을 찾아가고 있어요.

**손님** : 짜증 낸 건 죄송해요. 사실 무조건 어려진 얼굴 그림은 좀 믿음이 안 갈 것 같았는데 화장품과 약간의 시술이라면 어려질 것 같은 느낌이 드네요. 근데 너무 외모지상주의에 휩쓸리는 건 아닌지 걱정도 되고. 그냥 어떤 얼굴이라도 스트레스받지 않고 받아들이게 되는 마음을 받는 게 나을까요? 잘 모르겠네요. 고민이 돼요.

**샐리** : 두 장 그려드릴게요. 수단과 방법을 생각하지 않고 결과만 상상하면 소망이 이뤄지는 초능력이지만 의심을 보여준 고객 마음의 맞춤형으로 수단을 넣은 그림 한 장과 수단은 감춰져 있지만 스트레스받지 않는 마음 한 장. 총 두 장 그려드립니다.

당신은 지금 고작 서른 남짓이죠? 당신이 젊음을 유지하고 싶은 기간은 최대한 길게 유지될 거예요. 하지만 80살이 되었을 때도 지금 얼굴이라 믿는 일은 힘들겠죠? 열 살이나 어린 70살 할머니 할아버지에게 젊은 사람이 나이 많은 척한다고 혼쭐날지도 몰라요. 곰곰이 상상해 보면 더 무서운 일들이 많겠죠? 할머니가 되면 그때는 받아들일 수 있을 거예요. 주름으로 가려지지 않는 분위기도 믿어보세요. 절대 감춰지지 않을 인생의 굴곡이 아름답고 자연스럽게 묻어있는 그 분위기로 당신은 떠날 때까지 아름다울 수 있어요.

**손님** : 지금 심각하게 생각하는 이 고민은 벌써 사라진 느낌이 들어요. 신기하네요. 몇 달 후에 다시 만날 수 있을까요?

**샐리** : 언제든 가까이에서 조용히 기다릴게요. 찾아주세요.

**손님** : 불과 몇 분 전에 화가 난 것 같았는데 뭔가에 홀린 것 같이 괜찮네요. 그림은 마음에 들어요. 막상 그림을 보니 나아질 미래를 믿을 수 있을 것도 같아요. 해결된 것 같지 않은 채 해결된 느낌. 찝찝하지만 나름 괜찮네요. 일단은 뭐, 감사합니다. 또 봬요.

**샐리** : 당신은 샐리를 또 볼 수 있어요.


# 탈모

**샐리** : 안녕하세요. 그대는 그대로 가게에 오신 것을 환영합니다. 당신이 의심 없이 믿을 수 있는 일들을 선명하게 그려내어 이뤄지도록 도와드릴게요. 하고 싶은 이야기를 꺼내주시면 이야기의 흐름이 당신의 미래에 긍정적으로 각색되도록 필요한 그림을 그려드릴 거예요.

**손님** : 내 마음을 들어줄 준비가 되어있으신가요?

**샐리** : 목소리가 지하에 있군요. 식사는 하셨나요?

**손님** : 이곳에 오면 이름이나 나이를 말하지 않아도 감정을 읽어주고 소원을 이뤄준다죠?

**샐리** : 소원이 없어도 괜찮고 생각나지 않아도 같이 찾아드릴게요. 당

신은 지금 어디에 있나요?

**손님 :** 옆에 앉아 이야기하고 있잖아요….

**샐리 :** 당신의 목소리는 지금 어디에 있나요?

**손님 :** 절망 속에 있습니다.

**샐리 :** 저는 절망 밖에 있어요. 하지만 우린 멀리 있지 않죠. 샐리가 절
망 속으로 다가갈지 당신이 절망 밖으로 나와 내 곁에 다가올지 궁금
하지 않아요?

**손님 :** 빠져나가기 전에 절망 이야기를 하고 나갈게요.

**샐리 :** 당신은 절망 밖으로 나오고 싶을 때 나올 수 있습니다. 제 초능
력을 붙잡고 나올 수 있어요.

**손님 :** 그 초능력이 밧줄도 아니고 도통 보이지가 않는데요.

**샐리 :** 보이도록 밧줄을 만드는 중입니다. 기대해 주세요. 당신을 절망
하게 하는 건 정확히 어떤 일이죠?

**손님 :** 민트색 밧줄로 제작 부탁드립니다. 제 손이 지금 핑크색인데 손

과 닿으면 잘 어울릴 것 같아서요.

**샐리** : 민트색과 핑크색을 좋아하는군요. 저도 좋아하는 색이에요. 당신을 절망으로 밀어 넣은 사건을 말해줄 수 있을까요?

**손님** : 평생 옵션인 줄 알았던 것들의 유통기한이 끝나가는 느낌을 어제 깨달았어요. 지금 가진 것을 지키는 것에 대한 간절함을 자각했어요. 언제까지나 푹신하게 뒤통수를 받쳐줄 것 같던 셀 수 없이 많은 그 머리숱들이 도망치듯 나를 떠나가고 있을 때 난 혼자 울고 있었어요. 얼마 전까지만 해도 빈틈없이 가득한 머리카락을 갖고 있었다고요. 이제는 머리핀을 지탱할 힘도 없어 머리핀을 바닥에 떨어뜨리고 머리카락은 집 안 곳곳에 흩어져 나뒹굴었죠.

가장 높은 곳에서 햇빛에 찰랑거리며 흔들리던 머리칼들이 밤이 되면 양말 발바닥에 들러붙어 죽어 있었어요. 받아들이기가 힘들어요. 내 시선보다 높은 정수리에 붙어 손가락 사이사이를 부드럽게 지나다녔었는데 발바닥에서 청소기로, 청소기에서 쓰레기통으로 쫓겨나며 나와 멀어지고 있었어요. 갖지 못했던 것들에 대한 욕심은 뒤로 물러났죠.

그런데요. 뒤로 물러나기만 했어요. 불필요한 욕심들이 완전히 사라지진 않더라고요. 더 많은 걸 잃어야만 뒤늦게 사라질 못된 것들… 욕심 덩어리. 마음을 닫고 닫아도 터져 나오는 욕심들을 정면으로 바라보며 지금은 욕심부릴 겨를이 없다 다짐하며 지금의 나를 더 소중히… 그렇게 절망의 마음을 지나 해결 방안을 찾을 힘을 얻고 싶어요. 당신의 그림으로 나는 다시 예전처럼 풍성한 머리카락을 가질 수 있나요? 손에 닿는 두피의 느낌이 맨송맨송한 게 인간적이지도 따뜻하지도 푹신하지도 않네요.

**샐리 :** 맨송맨송한 두피에 머리카락들이 듬성듬성한 느낌은 아니라서 산뜻하지만 그다지 좌절할 정도의 가벼운 느낌까지는 아닌데요? 심각하지는 않아 보여요. 벽 너머에서 눈을 감고 있어도 아주 잘 느껴진답니다. 진심이에요. 초능력을 믿어요? 나를 믿나요? 그렇다면 가능해요. 사기꾼이라 의심하지 말고 망할 판타지라 비약하지 말고 나의 존재를 그대로 믿어준다면 당신이 원하는 모습으로 사뿐히 건너갈 수 있어요. 무거운 마음을 버리고 가볍게 미래로 뛰어넘을 수 있어요. 시간의 순서를 무시하고 망각과 기억을 마음으로 통제하며 당신은 바라는 시간과 장소로 날아갈 수 있어요.

**손님 :** 마음은 항상 몸과 따라다니죠. 그렇지 않으면 불행하니까. 이곳에 오기까지, 샐리를 만나기까지 마음은 가볍지 않았지만 이곳에 온 이후 걱정은 가볍게 털어버리고 믿어보기로 결심했어요. 나의 믿음에 대한 환상을 보여주세요. 깨끗하고 단조롭고 진지한 일러스트를 그려주세요. 그러면서 당장 말해주세요.

**샐리 :** 드라이기로 머리를 완벽히 말리려면 1시간은 걸릴듯한 푹신한 머리카락을 가진 당신의 모습을 그리고 있어요. 당신은 드라이기를 오래 사용하여 왼손 오른손을 번갈아 가며 사용해도 팔이 떨어질 듯 아

파해요. 손목의 통증은 일시적이고 심각하지 않아요. 이런 일이 일상이 되어 신기하지도 않고 매번 행복하지도 않아 해요. 출근하기 전에 머리를 다 말릴 수 있는지 안쪽 머리는 젖은 상태로 출발해야 하는 건지 귀찮을 정도라고요.

머리끈은 뚝뚝 잘도 끊어지고 머리를 높이 묶어 말아 올린 날에는 무거움에 두통을 느끼기도 해요. 양갈래로 땋아 내린다면 땋은 머리가 두꺼워서 얼굴도 작아 보일 것 같아요. 빗질에 꽤 많은 머리카락이 빠지지만 다음 날 더 많은 새로 난 머리카락들을 발견해요. 정가운데 가르마를 내어 차분히 풀어 내린 머리카락들. 정수리 사이사이로 삐죽삐죽 올라온 새 머리카락들이 지저분해 실핀을 찾는 당신 모습도 그려봅니다. 제 그림을 보고 이미 이뤄진 일이라고 믿고 그 기분을 지금 느끼고 가세요. 반드시 이뤄집니다.


**손님** : 근데 혹시 내가 믿어야만 그림의 힘이 발휘되어 이뤄진다면 당신의 초능력이 맞나요? 나의 초능력일 수도 있지 않나요? 단순한 플라시보 효과 같은 건 아닌가요?


**샐리** : 생각은 당신 것이니까 당신이 정할 수 있어요. 믿으면 이뤄집니다. 걱정이 해결된 마음을 연기해 봐요. 그 표정을 마음으로 읽고 지금 그려낼 거예요.


**손님** : 무슨 종교도 아니고 믿으면 이뤄진다니. 무책임한 말 아닌가요? 정말 믿어도 되나요?

**샐리** : 아직 절망에 있나요? 좀 전에 믿어보겠다고 했었잖아요. 믿음을 그만 흔드세요. 당신을 그만 괴롭혀요. 이제 이곳에 왔을 때 결심했던 마음을 다시 말해주세요. 누구나 종파의 창시자가 될 수 있어요. 어떤 종교든 기도의 힘은 이렇게 무조건적인 믿음을 거쳐 가는 거니까. 그 믿음을 좀 더 쉽게 시각적으로 받아들이도록 도와주기 위해 저의 초능력을 파는 거예요.

혹시 시간이 흘러도 믿어지지 않아서 제 그림대로 이뤄지지 않는다면 다시 찾아오세요. 믿기 싫어도 오세요. 숱이 많아지지 않아도 상관없어진 당신 마음이라도 그려드릴 테니. 하고 싶은 이야기 더 하고 가셨으면 좋겠어요. 믿음을 결심하고 의심하고를 반복하다가 믿음으로 굳어질 때까지 내가 그림을 그리도록 종용하세요. 종이가 무한대로 쌓여 있거든요. 그림이 완성되었어요. 그림을 자세히 바라보고 크게 느껴보세요.

**손님** : 불신은 잠깐 스쳐 지나갔어요. 초능력에 대한 의심보다는 호기심이었다고 믿어주세요. 비싸지 않은 그림이라도 효능이 있을 거라 믿어볼 거예요. 그림을 받았으니 시도는 해봐야죠. 결과는 지금 당장 알 수 없지만 정말 기분 좋은 그림이네요. 예뻐요.

**샐리** : 벽 너머로 손님의 지금 그 기분. 저도 느껴져요, 똑같이. 그 기분 참 예뻐요.

**손님** : 순간 벽이 사라졌었나 멈칫했어요. 신기한 느낌이네요. 아무렇

지 않게 지나갈 고민일 수도 있을까요? 멈출 수 없이 시작된 콤플렉스가 될까요?

샐리 : 사실 다 괜찮아요. 괜찮을 수 있어요. 좋은 일을 많이 만나다 보면 오늘 기억은 사라질 수도 있어요. 혹여나 상황이 악화되고 대머리가 되어도 당신은 스스로 원하는 해결 방법을 찾을 거예요. 그리고 다시 저를 찾아와 기분 좋은 미소를 찾을 수 있어요. 그 미소는 인위적이지 않을 거고요. 최악의 상황에 대한 상상은 그때 생각해요. 오지 않을 날들에 생각하기로 해요. 의심은 지금 벗어놔요. 제가 곧 튼튼하고 사그락거리는 잠자리 날개 같은 머리끈을 사 드릴 거예요. 기대해요.

손님 : 감사합니다. 그럼 값은 얼마에요?

샐리 : 얼마든지 얼마든지요.


# 퇴사

손님 : 안녕하십니까. 예약 시간에 5분 늦었습니다. 죄송합니다.

샐리 : 안녕하세요. 그대는 그대로 가게에 오신 것을 환영합니다. 당신이 의심 없이 믿을 수 있는 일들을 선명하게 그려내어 이뤄지도록 도와드릴게요. 하고 싶은 이야기를 꺼내주시면 이야기의 흐름이 당신의

미래에 긍정적으로 각색되도록 필요한 그림을 그려드릴 거예요.

**손님 :** 혹시 인공지능 로봇인가요?

**샐리 :** 아니요. 사람입니다. 당신의 마음을 깨끗하게 읽고 그릴 수 있는 나는 샐리이며 지금의 당신입니다.

**손님 :** 아. 그쪽이 저라는 말씀은 꽤 시적인 표현이군요. 제가 이런 솔루션은 처음 받아봐서 조금 긴장이 됩니다.

**샐리 :** 급할 건 없습니다. 여유를 갖고 편안해지시면 말씀해 주세요. 저도 남자 손님은 처음이라 긴장감이 있지만 곧 편안해질 거예요.

**손님 :** 헛, 흠. 아, 헛기침이 자꾸 나네요. 죄송합니다.

**샐리 :** 괜찮아요. 신경 쓰이시면 옆에 음량 조절기로 배경음을 높이셔도 되고요. 뒤쪽으로 나가셔서 화장실에 다녀오셔도 괜찮습니다.

**손님 :** 예약 시간은 정해져 있는데 끝나는 시간이 정해져 있지 않더라고요. 다음 손님은 몇 시 예약인가요? 제가 몇 시에 나가야 하는 겁니까?

**샐리 :** 이곳의 시간의 속도는 우리가 정합니다. 초조해하지 않으셔도

됩니다.

**손님 :** 전 손님의 후기 글이 벌써 인터넷에 올라왔더라고요. 살짝 읽어 봤는데 온전히 믿을 수 없는 일은 냉정하게 조율해서 믿을 수 있는 부분으로 그림을 그려주신다고….

**샐리 :** 벌써 후기가 올라왔다니 신기하네요. 악평도 호평도 저는 너무 반갑습니다.

**손님 :** 시간의 흐름, 삶과 죽음, 지구 안의 일 등 존재하는 뿌리 깊은 믿음은 부정할 수 없다고 하셨던 것 같은데 시간의 속도를 정할 수 있다는 말씀이 어떤 의미인지 납득할 수도 용납할 수도 없습니다. 솔직하지 않아도 마음을 읽으시면 곧 들킬 것 같아 생각한 대로 말씀드립니다. 무례했다면 죄송합니다.

**샐리 :** 무례하지 않았던 그 솔직함 감사합니다. 같은 계절은 꼬박꼬박 돌아오고 시간은 똑같이 흐르고 더해지는 나이를 뺄 수 없죠. 그렇다고 해서 시간의 흐름을 느끼는 우리의 태도까지 정해진 틀 안에 가둬야 하는 걸까요? 사람이 정해놓은 정답들 안에서만 정답을 찾는다면 우리는 새로운 믿음에 도전하기 힘들 겁니다.

**손님 :** 철학적인 사고방식이군요. 어떤 생각인지 알아가는 중입니다. 저의 뇌는 로딩 속도가 빠른 편이거든요. 그쪽을 금방 이해하게 될 겁

니다. 시간의 흐름은 그쪽에게 맡겨보도록 하죠.

샐리 : 고집스럽지 않은 당신의 열린 마음이 잔잔한 파도처럼 제 입꼬리에 붙어 올라갑니다. 당신은 날 선 태도 안팎으로 배려와 이해심을 장착하여 흔들리지도 무너지지도 않는 편안하면서도 힘껏 기댈 수 있는 침대 같은 사람입니다.

손님 : 아, 과찬이십니다. 그쪽의 호기심과 영향력은 지구 바깥까지 뻗어 나간 무지갯빛입니다.

샐리 : 그쪽 저쪽 요쪽 이쪽도 좋지만 샐리라고 불러주셔도 좋아요.

"혹시 이거 썸이니? 남자 손님이 와도 설레지 않고 가게의 목적에 충실해야지!" 어디선가 라미의 목소리가 날아와 샐리의 심장에 도착했습니다. 샐리는 손님의 그림을 그릴 종이를 아직 꺼내지도 않았군요.

샐리 : 사탕발림 같은 진지한 말들은 잠시 내려놓기로 해요.

손님 : 사탕발림이라 단정 짓지 않고 우회적으로 선을 그어주신 것 같아서 약간의 당황스러움과 적당한 감사를 표합니다.

샐리 : 이후 어떤 대화를 하더라도 오해는 없을 것 같네요. 좋습니다. 당신이 하고 싶은 이야기를 꺼내주세요. 저는 천천히 켄트지를 꺼내고

있습니다.

**손님** : 현재 저는 취업을 준비 중입니다. 꿈을 너무 높이 둔 것일까요. 제가 손을 높이 뻗지 않은 것일까요. 잘 모르겠습니다. 두 군데 연이은 퇴사로 의욕과 자신감은 다소 떨어진 상태입니다. 첫 번째 직장은 능력에 비해 좋은 곳에 취업한 느낌이었고 두 번째 직장은 능력에 상관없이 끝없는 도전이 펼쳐진 곳에 취업한 느낌이었습니다.

첫 번째 직장에서 업무 처리는 엉망진창이었고 신입이라는 핑계로 이해받을 수 있는 수습 기간이 지나서도 팀의 일원이 되지 못했습니다. 기계처럼 일 처리가 능숙한 선배들에게 도움을 청할 수 있는 분위기는 철통 보안 너머로 배제되었고 퇴근 시간 전까지 숨은그림을 몰래 찾는 사람처럼 홀로 눈치 싸움을 견뎌야 했습니다.

수수께끼투성이 업무를 제대로 알려주는 사람은 없었고 학교에서처럼 가르쳐 줄 선생님도 없었습니다. 철저한 독학의 길을 개척하여 걸어가는 길은 잠겨있는 수많은 문들과 맞지 않는 열쇠를 넣어 후벼대는 탈출게임이었습니다. 긴장감 넘치는 시간들 속에 장기와 생각이 굳어가는 듯했죠. 제 탓을 해야 맞는 거겠죠. 하지만 단 한 명의 도움만 받았어도 해답 없는 문제풀이 게임에서 힌트를 얻고 힘을 얻었을 텐데 자꾸 다른 사람을 탓하려는 마음이 차올라 힘들었습니다.

첫 번째 직장이 무관심의 홀로서기였다면 두 번째 직장에서는 입체적인 텃세를 이겨내야 했습니다. 분담된 업무를 처리하고 또 의견 통일할 부분을 서로 상의하고 수정하여 상사에게 전달하는 과정에서 아이디어를 무참히 빼앗기기도 했습니다. 나의 잘못인 것마냥 누명을 쓰기도 하고 이간질당하기도 하는 일들은 며칠 밤을 새워 말해도 다 말하지 못할 만큼 반복된 일과였습니다.

웃는 얼굴로 인사를 하고 커피를 건네받기도 했지만 나를 제외한 모임과 얼룩진 마음들. 그들에게 좋은 사람이 되어 줄 수 있는 사람임을 증명해야 할 필요성을 상실한 날들. 그 고단함을 내려놓는 순간 나는 또 부적응자로 사직서를 쓰고 있었습니다. 꿈은 높이 띄워놓았는데 비루한 능력이었던 걸까요. 믿고 있었던 능력치는 거품이었을까요. 부적응의 원인을 찾아 퇴사의 이유를 만들어 왔습니다. 퇴사의 이유는 못 견딤이었고 내 탓을 하기 싫어 운명을 탓했습니다. 이곳은 내 자리가 아니었다고. 나와 어울리지 않은 곳이었다고. 지금의 나도 미래의 나도 도저히 감당할 수 없는 무거움이라 스스로에게 합리화하려 애썼습니다.

제가 회사 생활을 버티지 못하는 사람일까요. 사회생활이 이토록 선택받은 자들의 소굴이었던가요. 새로 이직하게 될 곳에서도 1년 이상 버텨내지 못한다면 정말 나에게 문제가 있다고 인정하고 그때부터는 억지로 이 악물고 버텨내야만 하겠죠. 또 다른 직업을 찾아야 할까요.

사람들 사이에 비집고 들어가 스며드는 능력이 결여된 듯, 흘러가는 물 위에서 기름처럼 떠돌았습니다. 도움을 받고 싶었던 마음을 전달하지 못한 이유가 무엇이었는지 생각나지 않습니다. 의지가 부족했고 마음을 열지 못했습니다. 먼저 다가와 주길 바랐고 누구라도 나를 도와주길 기대했던 마음은 아무에게도 들키지 않았습니다. 새로운 곳에서 다시 시작한다면 예전과 다른 나의 모습일 거라 기대해 보지만 이내 기대감은 가라앉습니다.

도전을 앞두고 실패가 걱정됩니다. 이 마음으로 면접을 보면 입사에 대한 열망이 거짓임이 탄로 나겠죠. 가족, 지인들은 자세한 내막은 모릅니다. 그저 두 군데를 일 년 이상 못 버틴 의지박약이라 못 박았고 진짜 이야기를 들어주려 하지 않았습니다. 가까운 사람들은 누구보다 냉정히 판단해 주고 나를 위하는 사람들이기 때문에 관대함과 동시에 편협합니다. 불운의 실체에 대해서, 내가 만났던 하루하루의 좌절에 대해 차분히 들어주지 않습니다. "우연히 불운이 연속으로 지나갔구나. 너의 잘못만은 아니었어." 또는 그저 "괜찮아."라는 말을 듣고 싶은 나에게 사무치게 슬프도록 인색합니다. 또 이렇게 사람들을 원망하고 말았네요. 하지만 알고 있어요. 진짜 문제는 나라는 것을.

**샐리**: 힘든 시간을 버텨온 당신은 분명 그 시간의 당신과 달라졌습니다. 마음에 멍이 많이 들었겠어요. 멍든 피부의 색깔도 시간이 지나고 보니 예쁩니다. 시간이 흐름에 따라 점차 치유되고 있다는 뜻으로 받아들여도 좋을 것 같아요. 여러 색의 색연필을 섞어 멍의 색을 유사하게 표현할 수 있어요. 당신을 멍들게 한 사건들은 아픔이 되었지만 그 아픔은 이제 보상받을 수 있습니다.
일단 멍 그림을 먼저 드릴게요. 아픔을 잊고 마음을 단단하게 성장시킬 오색 빛 멍을 어루만져 주세요. 당신과 나의 손길로 멍의 색은 점점 더 예뻐지고 흐려지다가 머지않아 사라질 겁니다. 혹시 퇴사를 후회하고 있나요?

**손님**: 아니요. 전혀 후회하지 않습니다.

샐리 : 다행이에요. 제가 생각하기에 후회가 되는 퇴사는 좋은 점만 떠오르고 좋지 않았던 점은 가라앉은 상태거든요. 더 안 좋은 직장으로 이직한 뒤에 전 직장이 나았구나 싶을 땐 후회와 실패감도 맛볼 수 있어요. 하지만 그런 마음들에서도 얻는 점은 분명히 있죠. 더 안 좋은 곳으로 흘러가지 않도록 현재의 직장을 지켜낼 힘이 좀 생기거든요. 후회하지 않는다는 건 더 안 좋은 곳으로 갈 확률이 낮다고 해석해도 좋아요. 더 좋은 곳으로 갈 거예요.

그리고 관대하지만 편협한 지인들은 꼭 이해해 줘요. 당신을 가까이에 두고 아끼는 사람들은 살다 보면 당신을 타인에게 설명할 일들이 많거든요. 어딘가에서 당신을 지켜보던 사람들 중 당신의 나쁜 소식을 반기는 사람들도 섞여 있잖아요. 친구나 친척들에게 퇴사 소식을 말해주기라도 하면 좋은 사람들을 제외한 일부 사람들의 입에서 오지랖 같은 잡음이 튀어나오기 마련이니까. 그 잡음은 파편투성이처럼 거칠게 우리를 할퀼 수도 있거든요. 당신이 땅을 사면 배가 찢어지게 아파할 친척들이나 가십거리에 목마른 동네 반찬가게 사장님, 정육점 아저씨, 세탁소 사모님 등이 "누구 집 아들은 또 직장을 관뒀다지 뭐야. 무슨 문제가 있는 게 확실해."라며 신난 억양으로 떠벌릴지도 모르니까요.

그렇지만 당신의 이야기를 알고 싶어하는 이들에게 당신을 설명하는 가족과 지인의 마음은 오해하지 않기로 해요. 당신이 잦은 퇴사를 하거나 혹여 부당한 해고와 불미스러운 사건 따위에 휘말렸다 해도 돌고 돌아 당신에게 돌아갈 상처를 미연에 방지하고 싶은 마음이 우선일 겁니다. 자랑거리를 전달하지 못해 창피한 게 아니라 당신의 진가를 모르는 사람들의 태도를 견디기 힘든 거예요. 본디 오지랖쟁이들은 타인을 향한 진심 어린 걱정보다는 암상스러운 본심을 염려인 척 착각하고 있는 경우가 많으니까. 뭐, 그렇지 않은 사람들도 많겠지만 일단 마음을 깊이 섞지 않고 그러려니 무신경해야 상처받지 않을 수 있으니까. 항상 나 자신이 상처받지 않기 위한 방패를 가슴 앞에 쥐고 상대방의 말과 행동을 살펴봐야 하잖아요. 불투명한 사람 속을 좋은 쪽으로 예측하려 하되 덜컥 마음에 담아두진 말아 주세요. 항상 나를 최우선에 두고 햇빛 쪽으로 나가 편히 앉아서 그늘의 파편을 만지지 말아 주세요.

**손님** : 모두가 나를 좋아할 수 없고 모두가 나를 응원해 줄 수 없다는 걸 알고 있어요. 제가 상처받지 않기를 누구보다 바라는 사람들이 편협하다고 느끼는 것 또한 멍이 든 마음이 본연의 색을 잃었기 때문이라 생각하면 마음이 편할 것 같아요. 시간이 돌아오고 원래의 색을 찾으면 그들의 진심을 오해하지 않기로 다짐해 봅니다.

**샐리** : 이 마음을 언젠가 잊어버리게 되면 나를 찾아와 대화해 주세요. 스스로 만든 그늘 안에서 눌어붙지 않도록 맑은 날씨를 보여주세요. 당신의 멍들었던 마음 곁에 있을게요. 언제까지나. 지금 안에서.

**손님** : 퇴사를 후회하지 않는 마음은 변하지 않을 것 같습니다. 그래도 두 번의 퇴사 원흉은 제가 맞는 거겠죠?

**샐리** : 자책은 짙은 색이 아니었으면 좋겠어요. 제법 딱딱한 지우개로

몇 번 만 문지르면 지워질 만큼 짙어지지 않도록 색을 걷어내 줄게요.

손님 : 아. 감사합니다. 여기 지금 보이는 자책은 가장 어두운 검은색이었어요. 0에서 10까지 올라갈 수 있을까요?

샐리 : 명도 단계 0에서 일, 이, 삼⋯

손님 : 사, 오, 육⋯

샐리 : 칠, 팔⋯

손님 : 구.

샐리 : 십.

손님 : 10단계까지 올라갔군요. 자책의 색은 이제 흰색이 되었어요.

샐리 : 바탕색은 흰 종이였어요. 바탕색 안에 스며들어 보이지 않아요. 밝고 가벼워요.

손님 : 좋아요. 좋습니다.

샐리 : '당신 때문입니다. 퇴사는 당신 때문이에요. 좀 더 버텼어야 해

요.' 또는 '당신 때문이 아닙니다. 당신은 그럴 수밖에 없었어요. 불가피한 운명 같았죠. 더 나은 곳에 당신을 필요로 하는 자리가 기다리고 있습니다.' 어떤 게 정답일까요?

**손님 :** 후자로 고르겠습니다. 사실은 제가 선택할 수 있는 판단이었어요. 자책은 하얗게 밝아져 가벼워졌고 수차례 같은 질문을 되뇌어도 같은 답만 맴돌았던 내 대답은 갑자기 변했어요. 후자를 선택할 겁니다.

**샐리 :** 세 번째 직장에서도 자유롭게 선택해 보세요. 흘러가는 대로 두었다가 흘러가는 대로 두지 않도록 막아보았다가 무엇이든 선택해 볼 수 있어요. 이틀 만에 관둘 수도 있겠죠? 하지만 당신이 견딜 수 있는 한계치는 누구도 예측할 수 없어요. 당신만의 우주 안에 떠다니는 숙제죠. 하루도 견딜 수 없는 일터도 존재하고 십 년을 급여 동결 상태로도 다닐 만한 곳이 있습니다. 같은 곳도 누군가는 하루짜리 누군가는 십 년짜리로 판단할 수 있습니다.

누가 더 능력과 인내심이 좋아서가 아닙니다. 우리는 모두 직소 퍼즐의 한 조각처럼 비슷한 듯 보여도 모양과 방향이 다릅니다. 내가 쏙 들어가 맞춰질 자리는 억지로 끼워 맞추는 퍼즐 사용자가 아니라 나만이 판단할 수 있습니다. 찌그러트리고 오려져서 맞춰지면 상처가 나고 찢어집니다. 멀쩡한 내 모습으로 건강하게 맞춰질 그림 안에 들어갈 날을 기다리세요. 지금 그리고 있습니다.

**손님** : 자책을 덜고 스스로를 판단할 용기가 생겨납니다. 제가 견딜 만한 곳을 찾으면 아주 오랫동안 버틸 수 있을 거라 확신합니다. 어떤 곳에서 어떤 모습으로 얼마나 오랫동안 행복한 직장인이 될지 자세히 보여주십시오.

**샐리** : 완성된 그림을 보는 순간 당신은 기억해 낼 거예요. 미래의 그 날을.

**손님** : 희한하게 나쁜 감정들이 가라앉네요. 좋은 기억만 떠오릅니다. 이게 미래의 기억이죠?

# 어린이

**샐리** : 안녕하세요. 그대는 그대로 가게에 오신 것을 환영합니다. 당신이 의심 없이 믿을 수 있는 일들을 선명하게 그려내어 이뤄지도록 도와드릴게요. 하고 싶은 이야기를 꺼내주시면 이야기의 흐름이 당신의 미래에 긍정적으로 각색되도록 필요한 그림을 그려드릴 거예요.

**손님** : 오, 대박. 여기 과자 먹어도 돼요?

**샐리** : 어린이 손님은 처음입니다. 환영해요. 준비된 다과는 손님을 위한 것입니다.

**손님 :** 다과가 뭐예요?

**샐리 :** 차와 과자를 합쳐서 말한 건데요. 어린이 손님은 뒤편 미니 냉장고에서 주스와 에이드, 우유를 꺼내 드셔도 좋습니다.

**손님 :** 와, 감사합니다. 어른들은 이곳에서 차만 마셔요? 우유랑 주스는 어린이 거예요?

**샐리 :** 취향대로 골라 드실 수 있죠.

**손님 :** 저 지금 엄마 카드랑 만 천육백 원 있어요. 돼요?

**샐리 :** 가격은 중요하지 않아요. 충분합니다.

**손님 :** 오, 싸다. 지난주에 누나랑 시내 타로카드 보러 가서 만 팔천 원 썼거든요. 그때 할아버지가 말한 게 다 맞았어요. 이것도 맞는지 궁금해서 와봤어요. 혼자 와도 되는 거죠?

**샐리 :** 괜찮습니다. 어린이 안심 구역입니다. 성범죄나 아동학대 범죄 전력 조회 서류도 보여드릴 수 있답니다. 그러니까 아동학대 신고당한 적 없음을 증명하는 종이들이 있거든요.

**손님 :** 와, 그런 것도 있어요? 개신기.

**샐리 :** 신기하죠? 손님은 어떤 이야기를 하고 싶어요?

**손님 :** 어… 뭐라고 불러요? 이모? 선생님? 목소리가 누나라고 하기엔 나이 드신 것 같고.

**샐리 :** 편하게 불러요. 무례하지만 않는다면요.

**손님 :** 이모라고 하죠. 엄마가 아줌마라고 하면 여자들이 싫어한대요.

**샐리 :** 좋은 엄마네요.

**손님 :** 좋을 때는 좋죠. 근데 누나랑 싸웠을 때 누나 편만 드는 것 같고 숙제 다 했는데도 게임 30분밖에 못 하게 할 때 짜증 나요.

**샐리 :** 엄마랑 같은 집에서 매일 같이 살지만 다른 세상에 사는 것과 같아요. 시간이 지나야만 이해할 수 있는 말들이 많을 거예요. 지금은 이해하기 힘들겠지만 엄마는 항상 손님을 사랑하고 손님이 상처받지 않고 예쁘게 자라길 바랄 거예요.

**손님 :** 절 사랑하시는 건 알아요. 예쁘게 자라지 않고 멋있게 자랄 건데요. 전 남자예요. 다른 세상에 사는 건 엄마가 외계인이나 유령일 수도 있다는 말은 아니죠?

**샐리** : 그럼요. 생각하는 것들이 겹치지 않는 부분이 많다는 거예요.

**손님** : 아, 교집합이 없다고요?

**샐리** : 네. 수학 잘하나 봐요.

**손님** : 교집합은 옛날에 배웠죠. 이 정도는 개꿀인데. 시시해요. 너무 쉬워서.

**샐리** : 멋지네요. 요즘 고민이나 하고 싶은 말 있어요?

**손님** : 터닝메카드 알아요? 어몽어스도 알아요?

**샐리** : 만화인가요? 게임? 잘 몰라요. 어떤 거예요? 재미있어요?

**손님** : 유치해요. 재미없어요.

**샐리** : 그렇구나. 어린 동생들보다 커서 만화나 게임 관련 장난감 필요 없죠?

**손님** : 별로. 재미없을 것 같아요. 브롤스타즈 옷 알아요? 친구가 브롤스타즈 후드티 입고 왔는데 웃기더라고요.

샐리 : 브롤스타즈 옷 입고 싶어요?

손님 : 아니요. 제 스타일 아니에요. 저는 방탄이 입었던 후드티 갖고 싶어요.

샐리 : 다음에 제가 사줄까요?

손님 : 정말요? 왜요? 사주시면 좋긴 한데 모르는 사람한테 선물 받았다고 하면 엄마한테 혼날 것 같아요. 저도 통장에 백만 원 있어요. 그래서 사고 싶은 거 살 수 있는데 엄마가 제 통장에 얼마 남았는지 볼 수 있대요. 그래서 몰래 쓸 수는 없어요.

샐리 : 그럼 사주지 말까요?

손님 : 네. 아니요. 에이, 잘 모르겠어요. 그려주세요. 그림에 그려주시면 제가 나중에 갖게 되는 거 아니에요?

샐리 : 그래요. 좋아요. 몇 개 필요해요?

손님 : 와. 백 개요.

샐리 : 백 개 받으면 엄마한테 잔소리 듣지 않을까요?

**손님** : 열 개요. 아니, 다섯 개요. 아니, 누나 거랑 제 거랑 친구 거랑 세 개요.

**샐리** : 좋아요. 기대해요.

**손님** : 대박. 돈 그리면 돈 생겨요?

**샐리** : 생길지도 모르죠. 근데 허황된 욕심을 부리면 대가를 치를지도 모르죠.

**손님** : 나쁜 일만 아니면 이뤄진다던데. 부자 되면 좋잖아요. 허황된 게 뭐예요?

**샐리** : 갑자기 돈이 많이 생기면 나라에서 조사를 할지도 몰라요. 세금을 많이 내야 할 수도 있고요. 사람들이 의심하고 돈을 빼앗으려 공격할지도 몰라요. 노력 없이 얻어진 결과물은 가치의 소중함을 알 수 없고… 또…

**손님** : 아. 이모는 어려운 건 못하나 보네. 사긴가. 로또 되게 해주세요, 그럼. 그건 돼요?

**샐리** : 어려운 건 못하는 게 아니고 부작용이 생길 마법은 부리지 않는다고 생각해 주면 아주 고맙겠어요.

**손님** : 부작용이요? 무슨 부작용이요?

**샐리** : 좋은 것을 얻으려다가 안 좋은 일도 겪어야 할 수도 있다고 설명하면 쉬울까요?

**손님** : 그니까 너무 큰 욕심 부리지 말라는 거잖아요. 알겠어요. 저는 산타를 믿는 어린애가 아니거든요. 알라딘 지니처럼 마술 부릴 수는 없다는 거잖아요. 아, 인라인스케이트 갖고 싶어요. 드론도 갖고 싶고요.

**샐리** : 인라인 타봤어요?

**손님** : 공원 가면 빌려주는 곳 있잖아요. 무릎 보호대랑 헬멧 안 써도 잘 타요.

**샐리** : 멋지네요. 다치지 않도록 조심해야 해요. 손님은 안전 장비를 착용하지 않아도 다치지 않을 실력이지만 실력 없는 사람들이 갑자기 부딪칠 수도 있고 기둥이 부러져 몸 위로 떨어질 수도 있어요. 무엇보다 손님이 다칠까 봐 걱정하는 가족들의 불안함을 덜어 주기 위해 안전 장비는 착용해야 해요. 고집부리다가 혹시 다치면 창피하잖아요. 그렇겠죠? 드론은 조종할 줄 알아요?

**손님** : 진짜 보호대 안 해도 안 다칠 수 있는데. 초보자같이 보이기 싫

거든요. 휴, 그래도 걱정시키는 어린애 아니니까 안전장비 잘 하고 탈 게요. 생기게만 해줘요. 드론 실제로 본 적 없어요. 유튜브에서 봤는데 재미있을 것 같아서요. 금방 배우겠죠, 뭐. 설명서 보면 잘 따라 하는 편이거든요.

**샐리** : 인라인 탈 때 어떤 기분이었어요? 드론은 무거울 것 같아요?

**손님** : 드론 별로 안 무거울 것 같고 인라인은 연습 여러 번 하면 안 넘어질 것 같은 느낌이요. 기분 좋아요. 빨리 달려갈 때 시원하고 땀나도 시원해요.

**샐리** : 날씨 좋은 날 차도와 거리가 있어 안전하고 넓은 공원에서 어린이 드론도 날리고 인라인도 타며 놀고 있는 모습을 그리고 있어요.

**손님** : 저 오늘 집에 사촌 형 놀러 오기로 했어요. 저녁에 식당 갈 수도 있어요. 초밥 먹을지 햄버거 먹을지 고민이에요. 뭐 먹을까요?

**샐리** : 초밥도 햄버거도 다 맛있을 것 같아요. 사촌 만나서 좋겠어요. 즐거운 시간 보내요.

**손님** : 사촌 형이 학습지 다 못 하면 못 올 수도 있다고 했어요. 근데 오겠죠?

**샐리** : 손님이 사촌 형을 기다리는구나~ 좋겠다. 그림 다 그렸어요. 밑에 구멍으로 받아요.

**손님** : 어? 이거 저예요? 제 얼굴 직접 안 보셨는데 어떻게 비슷하게 그리셨지? 개신기하다. 진짜 사진 같아요. 드론도 멋지네요. 제가 갖고 싶었던 파란색 초록색 무늬 드론 맞아요. 진짜 미래를 그리시는구나. 대박. 개꿀. 저 다음에 인라인이랑 드론 생기면 자랑하러 와도 돼요?

**샐리** : 꼭 오세요. 갖고 싶던 물건 가지게 돼서 기쁜 표정은 지금 벌써 보이지만요.

**손님** : 어디요? 여기 카메라 있어요?

**샐리** : 없어요. 그냥 보여요. 마음이 같아서요.

**손님** : 와, 개소름. 솔직히 약간 사기꾼 느낌 났는데 그림 보니까 기분 좋아졌어요. 아, 방탄 후드티 그림도 주세요.

**샐리** : 여기요. 두 장이요. 갖고 싶은 거 갖지 못하게 될 때도 다시 찾아올 것 같아요?

**손님** : 아니요. 저 벌써 가진 것 같아요. 신기한 느낌이네. 갑자기 막

신나요. 혹시 이모가 택배로 물건 사서 보내실 건 아니죠?

**샐리** : 제가 보내드려도 될까요?

**손님** : 이모가 사주시든 부모님이 사주시든 제가 사게 되든 상관없어요. 일단 이곳에 왔다 간 이후로 방법이 생길 것 같아요. 여기 뭐 하는 곳인지 저 알 것 같아요. 저 태권도 학원 다시 다니고 싶은데 엄마가 다시 보내줄까요?

**샐리** : 태권도장 가서 도복 입고 거울 보고 관장님 보고 친구들 보고 운동하는 느낌 생각해 봐요.

**손님** : 좋아요. 땀나도 즐겁고 게임도 하고 어떤 날은 피자도 먹을 수 있어요. 관장님이 아이스크림 사주신 적도 있어요. 어린이날에는 스피너랑 푸시팝도 선물 받았어요.

**샐리** : 그 기분 그대로 느끼고 있으면 다시 수업 듣는 날 장면을 지금 그려줄게요.

**손님** : 세 장이면 비싸지 않아요?

**샐리** : 마음을 더 써주고 믿음을 더 보여주면 그걸로 충분해요.

**손님** : 저 도장에서 운동하는 기분이 지금 느껴져요.

**샐리** : 여기요. 세 번째 그림.

**손님** : 태권도장에서 영상편지 보낼게요. 기대하세요, 이모.

# 이별

**샐리** : 안녕하세요. 그대는 그대로 가게에 오신 것을 환영합니다. 당신이 의심 없이 믿을 수 있는 일들을 선명하게 그려내어 이뤄지도록 도와드릴게요. 하고 싶은 이야기를 꺼내주시면 이야기의 흐름이 당신의 미래에 긍정적으로 각색되도록 필요한 그림을 그려드릴 거예요.

**손님** : …….

**샐리** : 당신은 지금 울고 있나요?

**손님** : 같은 이유로 눈물이 반복되는 게 싫어요. 눈물이 감정의 불을 끌 수는 없어요.

**샐리** : 당신의 마음에 불이 났군요.

**손님 :** 불이 뜨겁지는 않고요. 눈물이 차갑지도 않아요.

**샐리 :** 마음의 불은 차갑고 눈물은 식어도 뜨겁군요.

**손님 :** 엉망이란 소리죠. 뒤죽박죽이란 소리예요.

**샐리 :** 저는 온도를 조절할 수 있어요. 차가운 색으로 눈물을 식히고 뜨거운 색으로 마음의 불씨를 적당히 따듯하게 해줄게요.

**손님 :** 이게 무슨 개소리죠? 도무지 무슨 말을 하는 건지 모르겠어요.

**샐리 :** 내 생각이 내가 아닌 느낌인 거죠?

**손님 :** 그건 맞는 말인 것 같네요.

**샐리 :** 문제는 어디에 있죠? 안에 있나요? 바깥에 있나요?

**손님 :** 문제는 나죠. 내 안에 있어요. 눈 밖으로 눈물이 흐르고 몸 안에서 불이 나는데 물과 불이 몸 안과 밖으로 나뉘어 만나지 못해요. 물이 불을 끌 수 없다는 말이에요. 무슨 말인지 알겠어요? 저를 이해할 수 있냐고요.

**샐리 :** 울어도 아픔이 작아지지 않는 상태로 보여요. 맞나요?

손님 : 왜 저한테 물어요. 당신은 손님과 감정을 함께하고 동일하게 느낀다면서요. 하고 싶은 말만 해도 되고 하기 싫은 말을 굳이 설명하지 않아도 날 알아준다면서요. 그래서 날 가르치려 하고 진단하려 하는 사람들이 아닌 당신과의 만남을 선택한 거라고요.

샐리 : 짜증 내는 건 좋지 않아요. 우리의 짜증 난 상태가 긍정적인 대화와 그림을 만드는 걸 방해하면 슬프잖아요. 따듯한 밀크티 한 잔 마실래요? 제 친구 기미가 싱가포르에서 사 온 차예요. 향긋함이 따듯한 차 안에서 돌고 돌다 컵 바깥으로 풍기는데 그 향에 취하면 배고픔이 밀려오죠. 과자도 먹고 싶고 빵도 먹고 싶어요. 그 방 안에 빵도 있고 과자도 있어요. 크림치즈 마들렌과 녹차 가루가 뿌려진 초코 까눌레도 있답니다. 마음에 드나요?

손님 : 이거 유통기한 언제까지예요? 제가 위장이 예민해서요.

샐리 : 저도 위장이 예민해요. 배 아프지 않을 거예요. 유통기한은 당신이 먹을 때까지요.

손님 : 방부제라도 들이부었나요? 아니면 오글거리는 드립으로 해탈한 척 친절의 탈이라도 쓰신 건가? 다정하고 따듯한 척하는 말투 역겨워요. 초능력이고 뭐고 돈 벌려고 아부 날리는 거 아니에요? 아주 비열한 책략으로 남의 사사로운 인생 이야기를 갖고 노는 거 추잡스러운 우월감 아닌가요? 누군가에게는 심각한 이야기를 당신은 그저 장사를

위해 재미로 듣고 착한 척 몇 마디 날리고 어쭙잖은 그림 나부랭이로 희망 고문 하는 거 따지고 보면 심각한 범죄일 수도 있어요. 당신의 그 대단한 초능력이라는 게 정말 있기는 한가요?

저는요. 항상 좋은 모습을 보여주고 싶어요. 나를 아는 모든 사람들에게 또는 나를 시험에 들게 하는 사람들에게 그늘 없이 살아온 여유로운 삶 안에서만 존재하는 나를 보여주고 싶다고요. 화가 나도 참을 줄 알고, 억울해도 전화위복으로 일어서는 현명하고 강인한 태도로 맞서고 싶다고요. 이렇게 화를 보여주고 모진 말로 내 안에 있는 어린아이를 보호하려는 어설픈 모습은 어디에도 내보이고 싶지 않아요.

**샐리** : 이곳에서 감추고 싶은 모습을 보여주는 이유는요? 그 마음은 어때요?

**손님** : 내가 어떤 말을 해도 화나지 않아요? 참는 건가요? 돈 때문이에요? 가게 이미지 때문인가요? 차에 독약이라도 탔나요? 그림 따위는 누구든 그릴 수 있다고요. 다양한 분야에 지식이 없으면서 어떻게 수많은 고민을 알아차리고 해답을 그려낼 수 있죠? 당신을 믿어서 이곳에 온 게 아니고 다른 곳에 가고 싶지 않아서 온 거예요. 토사물을 버려낼 쓰레기통을 찾는 마음으로 온 거예요. 당신은 나를 설득할 수도 위로할 수도 없어요.

**샐리** : 안녕하세요. 저는 당신의 힘든 감정 전용 쓰레기통입니다. 저는 잘난 척하지 않고 아부하지도 않을 겁니다. 당신이 원하는 작은 쓰레

기통을 그리고 있을 뿐입니다.

**손님 :** 어쩌면 가장 감정적으로 소통할 수 있을 거라 생각했던 곳이에요. 상담을 위한 곳은 선택지가 많아요. 그중에서 만만한 곳을 선택했고, 상담에 대해 전문적으로 아는 것이 가장 없을 거라 생각했고, 나를 잘 알아차리지 못할 것 같아 안심이었고, 나를 잘 알아줄 것 같아서 기대감이 생겼습니다. 무엇을 상상하든 예측할 수 없는 존재군요. 당신을 화를 받아내지도 받아쳐 내지도 않는 것 같아요. 감정이 없는 것 같기도 하네요. 그런 식으로 운영하다간 단순한 화풀이 대상으로 전락해버릴 수도 있겠는 걸요? 아무것도 아닌 욕받이가 되어도 상관없어요?

**샐리 :** 당신의 감정 변화를 따라가고 느끼고 있습니다. 누구보다 당신과 함께 느끼고 아파하고 있습니다. 당신은 샐리를 믿지 않아도 이곳에 와닿았고 당신을 내게 보여주었습니다. 나는 당신의 감정을 그대로 그리고 있고 당신의 이야기가 끝나기 전까지 수정할 수 있습니다. 이곳에 오는 길에 피어난 꽃들과 나무, 구름을 보았나요?

**손님 :** 식물이나 하늘 따위는 보이지 않았습니다. 검회색 우산을 쓰고 있었고 내 마음은 밝음을 차단하고 있었습니다.

**샐리 :** 그 검회색 우산은 지금 어디 있나요?

**손님 :** 이 방에 들어오는 순간 보이지 않았습니다.

**샐리 :** 저를 믿지 않으신다고 했지만 저의 공간이 당신의 어둠을 치운 것 아닌가요?

**손님 :** 아니요. 당신이 제게 해 준 것은 아직 없습니다. 저 스스로 무거운 우산을 내던질 만큼 깊은 어둠에 휘둘리지는 않는 사람이기 때문입니다. 다만 당장 넘치는 분노를 어디에 쏟을지 결정하지 못한 채 당신이 그린 쓰레기통을 사용할지 말지 고민 중입니다. 아직 당신의 모든 것을 경계하고 싶다는 말입니다.

**샐리 :** 어둠에 휘둘리지 않고 감정을 통제할 줄 아는 강한 사람이군요.

**손님 :** 맘대로 판단하는 듯한 말투는 마음에 들지 않지만 나쁘지 않은 말이니 동감한다고 말해주죠.

**샐리 :** 이곳에서 우리는 하나가 되어 흘러갑니다. 당신은 왜 울고 있었나요?

**손님 :** 얼마 전 원하는 선택을 했지만 알고 보니 원하지 않는 선택이었습니다. 사실 원하지 않는 선택이었는데 이 선택을 해야만 하는 시기라고 확신했습니다. 무언가 정해진 대로 조종당하는 느낌을 지울 수 없었지만 보이지 않는 느낌은 나를 행동하게 했습니다. 이렇게 후회할 걸 알고 있었지만 해야만 했습니다. 내가 나를 힘들게 하는 행동을 나 때문에 안 할 수가 없었습니다.

**샐리** : 그 선택을 하지 않았어도 당신은 힘들었겠군요.

**손님** : 어떤 결정 뒤에도 나는 이 상태 안에 들어왔을 겁니다.

**샐리** : 당신은 남자친구에게 먼저 이별을 말했군요.

**손님** : 하… 아… 그럴 수밖에 없었고 그래야만 했다고 말하고 싶어요. 불편하고 쓰라린 그 말이 제 입 밖으로 탈출했습니다. 지금 당장 끝내야 한다고 더 이상 우리는 함께할 수 없다고 나를 이별로 등 떠밀었습니다.

**샐리** : 당신을 이별로 등 떠민 게 누구입니까?

**손님** : 혹시 당신인가요? 왜 그랬나요? 나를 불행하게 하고 싶은 사람인가요? 그렇게 나를 위하는 척, 잘 아는 척 조잘대며 저주를 보냈나요?

**샐리** : 샐리는 항상 당신이 편안하고 밝음 안에 머물기를 바랍니다.

**손님** : 말 돌리지 말고 똑바로 말하세요. 당신이 나를 이렇게 만들었나요?

**샐리** : 뒤섞인 잘못된 정보가 잘못된 믿음을 만들고 우리의 심장을 찌

룹니다. 내가 당신의 등을 떠밀지 않았다는 것을 알고 있으면서도 의심하고 싶고 탓하고 싶은 그 마음은 몹시 슬픕니다. 이 슬픔이 곧 사라지게 해줄 테니 나를 너무 미워하지 말아 주세요.

**손님** : 나는 울고 있었어요. 그날부터 지금까지 심장은 계속 찔린 상태로요.

**샐리** : 내가 당신을 밀었다고 믿고 싶다면 당신을 기쁘게 할 사람도 나라고 믿어줄래요?

**손님** : 그 사람이 내 인생에서 사라진 뒤 난 혼자 미래로 갈 수 없어요.

**샐리** : 아니요. 당신은 혼자 미래로 갈 수 있습니다. 나에게 혼자 미래로 갈 수 없다고 말한 건 그렇게 믿어서가 아니고 일시적인 투정이라는 것이 보입니다. 슬픔은 이곳에 두고 당신은 슬픔과 서서히 멀어지며 편안한 미래로 갈 수 있습니다. 제가 그렇게 그릴 거예요. 자세한 이별 사유를 말해보고 싶나요?

**손님** : 아니요. 제가 느낀 감정만 나열해도 시간이 모자란걸요. 지금 이별 사유를 말하는 내 모습, 상상만 해도 청승맞아요. 조금 더 시간이 흐른 뒤에는 말하고 싶을지도 모르죠. 하지만 지금은 절대 아니에요. 아직은 너무 가까운 과거 이야기라 생생하게 느껴질 것 같아서 말하기 싫어요.

**샐리** : 말하지 않아도 알고 있어요. 힘든 사건에 대해 말하기 힘든 시간과 말하고 싶은 시간의 순간들은 당신 마음의 높이로 정하는 거니까. 충분히 가라앉은 뒤에는 자세히 그 날의 일들을 말한다 해도 고통의 감정들이 쉽게 떠다니지 않을 거예요. 영겁의 시간이 지나도 어제 일처럼 힘든 일들도 있겠지만 우리는 알고 있어요. 당신의 이번 이별은 괜찮아질 수 있는 상처라는 것. 그래서 크게 걱정하지 않고 있답니다. 저는 지금 가벽에 손을 대고 있어요. 당신이 온 시간부터 이 벽이 더 튼튼해지고 건조해졌어요. 우리 사이에 이 정도의 벽이 적당한 것 같아요.

**손님** : 쓸모있는 벽이네요. 가게 사장보다 훨씬 똑똑해요.

**샐리** : 어쨌든 미리 지불하신 금액이 있으니 그림은 보실 거죠?

**손님** : 그대로 된다는 초능력을 믿는다는 말은 아닌데요. 가벼운 호기심으로, 그러니까 재미로 내 미래의 사진을 보고 싶어요. 그림을 보면 몇 초는 실소라도 나오겠죠.

**샐리** : 헤어진 연인과 다시 재회하는 그림을 그려드려요?

**손님** : 네? 잠시만요. 일단 쓰레기통만 그려주세요. 다시 만난다는 생각을 제대로 해본 적은 없어요. 누가 들어도 이별이 당연한 사건으로 헤어졌거든요. 제가 슬픈 건… 정확히 뭐가 슬픈지 혼란스럽네요. 그

러니까 제 말은 다시 만나서는 안 된다는 걸 알아요. 이 말을 기어코 내가 또 직접 하게 만드는군요. 당신 참 대단해요. 다시 만나고 싶은 건 아니라는 마음을 확인 사살 해주는 질문이었네요. 거참, 고맙군요.

샐리 : 소중한 추억은 오래오래 남아있겠죠. 그 당시에 버티기 힘들었던 감정들은 무거운 돌과 같아서 시간이 지나면 마음속 심해 저 밑으로 가라앉을 겁니다. 아주 낮은 곳까지 가라앉을 거예요. 즐거웠던 시간 속 우리의 모습이 그때의 의미와 달라져서 화가 나고 억울해요? 연애의 시간이 인생의 낭비 같고 힘들어요? 하지만 후회하지 않을 이별이라 깨달았으니 좋았던 시간을 다시 갖고 와 아파한들 헤어짐의 원인이 사라질 수도 없겠네요.

손님 : 알아요. 안다고요. 지금은 뭔가 많이 분하지만 시간이 필요해요. 다 괜찮아지겠죠. 헤어지고 나서 좋은 추억이 떠올라 봤자 지금 건질 수 없어요. 아무것도 붙들 수 없어요. 후회하지 않아야 하는 이유도 알아요. 우리는 가고 싶은 길이 너무 다르고 의견 차이를 좁힐 수 없어요. 상대방의 미래를 응원해 줄 수 없고 이해하고 싶지 않은 것투성이거든요.

샐리 : 이별 자체를 후회한다고 생각한 적이 한 번도 없을까요? 아니면 이별 후에 달라진 당신의 모든 것을 받아들이기가 힘든 것뿐인가요?

손님 : 생각을 단어 몇 개로 표현하기가 힘듭니다. 아무튼 안다고요. 지

금의 부정적인 감정들에 마음을 소비하지 말고 분노를 놓아주어야 미래의 내가 편해진다는 걸 이해하려 노력 중입니다.

**샐리 :** 만약에 그 사람이 다시 당신의 일상 안으로 들어와도 당신이 하고 싶은 것들을 방해받지 않을 수 있을까요? 당신도 그 사람의 인생 계획들을 방해하지 않을 수 있나요?

**손님 :** 대화는 충분히 주고받았고 목소리를 다 써버려 뱉어낼 목소리가 없어서 그 이상의 대화는 할 수 없었습니다. 그와 나의 목소리는 온몸 안의 핏줄을 갉아먹고 나오는 통증이어서 우리를 도와주지 않았습니다. 그만큼 지쳐있었고 타협점은 오래전에 우리를 떠나고 흔적도 남아있지 않았죠.

**샐리 :** 서로를 원망하나요?

**손님 :** 그 사람에게 나는 좋은 사람이 되어주지 못한 것 같습니다. 혹시 제가 흘린 눈물 안에서 원망의 색을 보았나요?

**샐리 :** 옅은 보라색과 하늘색이 섞인 색을 보았습니다. 원망과 자책과 슬픔과 미련 등 여러 가지가 혼합되어 있었는데 빛바래기 전에 실컷 반짝이는 아름다움 같았죠. 언젠가 반드시 빛이 모두 사라지고 아무것도 아닌 색이 될 거라는 것을 알고 있습니다.

**손님** : 마음이 참 신기하죠. 이 상처가 치유되기까지 많은 시간이 필요하다 느끼면서도 나의 눈물 색까지 관심 가지고 봐주는 사람이 있다는 것만으로도 힘이 납니다. 지금 느끼는 에너지가 아주 일시적인 힘이어도 용서할 수 있을 만큼 큰 힘이 되는군요. 내일의 나는 울지 않을 거라 예상도 해봅니다.

**샐리** : 당신의 마음에서 사랑의 끝을 보았습니다. 그 사람과의 좋은 기억 안에 튀어버린 통증을 털어내고 힘들었던 그 선택에 책임지는 모습을 그리고 있습니다. 무엇을 깨달았든 후회하지 않는 모습으로 편안한 표정을 그리고 있습니다. 지친 사랑의 끝에 묻은 보랏빛 눈물 자국은 가늘고 신축성 있는 끈으로 리본을 묶어 붙일 겁니다. 새로운 사랑이 찾아올 때까지 당신의 일상 안에 통증 없는 기억들이 가벼이 떠다니도록 아픈 기억은 색을 빼고 다시 색칠합니다. 불안한 여백 공간은 더 안전하게 채워넣을 거예요.

**손님** : 리본이 부드럽네요. 작고 귀엽고요. 대단한 위로나 해결책을 들은 것은 아닌데 뭔가 듣고 싶은 말을 들은 기분이 들긴 해요. 내가 나에게 해주고 싶었던 말을 들은 것 같아요. 쓰레기통 그림은 열고 닫을 수 있게 종이 한 장을 덧대어 부착해 주시고 다른 그림은 코팅해 주세요.

# 타임머신

**샐리 :** 안녕하세요. 그대는 그대로 가게에 오신 것을 환영합니다. 당신이 의심 없이 믿을 수 있는 일들을 선명하게 그려내어 이뤄지도록 도와드릴게요. 하고 싶은 이야기를 꺼내주시면 이야기의 흐름이 당신의 미래에 긍정적으로 각색되도록 필요한 그림을 그려드릴 거예요.

**손님 :** 타임머신을 그려주십시오. 과거로 돌아갈 수 있게 해달라고.

**샐리 :** 타임머신. 의심이 끼어들지 않으면 가능해요. 그렇지만 솔직히 존재하는 것도 믿기가 힘든 세상인데 존재하지 않는 것을 믿을 수 있을까요? 타임머신이 인터넷 주문으로 쉽게 구입할 수 있는 거라면 저도 쉽게 그릴 테지만… 창조해야 하는 믿음이라…. 솔직히 나는 자신이 없어요. 샐리의 초능력으로 가능할 거라 믿을 수 있겠어요? 제가 도움을 줄 수 있는 영역을 좀 더 구체적으로, 현실적으로 보여주기를 원합니다.

**손님 :** 과거를 바꾸고 싶어. 과거의 어떤 날이 사라져야만 현재의 내가 미래로 평화롭게 나아갈 수 있어.

**샐리 :** 시간의 흐름을 느끼는 방법은 조정할 수 있으나 과거에 데려다주는 일은 어려워요. 손님의 과거가 만들어 낸 생각 중에 현재에 어울리지 않는 생각을 찾아 편한 색으로 칠하는 건 어떨까요?

**손님** : 색칠은 무슨 색칠. 똥물로 색칠해 봐라, 똥으로 변하나. 영화처럼 기억을 지워주든지 그날로부터 나를 무신경하게 해방시켜 줘요, 제발.

**샐리** : 과거의 어떤 날이 멀어지지 않는군요. 등 뒤에 붙어있네요.

**손님** : 아무도 날 탓하지 않지만, 그날 나 혼자 무너지지 않았지. 나만 바퀴벌레처럼 살아남았다고. 끈질긴 목숨이야, 내가.

**샐리** : 당신이 일하던 건물이 무너진 날 당신은 휴가 기간이었군요. 불행 중 행운으로 당신의 육체가 무너지지 않았군요. 다행입니다. 축하해요.

**손님** : 축하라니? 함께 일하던 동료들이 뒤졌는데 아파하고 미안해하는 게 정상 아닌가? 눈치 보며 가슴을 쓸어내려도 눈총받을 수 있어.

**샐리** : 사망하신 분들 중 죽었으면 좋겠다고 생각한 사람이 있었군요.

**손님** : 아니? 아니야. 일하는 방식도 성격도 모든 사람과 다 잘 맞을 수는 없어. 하나부터 열까지 열 받게 하는 인간이 있긴 있었지. 그 사람이 더 눈에 밟혀. 그 사람을 저주한 것 같은 죄책감이 든다고.

**샐리** : 미운 정이 들었군요.

**손님**: 미워했던 사람, 친했던 사람 분리해서 따지려 하는 의도가 뭐야?

**샐리**: 무의미한 분쟁은 넘어갈까요? 타임머신을 타고 과거로 가면 그날의 사고를 막을 수 있나요?

**손님**: 건물이 붕괴되기 전엔 심상찮은 조짐이 있었을 거야. 전조 현상을 찾아내서 사람들을 대피시킬 거야.

**샐리**: 사람들이 믿어줄까요? 당신 말만 믿고 당장 앞에 보이는 업무를 포기할까요? 그 시절 그곳에 머물던 사람들은 금전적 손해를 감수하면서 확실하지 않은 안전대비를 선택하는 분위기는 아니었잖아요.

**손님**: 믿음을 바탕으로 하는 초능력이라더니 내 말을 믿지 않는군.

**샐리**: 과거로 돌아가서 전조 현상을 어디서 어떻게 제대로 찾아내고 누구의 도움을 받을 수 있을지 생각해 봤나요? 붕괴된 건물로 인해 피해를 본 사람들 명단은 어떻게 확보할 건가요? 어떻게 연락을 취할 건지, 전조 현상 증거를 첨부한 메일을 어떻게 보낼 건지, 메일 확인을 매일 안 하는 사람들은 직접 찾아갈 것인지 생각해 봤나요? 한 사람에게 말하면 그 사람이 모두에게 전달해 줄 것 같나요? 과거로 돌아간 손님의 모습을 실감 나게 그려볼까요? 정말 자신 있어요?

**손님**: 없어. 자신 없어. 과거로 돌아간다 해도 내 탓이 아니잖아. 그냥

그날 나도 출근해서 확 죽어버릴까? 그러길 원해?

**샐리 :** 혼자 살아남았다는 죄책감에 자살하러 과거로 간다. 이 그림을 원해요? 당신이 믿는 미래가 맞나요?

**손님 :** 아니. 아니야. 내 탓이 아니야. 궁지로 밀어 넣지 마.

**샐리 :** 외상 후 스트레스 장애 진단을 받았나요? 병원 치료를 받고 있나요?

**손님 :** 환자가 아니야. 치료받는 중이 아니라고. 그냥 날 이해하고 인정하는 과정은 치르고 있어. 지금 여기는 초능력의 실체를 알고 싶어 온 거라고.

**샐리 :** 천천히 하세요. 천천히 걸어가든 뛰어가든 어차피 그날이 등 뒤에 있잖아요. 그날이 등 뒤에서 떨어지기 전까지, 지금의 당신과 멀어지기 전까지 타임머신을 만들어 보자고요. 노력해 볼게요.

**손님 :** 타임머신은 불가능하다며. 조금만 흐려지게 그려줘. 그날이 옛날 일처럼 느껴지게 좀 더 빨리 괜찮아진 내 모습을 그려달라고.

**샐리 :** 네. 타임머신도 한번 그리는 볼게요. 믿지 않아도 그려볼 수는 있잖아요.

**손님** : 그날이 등 뒤에 붙어서 그런가 느껴지는 건 매일 느껴지는데 사건 관련 내용 중에 잘 기억나지 않는 부분들이 있어. 좋은 망각이 아니고 찜찜하고 불안한 기억들이라 그건 기억이 잘 났으면 좋겠고, 잠도 잘 잤으면 좋겠고, 악몽을 꾸지 않았으면 좋겠어.

**샐리** : 어떤 악몽을 꾸었나요?

**손님** : 건물이 움직이고 철제물, 조각, 벽돌, 흙, 죽은 사람들의 장기들이 막 쏟아지는 곳에 내가 하얀 우산을 쓰고 뛰어놀고 있어. 우산에 내가 쓴 연차 휴가 계획서 내용이 쓰여 있는 것 같기도 하고. 그곳을 빠져나와서 다른 길을 걷는데 비가 오는 거야. 우산은 하나밖에 없고 우산을 접었다가 다시 펼쳐 쓰는데 검정 우산이 되어있더라고. 그런데 우산에서 시체 썩은 냄새가 나고 지독한 똥 냄새도 나서 입과 코를 가리는데 누가 내 손을 딱 때리는 거야. 그 손 쪽으로 시선을 돌려 봤더니 내가 미워했던 그 인간인 거야.

눈은 날 노려보는데 입은 웃고 있고 우산에 묻은 똥을 찍어서 내 옷에 쓱 바르고는 저쪽으로 뛰어가다가 날아가더라고. 그 인간이 날아간 곳까지 걸어가서 주변을 둘러보니까 바닥에 누가 누워 울고 있더라고. 그 인간 딸내미가 겨우 3살인데 제 아빠가 날아간 곳에 앉아 울고 있었어. 아이 볼이라도 쓰다듬어 주려는데 아이가 내 눈을 후벼 팠어. 너무 아파서 눈을 못 뜨다가 떠보니까 건물 붕괴 전 사무실 안에 앉아있더라고.

사무실 벽에 금이 가기 시작하는데 나만 보여서 미치겠는 거야. 근데 좀 전에 봤던 아이 등에 날개가 있더라고. 그 날개를 뺏어서 내가 등에 달았더니 날개가 낙하산으로 변해서 나는 집 방 안으로 날아와 앉았어. 푹신한 침대 위로 떨어져서 편하더라고. 창문이 반짝여서 창밖을 보니 건물 붕괴가 시작되고 있었어. 죽은 사람들의 영혼은 악귀가 돼서 내 집 창으로 날아와 부딪치고, 떨어지고, 창문은 다 깨지고, 깨진 유리 파편이 온몸에 골고루 박혀서 눈을 질끈 감았다 다시 뜨면 미래로 도망온 느낌이었어. 이렇게 혼자 살아남는 꿈은 날 잊지 않고 찾아오고 있어.

**샐리** : 과거의 사건이 현재와 미래의 악몽이 되어 찾아오는군요. 끝나지 않는 재앙 안에 당신을 가둬둔 건 어쩌면 나일지도 모르겠어요. 미안해요. 이제 해방시켜 줄 거예요. 과거는 안전해요. 그 일은 과거에 있어요. 당신은 죽지 않고 살아남았어요. 시간을 움직일 수 있다면, 당신을 과거로 보낼 수 있다면 사건이 그 자리에 머물러 줄까요? 과거의 사건도 우리를 놀려대듯 움직일지도 몰라요. 현재로 이동할 수도 있고 미래로 복사될 수도 있겠죠. 생각만으로도 끔찍한 일이에요.

혼란스러운 처사로 당신을 위험에 빠뜨리지 않을 거예요. 움직이지 않는 과거의 시간 안에 더 단단히 갇힌 당신의 상처를 그려줄게요. 풀칠에 풀칠로 더 꽉 붙어있게 해줄 거예요. 그 시간에 붙은 상처는 자유롭게 돌아다닐 수 없어요. 현재의 당신을 괴롭히러 오지 못해요. 꿈속에서도 당신을 찾아올 수 없도록 단단히 일러둘 거예요. 다시 만날 수 없는 지난 시간이 당신을 괴롭히지 못하게 그날과 지금의 당신 사이를 두껍게 가로막을 거예요.

**손님** : 참으로 신비롭고 슬픈 그림이군. 하지만 의지할 수 있을 것도 같아. 아주 매력적인 환상이야. 이런 게 그림의 매력인 건가. 신기하군. 그림 속의 내가 될 수 있도록 매일 이 그림을 감상해 보도록 하지.


# 육아템

**샐리** : 안녕하세요. 그대는 그대로 가게에 오신 것을 환영합니다. 당신이 의심 없이 믿을 수 있는 일들을 선명하게 그려내어 이뤄지도록 도와드릴게요. 하고 싶은 이야기를 꺼내주시면 이야기의 흐름이 당신의 미래에 긍정적으로 각색되도록 필요한 그림을 그려드릴 거예요.

**손님** : 안녕하세요. 여기 난방이 좀 약한 것 같아요. 온도 좀 높여주시겠어요? 냉장고 밖에 있는 마실 거리는 따뜻한 차 위주인 것 같은데 요즘은 아아가 대세잖아요. 그리고 제가 얼죽아거든요. 얼음 띄운 아메리카노 주문 가능할까요?

**샐리** : 여기는 카페가 아닙니다. 음료값을 따로 받는 게 아니기 때문에 준비된 것 중에서 선택 가능하세요.

**손님** : 아~ 네. 냉장고에서 캔커피 하나 꺼내어 마실게요. 얼음이 준비되지 않은 건 아쉽네요. 요즘 허리가 안 좋아서요, 좌식은 좀 불편하네요. 약간 높은 의자가 없을까요? 아쉬운 대로 방석들 몇 개 쌓아서 앉

긴 했는데요. 보기보다 푹신하지 않네요. 더 도톰하고 화사한 방석을 구입하시는 게 좋을 것 같아요.

**샐리** : 당신은 까다로운 사람입니까? 아니면 정신이 번쩍 들게 하는 진한 커피가 필수인 피곤한 일상을 설명하고 싶습니까? 의자 판매점이 아닌 곳에서 푹신한 의자를 요청할 만큼 허리가 안 좋아진 사연을 알아주길 바랍니까?

**손님** : 식당에 갔을 때요, 밑반찬 하나가 너무 맛있는 거예요. 하지만 "더 주세요."라고 말을 하기 싫어서 그냥 더 먹고 싶은 마음을 숨기곤 했어요. 메인 메뉴가 많이 남아도 포장해 달라는 말을 하기 싫어서 그냥 빈손으로 나오는 사람이었다고요, 내가. 그랬던 내가 이제는 밑반찬을 더 달라고 말해서 더 먹고요, 고작 두세 조각 남은 돈가스도 식당 내부에 있는 포일을 찾아 직접 포장해 와요. 체력이 떨어지면 성격도 변하나 봐요. 뭐 정신력이 떨어진 건지도 모르죠. 엄마가 돼서 뻔뻔해진 것 같기도 하고 한 푼이라도 더 아끼게 되더라고요.

**샐리** : 원래 말하지 않았던 것들을 말할 줄 아는 사람이 되었군요. 마음에 채워지지 않는 구멍들이 생겨난 걸 메우기 위해 말이 많아진 걸까요?

**손님** : 맞네요. 제가 까다로워졌네요. 죄송합니다. 근데 좀 더 친절히 말할 수는 없었나요? 인터넷 후기에 평점 낮게 주면 어쩌려고요?

샐리 : 낮은 평점 주시면 낮은 평점을 받겠죠.

손님 : 듣던 대로 엉뚱하고 친절한 듯하면서 은근 자존심 세시네요.

샐리 : 매력적으로 느끼신 것 같네요. 감사합니다. 어머, 지금 벌써 세시네요.

손님 : 라임 맞춰요, 지금? 우리가 말장난할 만큼 가까운 사이인가요?

샐리 : 병맛이라고 생각하셔도 좋아요. 이미 저의 세계로 들어오셨는걸요?

손님 : 제가 우리 아이 하원 시간에 맞춰 돌아가야 하거든요. 우리 아들 어린이집 보낸 시간 동안 집안일만 하면서 시간을 허비하면 제가 쓸 시간이 없잖아요. 멀지 않은 곳에 초능력 가게가 생겼다고 해서 시간 때울 겸 와봤어요.

샐리 : 시간 때울 때는 친구가 최고죠. 친구처럼 생각하세요.

손님 : 친구는 내 편이 되어주는 게 가장 큰 매력이잖아요. 제 편이신가요? 저는 아직 사장님이 어떤 느낌인지 잘 모르겠어요. 얼굴을 본 것도 아니고 이렇게 벽을 사이에 두고 말하니까 편하게 일하시는 것 같기도 하고, 초능력이 있으시다니 웃기기도 하고, 신기하기도 하고, 솔

직히 돈 참 쉽게 버는 것 같기도 해서 반감이 들기도 하네요.

단골 고객을 많이 확보하진 못하신 것 같은데 입김 좋은 고객과 친구가 되면 좋겠죠?

오늘 겪어보고 괜찮으면 제가 좋게 소문내 줘서 다른 고객들한테 추천해 드릴 수도 있고요. 냉정하게 별로라고 판단되면 돈 낭비 시간 낭비하지 않도록 솔직한 후기를 쓸 수도 있고요. 맘카페에 홍보 글 하나 올려드릴 수도 있는데. 혹시 홍보 디스카운트 될까요?

샐리 : 대접은 상대를 대접해 주는 사람이 받을 수 있는 겁니다. 어설픈 갑질로 미움을 사서 대접받지 못하고 살았던 티를 내지 않았으면 해요. 디스카운트는 우리가 헤어질 때 생각해 보죠.

손님 : 와, 세게 나오시네. 거참, 말 싸가지 없게 하시네요. 고객은 왕 아닌가요? 목소리 듣자 하니 저보다 어리신 것 같은데 고객 상담하는 일을 이렇게 쉽게 하시면 안 되죠.

샐리 : 손님보다 어리지 않습니다. 이 가게가 첫 직장도 아니고요. 사회 경험은 적지 않게 있습니다. 같은 직업도 누군가에게는 조금 힘들게 느껴지고 누군가에게는 더 버겁게 느껴집니다. 본인이 느끼기에 덜 힘들다고 느끼는 직업을 선택하면 그 사람에게 어울리는 직업이 되겠죠. 세상에 쉬운 직업은 없습니다. 쉬워 보이는 일도 밑바닥부터 일 년 이상 겪어봐야 디테일한 업무와 직업 환경을 조금이나마 알 수 있겠죠. 본인이 직접 해보지 않은 일을 쉬운 일이다, 어려운 일이다 판단하며

말하다니 무지하군요.

**손님 :** 무식하다는 뜻인가요? 왜 나를 화나게 하죠?

**샐리 :** 누가 손님을 화나게 했는지 생각해 봐요. 조금만 멈춰서 생각해 보세요. 제가 맞나요?

**손님 :** 일단 좀 누울게요. 제가 허리가 많이 아파서요. 온돌 마루인가 요? 뜨듯하니 잠이 올 것 같네요. 커피를 마셔야겠어요.

**샐리 :** 기 싸움은 지나간 거죠?

**손님 :** 아, 진짜. 너무 웃겨요, 사장니~임. 낯선 사람에 대한 탐색전, 맛보기 정도였다고 치죠.

**샐리 :** 저를 믿으실 건가요?

**손님 :** 그림을 보면 믿음이 갈지 안 갈지 정해질 것 같은데 천천히 말씀 드리죠.

**샐리 :** 아드님 어린이집 종일반은 7시 반쯤까지죠?

**손님 :** 네. 간단한 간식은 나오지만 하원할 때까지 배고플까 봐 늘 걱

정이긴 해요. 전업주부인데 왜 종일반에 보내냐는 질문을 많이 받는데 안 물어보시네요?

**샐리 :** 직장 다니시는 엄마들만 종일반에 보낼 수 있는 건 아니잖아요. 종일반 신청을 할 수 있는 자격에 해당 사항이 있으시니까 종일반 보내시겠죠.

**손님 :** 네. 그럴 만한 이유가 있죠.

**샐리 :** 혹시 그 이유와 관련된 이야기를 지금 하실 건가요?

**손님 :** 아니요. 그 이유가 큰 고민거리는 아니에요. 제법 잘 해결되어 가는 중이죠. 사장님과 더 친해지면 사적인 이야기를 더 많이 할 수 있을 것도 같아요. 오늘은 다른 이야기를 하려고요.

**샐리 :** 육아맘은 삶에서 아이가 인생의 최우선이 되잖아요. 손님 개인 시간이 짧아지고 찰나의 순간들이 너무 소중하고 아까워서 더 좋은 것 마시고, 더 좋은 의자에 앉고 싶으셨던 거죠?

**손님 :** 음. 속마음을 꿰뚫어보시니 아니라고 말할 수도 없네요.

**샐리 :** 요즘은 육아 아이템들이 정말 다양한 것 같아요. 그만큼 사고 싶은 것도 많고 편리한 점도 많겠어요.

**손님** : SNS를 끊지 못하는 이유도 육아가 한몫하죠. 새로 나오는 육아 템들을 어찌나 빨리들 발견해서 구입하고 후기 올리고 추천하는지 신기하죠. 부모님 세대에는 도대체 어떻게 우리를 키우셨던 걸까요. 지금 그 시절처럼 아이를 키우면 소비는 크게 줄겠죠. 다양한 육아템들을 구경하다 보면 마음이 안 좋아요. 신기하고 웃음이 나다가도 우울해져요. 이미 좋은 육아템들을 알아버렸는데 우리 애만 못 사주고 못해준다 생각하면 비참하고 속상해요. 요즘에도 예전처럼 천 기저귀를 빨아서 쓰는 엄마들도 있지만 그런 부지런함을 실행할 힘이 없네요. 일회용 기저귀 가격이 부담스러워서 천 기저귀를 검색해 보긴 했어요. 예쁜 무늬, 예쁜 색깔, 다양한 디자인들을 다 사고 싶더라고요.

휴. 내 원피스를 백화점에서 사 본 지가 몇 년 전인지 기억이 가물가물하네요. 근데요, 이건 생각보다 괜찮더라고요. 내 옷, 내 가방 못 사는 건 생각보다는 속상하지 않더라고요. 어쩌다가 기념일에 신랑이 비상금으로 명품 가방을 사서 선물해 줘도 진품인지 가품인지 의심하기 전에 가방 살 돈이면 우리 아이 코트랑 신발이 몇 개인가 계산하고 있는 나를 발견했을 때 아가씨 감성은 색이 다 바랬구나 싶은 게 꽤 씁쓸하긴 했죠.

아무튼 유행 안에 지나가는 장난감 같은 건 대여 용품으로 사용할 거고 혹시나 우리 애가 마트 바닥에 늘러붙어서 사달라고 징징댄다면, 그 물건이 크게 비싸지 않다면 어느 정도는 사줄 계획은 있거든요. 저희 집이 그렇게 넉넉하진 않지만 또 그렇게 어려운 상황은 아니에요. 그래도 아이가 생기기 전보다 경제적으로 부담스러운 건 사실이죠. 마음은 항상 다 사주고 싶은 아들바보 엄마지만요.

**샐리 :** 문제가 있는 육아템이 있을까요?

**손님 :** 문제가 있는 육아템은 컴플레인이 이미 넘쳐날 테니 제가 크게 신경 쓰지 않아도 개선되고 사라지겠죠. 진짜 문제는 휴대폰이죠. 스마트폰이요. 전화기, 제 물건인데 육아템이에요. 아이에게 휴대폰 좀 덜 보여주면 어떨까 하고 생각하시겠지만 그게 말처럼, 생각처럼 잘 안 되는 거 아세요? 사장님은 아직 미혼이시죠? 그럼 아직 모르시겠다. 나중에 애 낳고 키워보시면 제 맘 아실 거예요. 한 살이라도 더 어릴 때 얼른 키워놔야 하지 않겠어요?

**샐리 :** 아, 네. 저는 아직 결혼하지 않았어요. 결혼과 출산이 의무인 시대는 지났잖아요.

**손님 :** 요즘 뭐 독신이 어쩌고 비혼이 어쩌고 딩크족이다 뭐다 말 갖다 가 붙이고 그러더라고요. 그래도 새끼는 하나 있어야죠. 늙어서 후회해요. 얼른 시집가시고 아이 하나 낳으셔야죠.

**샐리 :** 자녀가 인생에 필수라 생각하는 분들은 꼭 낳으셔야 하고 저처럼 필수가 아니라고 느끼시는 분들은 안 낳아도 되는 거라 생각해요. 빠듯한 살림에 셋 이상 낳는 사람들에게 아이를 왜 낳았냐고 면전에 대고 질문하지 않듯이 자녀가 없는 부부에게 아이를 왜 낳지 않았냐고 묻지 않는 세상으로 변해갈 겁니다.

낳고 싶은데 못 낳은 사람에게 "도대체 애는 언제 낳을 거야?"라고 말하는 꼰대 친척 어르신과 낳고 싶지 않아서 안 낳는 건데 "불임 치료 병원 소개해 줄게."라며 맘대로 불임이라 진단하는 의사병에 걸린 직장 상사의 말이 얼마나 무례하고 천박한 것인지 그들 스스로 깨닫기도 전에 세상은 빠르게 변할 겁니다. 그 누구도 인생의 중요한 선택을 종용당해서는 안 됩니다.

**손님 :** 미혼 사장님에게 육아 이야기를 하려니 공감과 이해가 힘드실 것 같아 여쭤본 거예요. 결혼과 출산 계획은 생각 안 해 보셨어요?

**샐리 :** 결혼은 저와 하고 싶다고 말해주는 사람이 있다면 그때 고민해 볼 문제고요. 출산은 한 번도 상상해 본 적 없어요. 아직 먼 이야기 같기도 하고 제 인생에서 겪고 싶지 않은 일이라는 느낌은 확신하니까요.

**손님 :** 에휴. 아직 어리시구나. 그래도 막상 낳아보면 달라요. 내 새끼는 너무 예쁘고, 낳으면 다 키우게 되더라고요. 사장님이 아직 팔팔한 가임기라 걱정이 안 되시나 본데 나중에 후회한다니깐요. 가임기가 지나면 생각이 변해도 기회는 지나가 버린 후니까.

**샐리 :** 후회하는 사람들은 후회하는 미래를 그리며 그 세상에 살고, 미래에도 결코 변하지 않을 확실한 가치관을 가진 사람들은 선택에 책임질 걸 생각하는 세상에서 살게 되죠.

**손님 :** 아이를 싫어하시는가 봐요.

**샐리 :** 아니요. 좋아합니다. 몹시 좋아하는 편이에요. 출산을 선택한 사람은 아이를 좋아하고 출산을 선택하지 않은 사람은 아이를 싫어한다고 믿는 사고방식은 너무 낡지 않았나요? 낳는다고 다 잘 키우던 시절과는 상황 자체가 다르잖아요. 갖고 싶은 것, 하고 싶은 일 등이 많아지고 인터넷 발달로 나를 위한 정보들이 쏟아지죠. 여전히 육아 휴직과 경력 단절 문제에서 자유롭지 못한 직종이 넘쳐나고요.

손님이 말했듯이 수많은 육아템을 다 사고 싶다는 유혹을 뿌리치고 그중에서 고르고 골라서 몇 개만 구입한다 해도 집값은 닿을 수 없는 하늘 위로 솟아버렸고요. 애 키우고 전셋집 마련하는 동시에 감 떨어지지 않게 직장 생활 유지하며 워킹맘으로 바쁜 생활을 행복하게 해내는 사람들도 있지만 저는 싫거든요. 쉬는 날 멋진 그림을 그리고 시도 쓰고요, 맛집이 멀리 있어도 꼭 찾아가고요, 결혼하게 되면 쉬는 날 남편은 소파에 붙어 하루 종일 게임을 하도록 둘 거예요.

제가 꿈꾸는 삶이 다수의 삶과 다르다고 해서 제가 틀렸다고 저에게 화낼 자격이 있는 사람은 아무도 없거든요. 전 이런 세상에서 살고 생각하고 있어요. 원하는 삶을 포기하고 출산과 육아가 인생의 우선이 되는 삶을 산다면 우울감에 빠지게 될 확률이 높아질 수도 있고요. 출산과 육아가 적성에 맞는 사람들이 있는 반면 적성에 맞지 않는 사람들도 있다는 걸 존중받는 세상이 되기를 바랍니다.


**손님 :** 아, 네. 그만 말씀하셔도 알겠어요. 자유롭게 살고 싶어서 아이 낳기 싫다는 이기적인 마인드 잘 알겠습니다.

**샐리** : 우리의 많은 생각이 하나의 몸 안에 갇혀있잖아요. 몸과 마음이 평등하게 움직이지 못할 때도 많아요. 마음이 가기 싫은 곳을 몸이 가야 할 때도 있고요. 몸이 가기 힘든 곳도 마음은 가고 싶을 때가 있어요. 지구에서의 죽음 이후에 우리가 어떤 세계 안에 존재할지, 여기에서의 삶이 정말 끝인지는 짐작하기 힘들어요. 몸과 마음의 주인이 너무나 하기 싫은 일을 무엇 때문에 강행해야 하죠? 과거에는 희생이 당연한 일이었던 분위기였지만 세상이 달라졌잖아요. 당연한 희생이라는 건 사라졌어요. 자식은 부모의 소유물이 아니며 영원히 통제할 수 없습니다. 노후의 보험도 아니며 가족과 친지들에게 보여줘야 하는 필수 아이템이 아닙니다.

**손님** : 네, 알겠어요. 이제 제 이야기 좀 다시 하죠? 장바구니에 넣어둔 채 결제 못 한 육아템들이 눈에 밟히긴 하는데요. 그렇게 큰 스트레스는 아니에요. 결혼도 안 한 아가씨한테 제가 너무 결혼, 출산을 강요한 느낌이네요. 생각보다 어리시지는 않나 봐요. 어르신들한테 "시집가라.", "지금 낳아도 노산이다." 이런 잔소리 꽤나 많이 들어본 느낌인걸요?

**샐리** : 제가 손님을 모셔놓고 너무 제 이야기를 많이 했네요. 죄송해요.

**손님** : 괜찮아요. 요즘 미혼인 사람들 중 이렇게 삶을 계획하고 꿈꾸는 사람도 있구나 생각하면서 잘 들었어요. 그래도 자식은 하나 있어야 해요. 잘 생각해 봐요.

**샐리 :** 제가 한 말들은 전혀 공감하지 못하시죠? 그래도 잘 들어주신 건 무의식적으로 스쳐 지나갔던 손님의 과거 생각들 중 겹치는 부분들이 있었던 것 아니에요?

**손님 :** 가만 보자. 음. 저는 결혼과 출산을 필수라고 생각하죠. 그래도 해보고 후회하라고들 하잖아요. 적성 이야기 하실 때 생각해 보니까 저는 육아가 그래도 적성에 맞는 편이라 잘 견딜 수 있어요. 좋아요. 세상이 달라진 느낌이거든요. 아이가 생기고 우주가 넓어진 느낌이랄까. 아무튼 혹시라도 나중에 낳아보시면 알아요. 그런 느낌이 있어요. 물론 너무 힘들 때도 있죠. 계속 약간 꼰대처럼 말하긴 했지만 저 젊어요. 아직 30대거든요. 아들 낳기 전에는 회사도 다녔고요. 소규모 사무실에서 웹디자인을 했죠. 빨리 복직할 수도 있었는데 월급이 얼마 안 되었거든요. 출근한다고 아이 봐주실 분을 구하면 제 월급이 그분 월급으로 그대로 나가거나 오히려 드려야 할 월급보다 모자라는 금액이라 남편도 양가 부모님도 복직을 말리셔서 포기했죠.

**샐리 :** 육아가 체질에 맞으시는 분 같아서 행복하시겠지만 가끔 직장 다닐 때가 그리우세요?

**손님 :** 직장 다닐 때 힘들었죠. 힘들었는데 좋았던 점도 있었죠. 모든 직장인들이 버티면서 다니잖아요. 사내에서 친한 사람 한 명 만들어서 가끔 농땡이 부리고 골치 아픈 일을 미리 끝내버리면 상쾌하고 모니터 화면에 채팅방 띄워 딴짓하고 또 아이쇼핑 하다가 상사가 지나가면 alt

키랑 tab 키 누르고 화면 전환해서 일하고 그랬어요.

불금에 퇴근 후 친구들 만나서 마요네즈에 닭똥집 찍어 먹고 맥주도 마시고 극장도 갔었죠. 가끔 감성주점 가서 흔들기도 하고요. 몸치이긴 하지만 조금 흔들면 기분이 좋더라고요. 여름에 급하게 다이어트 해서 비키니 입고 친구들이랑 풀빌라 펜션 가서 사진 백 장씩 찍고 새로 나온 머리핀, 꽃 같은 블러셔… 유행하는 건 다 알아야 했을 때가 있었죠.

요즘 유부녀, 아기 엄마들은 아줌마티가 안 나요. 다들 너무 예쁘고 아가씨처럼 잘 꾸미고 다니더라고요. 저도 그럴 줄 알았는데 체력이 안 따라줘서 그런가 게을러지더라고요. 비키니는 중고로 팔아버렸고 고무줄 있는 바지만 입어요. 애 핑계로 꾸밀 시간 없다고 말하며 이러고 다녀요. 오늘도 모자 눌러 쓰고 프리사이즈 원피스 입고 슬리퍼 신고 볼품없이 다니자니 새삼스레 좀 우울하기도 하고 그렇네요.

사실 사장님의 생각들이 예전에 내 생각들이었던 것 같기도 하고, 예전 일이라 잘 기억이 안 나는 것 같기도 하고, 잊고 싶었던 기억인 것 같기도 하고 생각이 참 쉽게 변해요. 그러니 너무 확신하지는 마세요. 미래의 여러 방향으로 가능성을 열어두시면 좋을 것 같네요.


**샐리 :** 어렴풋하게나마 기억해 주고 이해해 줘서 감사합니다. 행복한 직장 생활, 유행에 민감하던 아가씨는 손님 과거에 잘 보관되어 있군요. 그리워하는 느낌보다는 행복한 추억거리 쏟아내시는 것 같아 기분 좋아요. 행복한 사람들은 화장품을 바르지 않아도, 몸매가 드러나는 옷을 입지 않아도 예쁜 게 느껴져요. 너무 즐거워하면 미의 기준이 그

사람의 즐거운 분위기 안에 스며들거든요.

**손님** : 여유로운 느낌 좋네요. 아까 조금 까다롭게 굴어서 미안해요. 고리타분하게 늘어놓은 이야기들도요.

**샐리** : 본인에게 불만 없는 순간이 타인에게 친절을 꺼내주기가 쉬운 타이밍이죠.

**손님** : 매사에 불만이 없을 수는 없죠. 지금은 없네요. 좋아요.

**샐리** : 휴대폰이 문제 있는 육아템이라 말씀하셨었는데 다른 이야기들로 흘러왔네요. 심각한 고민은 아닌 거죠?

**손님** : 심각하다고 말하지 않으면 괜찮을 수 있고 괜찮지 않다고 말하면 심각해질 수도 있는 정도예요. 휴대폰이 시간을 잡아먹는 괴물이거든요.

**샐리** : 아이의 시간을 잡아먹나요?

**손님** : 아이의 시간을 잡아먹기도 하고 저희 부부 시간을 잡아먹기도 해요. 육아 소통 관련 SNS만 구경하더라도 하루가 금방 갈 때도 있더라고요. 식당에서 아이가 울지 않도록 휴대폰을 쥐여줄 때도 아이가 휴대폰 속으로 빨려 들어가 시간을 잃어버리는 것 같기도 하고요.

샐리 : 아이를 직접 키워보지 않아서 휴대폰을 하루에 얼마나 보여줘야 할지 잘 모르겠어요. 답을 알고 있지만 마음대로 잘 안 되는 거죠?

손님 : 네. 적당히 좋은 콘텐츠만 보여주고 싶고 규칙을 정해서 보여주고 싶어요. 갑자기 손님이 왔을 때 보여주고 어른들이 한가할 때 안 보여주는 방식이 아니라, 아이가 스트레스 없이 받아들일 수 있는 규칙대로 보여주고 싶어요. 근데 참 어렵네요.

샐리 : 휴대폰을 보는 사람이 절대로 괴물로 변하지 않도록 시간 제한이 정해진 휴대폰을 그려드릴게요. 엄마 아빠와 소통이 잘 되는 아이의 표정도 그려드릴 거고 손님의 소중한 아이스 아메리카노와 푹신한 엄마 전용 의자도 그려드릴게요. 일은 다시 하고 싶으세요?

손님 : 준비 중입니다. 활발히 구직 활동 중이에요. 근무 시간이 부담스럽지 않은 좋은 직장으로부터 받은 합격 문자 정도만 그려주세요. 그 직장에 다닐지 말지는 지금 알려드리지 않을 겁니다. 아직 저도 상상 중이니까요. 고민은 짜릿하게 온전히 스스로 하고 싶어요.

샐리 : 어딘가 안타까워 보이는 타인에 대한 공격적인 모습은 아주 가끔만 튀어나오도록 몸 안쪽에 아주 작게 숨겨둘게요.

손님 : 오늘도 육퇴 전까지 힘을 내 봅니다. 하원 시간에 늦지 않게 생각을 정리하게 해주셔서 감사합니다. 그림도 꽤 리얼하네요. 후기는

고민해 볼게요. 수고하셔요.


# 친구

**샐리** : 안녕하세요. 그대는 그대로 가게에 오신 것을 환영합니다. 당신이 의심 없이 믿을 수 있는 일들을 선명하게 그려내어 이뤄지도록 도와드릴게요. 하고 싶은 이야기를 꺼내주시면 이야기의 흐름이 당신의 미래에 긍정적으로 각색되도록 필요한 그림을 그려드릴 거예요.

**손님** : 고마운 사람에게 서운하기도 해요. 서운합니다. 그 사람밖에 내가 고마워해야 할 사람이 없는데요, 날 도와주는 방식이 마음에 들지 않아요. 아니요, 마음에 듭니다. 아니, 다시 생각해 보니 마음에 들지 않아요. 그 사람 입장에서는 최선의 방법으로 나를 도와준 것 같아요. 이 감정을 잘 설명하지 못하겠습니다. 다시 말할까요?

**샐리** : 당신은 스무 살쯤 되었나요?

**손님** : 네. 안녕하세요. 안녕하십니까. 고등학교를 막 탈출한, 그러니까 제가 대학생이 되었습니다. 말이 잘 나오지 않아요.

**샐리** : 마음을 닫고 나를 미워하면 잘 들리지는 않지만요, 마음을 열고 말해주면 작은 목소리도 잘 들을 수 있습니다. 어울리지 않는 단어들

이 갈피를 못 잡고 날뛰는 문장 안에서도 당신이 원한다면 당신의 지금 감정을 고스란히 느낄 수 있으니 입안에 떠다니는 말들을 편하게 입 밖으로 꺼내주세요.

**손님** : 아픈, 아픈 추억? 아픈 기억이라고 해야 하나. 그런 생각이 있습니다. 아픈 기억이 있습니다. 그 기억이 행복한 기억을, 아, 어떤 기억인지 혼란스럽습니다. 하, 두통이 좀 있네요. 좀 누워있어도 될까요?

**샐리** : 버거운 감정들이 복잡하게 달라붙어 입안에서 맴도는 단어들을 묶어놓았군요. 잠시 동안 말하지 않고 제 목소리만 들어보세요.

**손님** : 아, 네. 그러니까 제가 누워도 되는 거죠? 그쵸, 근데, 아, 이따가 말을, 네, 알겠습니다.

**샐리** : 우리 지금 서로를 볼 수 없지만 듣고 있어요. 우리는 누워있고요. 같은 천장을 바라보고 있습니다. 천장은 유리로 되어있고 굳게 닫혀 있지만 마음이 열릴 만큼 아늑합니다.

**손님** : 저기, 선생님. 아니, 사장님. 어, 저는 여기 위에, 아니, 여기는 유리 천장이 아닌데요.

**샐리** : 상상으로 같이 만들어 봐요. 눈을 감고 쉬어볼까요.

**손님 :** 네. 눈 감고 생각을 해보겠습니다.

**샐리 :** 편안하게 누워 온몸의 긴장을 풉니다. 머리부터 발끝까지 모든 관절의 긴장이 풀리고 심장은 천천히, 호흡은 편안히, 우리는 천장을 바라보고 있어요. 천장은 유리 천장입니다. 유리는 너무 단단한 강화 유리라서 절대 절대로 깨질 수 없습니다. 아무도 우리를 유리 밖으로 꺼낼 수 없습니다. 하지만 우리가 원할 때만 열쇠를 다섯 번 이상 돌리면 유리 천장을 열 수도 있습니다. 실수로 열리지 않도록 복잡하며 급하게 열고 싶을 때 실패하지 않도록 단순합니다. 유리 천장은 예쁜 무늬 조각들로 장식되어 있고 그 장식은 번잡스럽지 않고 거슬리지 않으며 투명한 유리가 날 가로막고 있다는 사실을 잊지 않도록 튼튼하게 사방으로 가로지른 곳곳에 무늬들이 안착해 있습니다.
유리 밖에는 눈보라가 떠다니네요. 쏟아지기도 하고 떠다니기도 하고 춤추는 눈들이 부드럽게 움직이고 있어요. 빠르지 않고 느리지 않아서 눈이 피로하지 않고 마음에 듭니다. 밤이지만 무서운 어둠은 아니며 오로라가 보입니다. 짙은 남색 하늘 위로 떠다니는 오로라에서는 연두색, 초록색, 민트색, 올리브그린색 등이 보이며 보랏빛도 보입니다.
우리가 보는 천장 아래로 깨끗한 가죽 소파들과 작은 화분들, 지금 내 몸을 받치고 있는 새하얀 매트리스가 보이고요. 벽난로 안에 살아있는 불꽃은 유리 바깥의 시원한 오로라와 대비되는 따듯함으로 안정감을 느끼게 해줍니다. 체크아웃은 다음날이고 오늘은 마음 편히 오로라 풍경과 벽난로 안 불을 감상할 수 있는 호텔 방 안에서 장작 타는 소리와 눈보라 소리를 듣고 있어요.

**손님 :** 이곳은 천국인가요?

**샐리 :** 저는 샐리입니다. 당신의 마음을 가장 가까이에서 누구보다 잘 알고 싶어 합니다.

**손님 :** 눈보라 소리가 세찬 바람이 아니어서 좋아요. 장작 타는 소리가 너무 뜨겁지 않아서 좋습니다.

**샐리 :** 마음을 열고 있군요. 저도 같은 소리를 듣고 있습니다.

**손님 :** 소란스럽게 역정을 내면서 제 편을 들어주는 사람이 나타나기를 기다리고 있었습니다. 하지만 적막을 뚫고 내 편이라 소리 질러줄 사람은 끝내 나타나지 않았습니다. 낮은 목소리와 투명한 눈빛으로 괜찮다고 말해주던 그 사람에게서 느꼈던 안정감은 지금도 진하게 기억나고, 저는 그 기억을 간직하고 있습니다.

**샐리 :** 그 사람은 당신의 오랜 친구입니까?

**손님 :** 맞습니다. 같은 학교에 다녔던 사람 중에서 저의 유일한 친구였습니다.

**샐리 :** 조금 더 일찍 찾아와 주길 바랐던 친구가 조금 늦게 왔나요?

**손님** : 저를 괴롭힌 무리들을 용서한 뒤였습니다.

**샐리** : 학교 폭력을 당했나요?

**손님** : 폭력을 당한 사람은 잘못이 없습니다. 당해도 되는 사람은 없습니다. 지속적인 폭력을 당한 건 아닙니다. 하지만 그 기간은 무의미합니다. 고등학교 3년 내내 괴롭힘을 당했건 한순간 오해와 객기로 며칠을 당했건 피해자의 미래에 던져질 후유증은 가해 행위의 시간의 길이와 무관하게 고통스럽게 각인됩니다.

**샐리** : 폭력의 끝은 어떻게 날카로웠나요?

**손님** : 가해자들의 행동이 어린애들의 장난질을 넘어서 범죄로 진화했을 때 어른들이 가해자들을 구하기 위해 나타났고 저는 내키지 않는 용서를 갖다 바쳤습니다.

**샐리** : 내키지 않는 용서를 한 마음은 얼마나 지옥이었을까요. 힘든 시기에 당신을 위로해 주러 그 친구가 나타났군요.

**손님** : 내 편이 나타나면 속상한 마음이 눈에서 터지잖아요. 감정이 복받쳐서 큰 소리로 울었어요. 눈물 콧물 다 보이며 울 때 제 얼굴이 얼마나 못생겼을까요? 정말 가관이었을 거예요.
그 공간에 가해자들이 있었는데 제 친구가 가해자들에게 달려가 발차

기라도 날려주기를 바랐어요. 유치한 바람이었을까요. 어린아이처럼 시끄럽게 내 편임을 소리쳐 주길 바랐다고요. 쌍욕이라도 내뱉어 주길 바랐어요. 울고 있는 나 대신에 목청껏 소리를 질러주길 바랐어요.

샐리 : 친구는 냉철한 사람이에요. 좋은 사람이죠.

손님 : 가해자를 향해 한마디도 소리치지 않았어요. 차분하게 나를 바라보고 날 안아주고 있었어요. 손목에 끼워져 있던 비닐봉지 안에는 온기가 남아있는 치즈버거와 얼음이 녹지 않은 콜라가 들어있었어요.

샐리 : 그 봉지 안에 감자튀김이나 치즈스틱은 없었구나. 그렇죠?

손님 : 흐흐흐흐흐흐. 네. 대충 세트를 구입해 올 만도 한데 제가 평소에 음료와 버거만 주문하는 걸 잘 알고 있었거든요.

샐리 : 친구의 배려심에 감동 받았겠어요.

손님 : 에이. 그 정도는 아니에요. 그 정도로 감동 받을 사이는 아니에요.

샐리 : 그 정도가 당연한 사이면 꽤 감동적인 사이 맞네요.

손님 : 큰 소리로 가해자를 욕해주지 않아서 서운하기도 했고 잔잔한

배려로 곁에 있어줘서 고맙기도 했어요.

**샐리** : 또 다른 폭력을 만들지 않기 위해, 또 다른 가해자와 피해자를 만들지 않기 위해 선택한 현명한 행동이었다고 생각하며 나약한 서운함을 가릴 수 있기를 기대해 봅니다. 당황스러웠던 순간에 당황하지 않고 무언의 눈 맞춤으로 전달해 줬던 안정감을 크게 기억해요.

**손님** : 거친 소음과 폭력으로 가해자를 위협해서 내 마음을 구해주었다면 친구가 또 다른 가해자가 될 수도 있었겠죠. 조용히 내 곁을 지켜준 친구의 행동이 몹시 옳은 판단이었다는 것을 잘 알고 있었으면서도 가해자에게 새로운 폭력으로 복수해 주는 상상을 했던 저를 용서하세요. 그런 최악의 상황을 바라고 상상하면서 느꼈던 이 죄책감을 거두어 주세요.

**샐리** : 혼란스러워하지 않고 잘 알고 있어서 기특하네요. 당신은 악몽에서 벗어났고 위로받았으며 그때 느꼈던 감정들 중 좋은 감정만 골라서 기억하고 감사할 줄 아는 사람입니다. 감사의 마음은 변하지 않게 유지될 거고 불필요한 죄책감이나 무서운 상상은 새어나오지 못하도록 지워줄 거예요. 손님의 치유는 이미 잘 진행되고 있고 나의 그림으로 더 가속도가 붙을 겁니다. 이 그림을 잘 기억해 줘요. 행복한 기억이 아픔을 주지 않고 아픈 기억이 주는 행복함을 그릴게요.

## 2) 소실점* 추격전

소실점이 보이는 시각에서 바라본 장면을 평면 종이에 그려 담는 일은 흥미롭습니다. 하지만 실제로 그 소실점을 향해 달려가면 소실점은 더 멀리 달아나 버리죠. 작았던 건물은 커지고 보이지 않던 길들이 보입니다. 먼 곳에서 바라보면 존재하지만 가까이에 가면 실재하지 않는 소실점을 향해 달려가는 일은 허무합니다.

타인에 대한 분노를 소실점처럼 작은 점 안에 담기도록 부피를 줄여 멀리 보내봅니다. 멀어지는 소실점을 따라 분노를 놓아주고 주변 풍경을 감상할 수 있는 마음의 여유를 주고 싶어요. 소실점 바깥으로 긍정적인 인생 풍경들을 그려내고, 그 풍경에 기대어 마음을 쉬게 하면 우리는 분노를 등 뒤에 남겨 두고 걸어갈 수 있습니다. 나와 분리된 분노는 점차 무게를 잃고 투명해져 갑니다.

풍경 속으로 사라져 가는 소실점을 바라보고, 소실점이 만들어 준 실

.........................

* 소실점(消失點): 실제로는 평행하는 직선을 투시도상에서 멀리 연장했을 때 하나로 만나는 점.

감 나는 풍경을 감상하며 쉬어갈 사람들의 이야기를 들어봅니다.


# 남편청정기

**샐리 :** 안녕하세요. 그대는 그대로 가게에 오신 것을 환영합니다. 당신이 의심 없이 믿을 수 있는 일들을 선명하게 그려내어 이뤄지도록 도와드릴게요. 하고 싶은 이야기를 꺼내주시면 이야기의 흐름이 당신의 미래에 긍정적으로 각색되도록 필요한 그림을 그려드릴 거예요.


**방문자 :** 혼자만의 시간 속에서 쉬고 싶은데 혼자 있는 건 무섭기도 해요.


**샐리 :** 당신은 누구인가요?


**방문자 :** 지금 생각하고 말하고 행동하는 그 자체가 나예요.


**샐리 :** 지금의 당신은 누구죠?


**방문자 :** 남편이 알 수 없는 나만의 별장이 있어요. 그 별장에 들어서면 현재 가족과 사는 집에 쌓아두고 온 빨래 더미와 빗물 섞인 먼지가 눌어붙은 창틀, 먼지 통을 비우지 않은 청소기, 락스 청소를 기다리는 물때 가득한 화장실 그리고 일터에 간 남편의 안부 문자를 기다리는 나

의 휴대전화, 남편이 오늘 입고 나간 셔츠의 색과 목깃, 소맷귀의 청결 상태, 남편의 출퇴근을 도와줄 자동차의 결함 여부, 신발장 안에 있는 남편의 새 운동화와 오래되고 촌스러운 구두에 대한 생각들을 멈출 수 있어요.

**샐리** : 집안일에 대한 책임감과 남편에 대한 조바심을 외면하고 싶은 환상의 별장이군요.

**방문자** : 마음 깊은 산속에 있는 별장이에요. 거실 소파에 앉아 밖을 볼 수 있죠. 커다란 통창이 보여주는 모습은 사계절의 색깔이에요. 봄에는 벚꽃의 핑크빛을 볼 수 있고 여름에는 짙은 초록색의 나무들을 감상할 수 있어요. 가을에는 낙엽 색깔들을 실컷 감상할 수 있고 겨울에는 눈 덮인 나무들 사이로 예쁘게 내려앉는 눈송이들을 볼 수 있어요. 봄에서 겨울로, 겨울에서 여름으로 순서가 바뀌어도 재미있을 것 같은데 어떻게 계절의 순서는 오류 없이 정확한 걸까요? 계절의 변화는 다채롭고 아름답지만 가끔 소름 돋게 무섭고 슬퍼요.

**샐리** : 자연은 사람들에게 안정감을 주기 위한 존재라 믿고 싶어요. 그렇기 때문에 순서를 틀리지 않는 완벽함으로 안전함과 감동을 주려는 것 아닐까요?

**방문자** : 변함없는 순서가 안정감을 준다는 원칙은 우주가 진심으로 바라는 걸까요? 너무 긴 안정감은 지루함으로 변질되거든요. 지루함에

는 언제나 충격적인 사건이 생길 것 같은 불안함이 감돌고요.

**샐리 :** 별장에서의 휴식이 지루할 틈도 없이 짧은 안정감 안에 불안감이 일찍 스며드는군요?

**방문자 :** 당신은 횡설수설하게 쏟아지는 목소리를 듣고도 미끄러운 액체 안에 숨어있는 핵심 건더기를 발견할 줄 아는 사람이군요.

**샐리 :** 저는 지금 이 순간 당신이 생각하고 말하는 감정을 함께 느낍니다. 적절한 내면 표현 방법을 함께 찾아가는 과정은 우리만의 언어로 대화하는 숭고함입니다.

**방문자 :** 별장 안에 홀로 앉아 창밖의 나무들이 몇 번이고 색을 바꿔 보여주는 동안에도 남편은 나를 찾지 않았어요. 언제든 별장을 뛰쳐나와 집 안 곳곳의 먼지를 쫓아내고 남편 앞에서 쉬지 않고 웃고 떠들어 댈 나의 겉모습만 믿고 있는 거겠죠. 별장에서 바깥 풍경을 바라보는 시간이 아무리 길어져도 남편은 날 보지 않았어요. 남편은 나만의 세계에 잠겨있는 나를 궁금해하지 않았고 언제나 눈앞에 머무는 내가 진짜 나일 거라 당연시했고 지겨워했고 귀찮아했어요. 남편 앞에서 재롱부리듯 나만 재미있어하는 이야기들을 하던 시간들 속에서도 진짜 나는 별장 안에 들어가 내리는 비와 눈을 바라보고 있었던 적이 많아요.

**샐리 :** 남편은 당신이 홀로 바라본 계절의 변화 횟수나 다채로운 색의

변화를 알아차리지 못했군요. 남편의 계절은 항상 가을이었나요?

**방문자 :** 남편은 항상 가을에 머물렀죠. 더워도 이상하지 않고 추워도 이상하지 않은 가을이요. 모든 게 그런가 보다 이해하고 의문을 갖지 않았죠. 배려인 척하는 무관심들은 산처럼 쌓여 깊고 깊은 산 속 별장 안으로 날 밀어 넣었어요.

**샐리 :** 당신이 혼자 보았던 사계절의 풍경을 남편에게 가져다줄 수는 없었나요?

**방문자 :** 남편이 가끔 나의 기분 상태나 깊은 속마음을 알고 싶어하는 척을 해줄 때도 있었어요. 저는 초점을 잃은 눈동자 안에 숨어서 별장 밖의 예쁜 눈을 보고 있었죠. 남편이 보는 나의 눈은 촉촉하게 흔들리고 있었고 내가 몰래 보고 있던 별장 밖의 눈은 예쁜 흰색을 잃고 투명해져 빗물로 변하고 있었어요. 그때 내 두 팔을 흔들던 남편의 팔에 들어간 힘은 내 눈에 고여있던 눈물을 낙하하게 만들었고 별장 안에 있던 내 안의 나는 별장 밖으로 튕겨 나와 내리는 눈과 비를 맞았어요. 눈비에 젖은 마음은 추웠고 눈물이 지나간 얼굴은 건조해져 생기를 잃었죠.

**샐리 :** 당신이 동경하던 깨끗한 자연의 공기는 당신이 오염시킬 수 없었죠?

**방문자** : 별장을 둘러싼 산은 아주 작은 소리로 속삭이고 있었어요. 언제든 기대어 쉬라고 속삭이는 거대한 산들이 남편이 쌓은 담장이라는 의혹이 들곤 했지만 기대고 싶은 포근함에 산 가까이 들어가 보았어요. 하지만 산속에서는 무서운 산짐승들이 언제 어느 방향에서 튀어나올지 몰라 겁이 났고 이내 별장 안으로 들어왔어요. 별장 안에서 바깥을 바라보았을 때 비나 눈이 내려도 맑은 하늘과 투명한 구름들이 만든 공기는 의심의 여지가 없이 깨끗해 보였어요. 보이는 맑은 공기를 남편에게 다 마시게 하고 싶었어요.

**샐리** : 남편은 당신이 바라보는 공기를 마셔야만 당신의 세계 안에서 깨끗하고 안전한 사람이군요.

**방문자** : 떠오르는 많은 생각들의 귀결점을 알고 싶은 건 아니에요.

**샐리** : 말하고 싶은 대로 말하고 구태여 결론짓지 않아도 이해받고 있다는 느낌만으로 당신의 무거운 마음의 색이 옅어질 수 있다면 우리의 대화는 불안하지 않아요. 지금의 당신은 어디에 있나요?

**방문자** : 그대는 그대로 가게에 있습니다. 미지근하지만 기분 좋게 밀크티도 한 잔 마셨고 초콜릿이 다섯 개나 박혀있는 부드러운 과자도 입안에 부드럽게 넣었어요.

**샐리** : 당신은 지금 별장 안에 머물지 않는군요. 당신의 별장은 안전한

가요?

**방문자 :** 안전한 것 같기도 하고 안전하지 않은 것 같기도 합니다.

**샐리 :** 난폭한 산짐승들이 들어오지 못하도록 두꺼운 통창과 믿을 만한 잠금장치로 잠겨 있나요?

**방문자 :** 그런 것 같습니다. 하지만 지붕이 날아갈 수도 있고 난방 시설이 고장 날 수도 있고 지진이 날 수도 있을 것 같아요.

**샐리 :** 위험 요소가 한두 가지가 아니네요. 그런 곳에 남편이 초대돼도 될까요?

**방문자 :** 아니요. 항상 위험한 곳은 아닙니다. 위험한 상상을 불러일으킨 건 당신입니다. 안전한 시간이 짧기도 하지만 길기도 한 소중한 별장에서 풍경을 감상하는 일은 당신이 망가뜨릴 수 없습니다.

**샐리 :** 별장을 허물면 남편 곁에 있는 당신의 모습은 온전한 당신이 될 수 있습니까?

**방문자 :** 남편에게 더 의지하게 되고 더 사랑을 구걸하게 될 것 같아요.

**샐리 :** 당신이 가 본 적 없는 남편의 별장이 존재한다는 생각은 해 본

적이 없나요?

**방문자** : 방금 그 생각을 해보았습니다. 남편의 별장에 간다면 가구 배치와 별장 안에서의 남편 위치를 제가 원하는 대로 배치하고 싶습니다.

**샐리** : 남편의 별장을 바꿔보려는 순간 누군가 당신의 별장 통창을 불투명으로 바꾸고, 당신의 별장이 먼지가 자주 쌓이고 헐거운 잠금장치가 달린 문, 별장 마당에는 산짐승들의 먹이가 즐비한 풍경으로 바뀐다면 당신의 분노는 어디를 향합니까?

**방문자** : 잘 모르겠습니다. 남편을 원망할 수도 있고 자책할 수도 있습니다. 어쩌면 분노하지 않을 수도 있어요. 당신이 다시 더 멋진 별장을 지어 줄 수 있잖아요.

**샐리** : 당신은 별장 안에서 고립된 시간을 방해받고 싶지 않습니까? 쌓여있는 집안일과 남편의 안위를 잠시나마 잊고 정해진 순서로 흘러가는 계절의 풍경을 감상할 마음의 준비를 할 겁니까?

**방문자** : 항상 별장으로 달려갈 준비를 하고 있으나 남편에게 달려갈 대기 상태는 유지할 것 같습니다.

**샐리** : 당신의 발은 신발 안에 묶여있겠군요.

**방문자 :** 신발을 벗고 별장에서 온몸이 녹을 때까지 햇볕을 쬘 용기까지는 만들지 못합니다.

**샐리 :** 당신의 발끝은 남편의 옷 끝자락을 아슬아슬하게 잡고 놓칠까 불안해하고 남편의 움직임을 감지할 수 있는 촉각을 곤두세우며 남편의 자유를 속박하는군요.

**방문자 :** 아닙니다. 남편을 힘들게 하려는 의도는 없습니다. 세탁기가 지워내지 못한, 남편의 소맷귀에 배어있는 때는 남편의 자유로운 움직임이 만든 세월의 흔적이지 내 사랑의 불안함이 만든 결박의 흔적이 아닙니다.

**샐리 :** 일상생활의 묵은 때처럼 보이지만 사실은 결박의 흔적일 가능성도 있을까요?

**방문자 :** 만약 그렇다면 남편의 소매를 걷어내도 손목 끝에 결박의 흔적이 남아있겠죠.

**샐리 :** 손목의 흔적을 어떻게 부르고 싶은가요?

**방문자 :** 오랫동안 지속된 외로움이 지쳐 자리 잡은 색깔 같습니다.

**샐리 :** 보이지 않는 사랑은 당신을 외롭게 하고, 고립 아닌 고립의 공간

을 가진 당신을 보는 남편의 에너지는 어딜 향하고 있나요?

**방문자** : 그 남자는 정확히 설명해 주지 않으면 아무것도 스스로 알아 채지 못합니다. 제가 전혀 이해하지 못하고 흥미를 느끼지 못하는 야 구, 농구, 배구, 축구, 골프 경기가 중계되는 방송을 시청하고 유치하 고 백해무익한 게임 안에 들어가 제가 바라보는 계절을 느끼지 못하며 빳빳하게 달아오른 분노를 홀로 녹이느라 아내의 손가락 열 개가 닳아 없어져 가도 남편은 불쌍한 내 손가락을 보지 못한 채 내가 없는 방 안 에서 제목부터 기분 나쁜 야동을 보며 동영상 속 추잡스런 창녀와 랜 선 바람을 피울 테죠.

**샐리** : 남편이 당신을 사랑하지 않나요?

**방문자** : 사랑하겠죠. 오랫동안 키워온 믿음의 땅이 사라지지 않는 한 아직 날 사랑하고 있다는 마음을 짐작은 합니다.

**샐리** : 그 짐작은 언제 어떻게 볼 수 있나요?

**방문자** : 마감 시간을 약속하고 정확한 지시를 받은 집안일이 아니라 시키지도 않은 집안일을 알아서 한 뒤 생색을 내는 일, 옷장을 가득 채 운 옷들을 미워하고 새 원피스를 열 벌 구입한 나에게 잘했다고 칭찬 해 준 일, 슈크림 붕어빵과 땅콩빵을 사놓고 같이 먹기 위해 기다려 준 일, 내가 좋아하는 가수의 음악을 사랑하지 않으면서 같이 차를 타고

이동할 때 그 노래를 들려준 일, 기념일에 잊지 않고 나만 좋아하는 당근 케이크를 사온 일 등은 남편이 날 사랑하는 마음이 없었다면 일어나지 않았을 일들이죠.

**샐리** : 당신은 남편이 보여준 사랑의 방식들을 등한시했나요?

**방문자** : 등한시했다면 당신의 질문에 답변하지 못했겠죠. 사랑의 증거들로 나열할 생각조차 못했을 테죠. 그만의 방식을 충분히 감사하게 받아들였어요.

**샐리** : 그렇다면 채워지지 않는 외로움은 당신이 만든 거군요.

**방문자** : 내 안의 외로움은 내가 만들었지만 외로움을 만들게 한 원흉은 남편입니다.

**샐리** : 어렵군요. 남편을 미워하나요? 당신 부부는 분쟁 중입니까?

**방문자** : 당신이 지금 내 마음을 이해하기 어렵다고 느끼는 것처럼 나도 내 마음이 어렵습니다. 남편은 우리 사이가 평화롭다고 생각할 겁니다. 분쟁의 분위기는 장마처럼 휘몰아쳤다가 사라져 없습니다. 가을 같은 남편에게 한여름 장마는 지나간 존재며 다시 마주할 날도 먼일이라 여겨 기다리지 않습니다. 제 마음은 소강상태입니다. 우리 부부의 소강상태는 나만이 인지하고 있는 상태입니다.

**샐리** : 당신은 원하는 사랑을 받지 못하고 남편은 당신이 무엇을 원하는지조차 모르는군요. 당신이 원하는 사랑의 모양을 왜 남편에게 말해주지 않습니까?

**방문자** : 그는 그가 원하는 모습으로 존재하는 나만 볼 수 있습니다. 별장 안에서 뛰쳐나와 좀 전에 어떤 풍경을 보았고, 어떤 감정을 이겨내고 당신 앞에 서 있는지 도통 들어줄 준비가 되어있지 않습니다. 그의 귀는 내 울분 앞에 사라져 버리고 맙니다. 진짜 내가 원하는 것을 욕심낼 수도 전달할 수도 없이 비참해져 버립니다.

**샐리** : 당신이 원하는 사랑 모양을 깨닫고 당신에게 매일 그 사랑을 건네주는 남편의 모습을 그려드리길 원하나요?

**방문자** : 아니요. 그렇지 않습니다. 그 사람 안팎의 분위기와 공기를 통째로 바꾸는 일은 위험하고 낯설 것이란 걸 알고 있습니다.

**샐리** : 마음이 아픕니다. 속상합니다. 상대방의 말과 행동을 좌지우지할 수 있다면 그 사람이 그 사람답지 않고 로봇으로 변할 것 같아 괴롭습니다. 하지만 괴로움을 인정하는 대화를 직설적으로 혹은 휘휘 저어 빙빙 돌려 알쏭달쏭하게 나눔으로써 우리는 우리의 밑바닥을 볼 수 있을 겁니다. 지금 당신은 어떤 상상을 하고 있습니까?

**방문자** : 결혼 전 만났던 남자들 중 나쁜 사람들과 좋은 사람들이 생각

납니다. 잘난 게 없는데 잘난 척하며 뚜렷한 이유 없이 이별을 썡뚱맞게 통보했던 그 인간은 나와 헤어지고 바로 새로운 여자를 사귀었습니다. 그리고 내가 속한 모임에 보란 듯이 새 여친과 동반 참석하여 전 여친인 나에게 현 여친을 소개시켜 주는 진상 짓을 일삼았습니다.

그러던 그는 최근 마구잡이로 짓눌린 찐빵처럼 못생겨졌습니다. 우연인 듯 노력인 듯 그의 아내 SNS 계정을 찾게 된 후 틈만 나면 그 사람의 가족 일상을 들여다보았습니다. 그는 정말 나날이 찌그러지고 못난 얼굴로 웃고 있었습니다. 장소 배경이 부분적으로 찍힌 여러 장의 사진들을 머릿속에 조합해 보니 그럴싸한 아파트에 귀여운 아들 두 명, 예쁘장하고 어려 보이는 아내와 함께 멋진 곳에 놀러 가고 맛있는 음식을 먹으며 뒤룩뒤룩 살이 찐 모습이었습니다.

그 모습은 매서운 따귀를 때려주고 싶은 마음이 솟구칠 만큼 행복한 면상이었습니다. 나한테 이별의 상처를 준 사람이지만 그 사람과의 미래를 상상해 보았습니다. 그 사람 옆에 저 여자가 아닌 내가 있었다면 어땠을까. 지금의 삶보다 덜 외롭고 더 풍요로웠을까. 이 사람의 아내가 되었다면 지금 남편에게 느끼는 이 외로움은 느끼지 않고 살았을까. 구질구질한 상상을 해보았지만 결론은 몹쓸 상상임을 깨닫고 몸서리치며 그 사람 생각을 치워버렸습니다.

지저분한 상상의 끝에서 또 다른 전 남자친구를 떠올려 보았습니다. 그 사람의 SNS 계정도 찾아보았습니다. 저는 스토커일까요. 지나간 인연들의 SNS 계정은 왜 이렇게 잘 찾아지는지 우울한 내 염탐을 멈추기 전에 그들이 먼저 알아차리고 비공개로 바꿔주었으면 좋겠습니다.

첫 번째로 떠올렸던 찐빵 같은 새끼를 뒤로하고 두 번째로 떠올린 전 남친은 다정다감한 사람이었습니다. 되지도 않는 팝송을 가끔 부르는 게 꼴사나웠지만 언제나 내게 예쁘다고 말해주던 사람이었죠. 그 사람과의 만남은 첫눈에 호감을 느끼고 사귀기 시작한 것이 아니었습니다. 찐빵 같은 새끼한테 대차게 차인 이후 떨어진 자존감을 올려줄 귀인이었습니다. 깨진 사랑의 상처를 다른 사람으로 급히 메우려던 졸렬한 책략이었죠. 진짜 마음을 나눠주지 않았던 나를 눈치채고 설명 없이 눈물을 흘리던 그의 표정이 생각납니다. 그는 나에게 왜 마음을 다 주지 않느냐며 따져 묻지 않았고 눈물로 서운함을 말할 뿐이었습니다. 그는 부잣집 아들이었지만 부를 드러내며 잘난 체하지 않았습니다. 그저 고가의 식당을 가는 발걸음이 자연스러웠고 어딘가 모르게 느긋한 여유를 풍겼으며 한 철 입고 버릴 면 티셔츠 하나하나가 다 고가의 브랜드 제품이었습니다. 작은 시장이나 보세 의류 가게에서 저렴하고 또 저렴한 옷만 사 입던 어리고 어렸던 나는 그 사람이 가진 것의 힘을 제대로 보지 못했습니다. 조금 부럽고 질투의 감정을 느끼긴 했지만 그 사람의 아내가 되어 함께 우쭐할 수 있다는 상상은 전혀 할 줄 몰랐습니다.

그 사람은 어떻게 살고 있느냐고요? 그 남자도 예쁘고 어린 여자와 결혼해서 잘 살고 있습니다. 그 남자와 결혼했다면 지금의 내 모습은 어떤 모습일지 또 상상해 봅니다. 찐빵 같은 남자보다는 훨씬 나을 것 같습니다. 고급스러운 레스토랑과 백화점 명품 매장을 종횡무진하며 능력 있는 시부모님께 부담스러울 정도로 넉넉한 용돈을 받아 잦은 해외여행을 하며 호화로운 삶을 만끽하고 있었을까요?

**샐리** : 글쎄요. 먼저 상상한 찐빵 같은 남자와 결혼했다면 그럭저럭 밥그릇은 챙길 정도의 여유를 즐겼을 것 같습니다. 그의 녹슬지 않은 노래 실력으로 기념일마다 노래 선물을 받을 수도 있었겠죠. 하지만 매일 같이 먹고 자는데 비위가 상하지 않았을까요? 찐빵 같은 남자라면 콩깍지 없이는 견딜 만한 얼굴이 아니거든요. 곱게 표현해서 찐빵이지 너무 추한 몰골로 늙어버릴 수도 있어서.

물론 우리의 의도는 단순한 외모 비하가 아닙니다. 우리는 나쁜 사람이 아니잖아요. 당신에게 상처를 준 못된 사람이기 때문에 그 인간을 찐빵으로 만들든 쓰레기로 만들든 욕하고 싶을 때는 하자고요. 그 사람은 우리의 대화를 알 수가 없거든요. 들을 수도 없습니다. 가끔은 이렇게 욕을 해도 되겠죠. 우리끼리니까요. 현재의 남편으로부터 느끼는 외로움은 느끼지 않게 해 줬을지는 몰라도 또 다른 문제점은 발현되었겠죠. 그도 당신도 완벽한 사람이 아니니까요.

두 번째 상상한 그 남자와 결혼했다면 아마 당신이 뒤늦게 깨달은 것처럼 지금보다 더 경제적으로 풍요로운 삶을 영위할 수 있었을 걸로 예상합니다. 매일 다정하게 안아주고 예쁘게 서운해할 줄도 알며 너그러운 태도로 날 알고 싶어하는 그 사람과의 결혼 생활은 상상만으로 안정감 넘치고 외롭지 않습니다. 하지만 당신만 생각합니까? 당신의 불같은 성미를 언제까지 그 사람이 받아주고 살 것 같습니까? 그 사람의 결혼 생활이 행복한 이유는 지금의 아내와 함께해서일 겁니다. 당신과 결혼했다면 그 사람이 불행해졌을 수도 있어요.

**방문자** : 상상은 정답이 없죠. 그래도 짜릿하고 꽤 재미있습니다. 내가

왜 지나간 인연들과의 미래를 상상해 보는지 허탈하지만 지금 느끼는 외로움에 위로가 됩니다. 남편에게 죄책감을 느낄수록 서운함이 상쇄되는 착각을 느끼고 즐깁니다. 지나간 남자들의 모습은 너무 낡은 기억입니다. 그들의 성격과 나를 대하는 태도는 오래된 추억 속에 아주 어렴풋이 머물러 있습니다. 그 기억을 끄집어내서 미래로 던져보는 상상은 따분하던 나를 작게나마 흥분시킵니다.

**샐리** : 다른 남자들과 결혼했다면 지금 남편으로부터 느끼는 외로움은 만나지 않았을 수도 있었겠죠. 그래도 또 다른 문제들을 직면하고 나를 찾아왔을 거라는 느낌이 들어요. 비록 당신이 원하는 사랑의 모양을 남편이 알아채지 못해서 당신이 비참하고 힘든 건 유감이지만 지금의 남편이 보여주는 사랑도 저버리기 힘든 소중함이잖아요. 당신이 원하는 사랑을 주는 남편의 모습을 그려달라고 말하지 않은 이유는 무엇인가요?

**방문자** : 남편의 태도들이 서운하면서도 내 힘으로 남편을 변화시키고 싶지 않은 그 마음을 그리고 싶어서요. 나로 인해 통제되고 변화하는 남편 마음을 붙들고 있다면 남편 안에 숨은 진짜 남편은 그만의 동굴 깊은 곳 별장 안으로 들어가 숨을 것 같아서요. 그 사람의 모든 것을 갖고 싶은 나는 그 사람의 많은 부분을 놓아주고 싶어요. 저는요, 제가 고립을 원할 때 고립을 선택할 거고요, 그가 원하는 방식으로 나에게 사랑을 표현할 시점에는 기다리지도 사라지지도 않고 자연스럽게 같은 공간 안에 머물러 주고 싶어요. 반복되는 외로움을 남편에게 책임

전가하지 않는 그림만을 그려줘요. 남편에게 내 사랑의 모양을 부탁하기 싫어요. 색이 바래서 창피하거든요.

때때로 다른 사람과의 미래를 상상해 보고 미안해하고, 딱딱한 외로움이 예고 없이 찾아와 엉덩이 밑에 깔릴 때면 또 혼자 어루만져 주고 외로움이 부드럽게 녹아내려 잘 보이지 않을 때, 얇은 표정으로 덮어도 들키지 않을 만큼 보이지 않을 때, 그때 남편이 나타나겠죠. 맛대가리 없는 단팥빵을 돈 아깝게 열 개나 사 들고 나를 보고 웃겠죠. 단팥빵을 들고 별장으로 달려가 지붕을 부수고 먹을 거예요. 눈과 비를 실컷 맞으며 상한 단팥빵을 먹을 거예요. 음료수 대신 비를 마시면서요.

**샐리** : 더 이상 서로를 사랑하지 않는다 느낄 때에도 사실은 잘 알고 있습니다. 당신과 남편의 사랑은 아직 사라지지 않았다는 것을. 아무런 노력과 변화 없이 영원히 지속될 수 있는 사랑은 부모 형제 자식 간의 사랑뿐일까요. 세상에 만연하게 퍼진 악랄한 범죄들을 보면 당연할 거라 여기던 피붙이 간의 사랑도 쉽게 사라져 찾을 수가 없을 것 같기도 합니다. 사랑은 정신적인 힘입니다. 타인의 정신적 힘과 나의 정신적 힘이 합쳐져야 슬프지 않을 수 있습니다. 서로가 원하는 노력과 표현 방식의 타협점을 찾지 못한 채 다른 방향으로 방황해도 사랑은 쉽게 사라지지 않을 겁니다.

당신은 어떤 방식으로든 포기하지 않았고 나를 찾아와 이야기해 주었기 때문에 당신의 노력은 어떤 방향으로든 지속될 것입니다. 외로움은 사라지지 않고 계속 당신을 찾아오지만 당신은 배고프지 않습니다. 별장에서 비를 맞으며 먹는 남편의 단팥빵으로 외로움을 이겨내는 당신의 마음은 강렬한 색으로 단단하게 그릴 겁니다.

뚫린 지붕으로 찾아온 손님을 그려 넣어 당신이 심심하지 않을 수 있게 재미를 줄 겁니다. 얼굴이 잘 보이지 않는 히어로가 찾아올지도 모르죠. 그 사람은 당신 편입니다. 그 사람이 손에 든 책은 타개책입니다. 그 사람과 함께 책을 읽어보세요. 비도 적당히 맞고 빵도 체하지 않게 먹으며 책을 읽어보세요. 통창으로 바깥 풍경을 감상할 때는 지붕 뚜껑은 닫아두고요. 외로움의 방문이 더디도록 마음은 여유롭게 천천히, 몸은 바쁘게 움직이세요.

남편이 별장에 가서 푹 쉬다 올 수 있도록, 남편이 당신을 위해 사고 싶은 빵을 또 사올 수 있도록 시간을 남편에게 보내버리세요. 남편을 기다리지 말고 당신의 시간을 써보세요. 아 참, 이제 별장은 신발을 벗기 전에는 들어갈 수 없답니다. 신발은 꼭 벗어두고 편히 쉬세요.


# 칭찬알러지

**샐리** : 안녕하세요. 그대는 그대로 가게에 오신 것을 환영합니다. 당신이 의심 없이 믿을 수 있는 일들을 선명하게 그려내어 이뤄지도록 도와드릴게요. 하고 싶은 이야기를 꺼내주시면 이야기의 흐름이 당신의 미래에 긍정적으로 각색되도록 필요한 그림을 그려드릴 거예요.

**방문자** : 타인의 행복을 감지하는 순간 마음속에서 어떤 반응을 꺼낼지 판단하는 기준이 뭐라고 생각하시죠?

샐리 : 마음의 여유가 있으면 타인의 행복으로 웃을 수 있고, 여유가 없으면 배알이 꼴려서 찌그러진 얼굴로 가시덤불에 모든 기분을 내던지겠죠.

방문자 : 제가 생각하기에 타인의 행복에 반응하는 사람들은 네 가지 부류가 있습니다. 타인의 행복을 진심으로 축하하는 사람, 은은하게 대리만족하는 사람, 시기 질투로 스스로를 괴롭게 하는 사람, 그리고 가장 추악하지만 흔히 볼 수 있는, 시기 질투를 행복의 당사자에게 포효하는 사람들입니다.

안타깝게도 저는 다양한 관계의 지인들 중 혈연으로 이뤄진 관계에서 유독 칭찬알러지가 있는 사람들이 많이 분포되어 있습니다. 타인의 행복에 기뻐하고 칭찬해 주는 척도 하지 못하고 입안 가득 분노가 부풀어 올라 입이 튀어나오죠. 그 추악한 몰골은 목욕을 해도 나아지지 않고, 분노는 얼굴 위에 겹겹이 쌓여 세월의 흔적이 되며 그들은 불행에 찌든 얼굴로 늙어갑니다. 타인의 행복을 못마땅해하는 심술꾸러기들은 불행을 부르는 인생으로 흘러가게 되는 게 우주의 법칙임을 그들은 죽을 때까지 알아차리지 못하는 거겠죠? 슬프고 불행한 일입니다.

샐리 : 칭찬알러지 친척들 때문에 상처를 많이 받아왔군요. 당신은 타인의 행복에 불만을 표한 적이 단 한 번도 없나요?

방문자 : 저는 마음의 여유가 있을 때나 없을 때나 타인의 행복에 뿔을 내지 않았습니다. 내 삶이 만족스러울 때에도 불운이 겹쳐 희망이 시

들어 갈 때에도 행복한 사람들에게 화풀이하지 않았거든요.

실업급여 수급 기간이 끝나갈 때까지 가족들에게 실직 사실을 말하지 못했던 날에도 우울함을 전염시키며 도움을 청하는 게 죽기보다 싫었습니다. 월세를 빚지지 않기 위해 죽어도 하기 싫었던 아르바이트 자리에 굽신거리며 이력서를 내밀었던 날에도 저는 불운의 시기를 오롯이 혼자 지탱해 왔습니다.

그 시기에 형과 형수님은 번듯한 아파트가 있었지만 더 넓은 집으로 이사 간다는 소식을 전해왔었습니다. 확장 이사를 떠들썩하게 자랑하며 경제적으로 그다지 넉넉하지 않은 부모님에게 이사 비용 일부의 자금을 획득한 사실을 알았을 때도 제 입이 조금도 튀어나오지 않도록 양쪽 입꼬리를 힘주어 광대뼈 밑 즈음까지 꽉 매달아 두었습니다. 자칫 힘이 풀려 입이 튀어나오기라도 한다면 입안 가득 볼멘소리가 가득 차 옹졸한 괴물로 변할 것 같은 상상이 떠올라 너무 끔찍했습니다. 불규칙한 수입의 허드렛일에 심신이 병들고 뿌리 뽑힌 자존감이 흔들릴 때에도 질투하는 마음이 자라나지 않기를 스스로에게 간청해 왔습니다.

**샐리** : 입꼬리에 들어간 힘은 당신의 인품이었고 진심이었군요. 당신은 긴박한 상황에서 부모님에게 도움을 요청하지도 않았지만 형이 안일한 태도로 도움을 받음에 불공평이나 서러움을 느끼지 않았나요?

**방문자** : 형수가 부모님에게 알랑방귀를 뀌며 아첨하는 장면을 꿈에서 본 적이 있습니다. 하지만 부모님 통장을 열게 한 목소리가 형수인지

형인지 확인하고 싶지 않았습니다. 불공평이나 서러움이라 말하면 형과 형수를 미워하는 마음이 생겨날까 봐 조심스럽습니다. 그저 허탈한 기분이었다고 표현하고 싶습니다.

**샐리** : 당신은 작은 허탈함을 느꼈을 때도 가족들이 당신의 힘듦을 알아차리지 못하도록 배려하고 친절하게 행동했군요.

**방문자** : 동생들과 누나, 형뿐만 아니라 형수님, 제수씨, 매제, 매형 등 피가 섞이지 않은 가족들에게도 시기 질투의 튀어나온 입을 보여준 적은 단 한 번도 없습니다. 같은 부모 아래서, 같은 환경 속에서 자라날 때 우리들은 서로 많은 것을 공유하며 같은 세상을 살아왔지만 나이가 들고 모두 결혼을 하면서 각자의 배우자와 서로 다른 인생길을 만들어가는 중입니다. 몸이 멀어지고 일상에 치여 형제간 유년기의 친밀감을 잃어가더라도 우리는 언제까지나 서로의 행복을 기뻐하고 그들이 가진 모든 것을 있는 그대로 바라볼 줄 알아야 한다고 꿈꿔왔습니다. 하지만 그 꿈은 저만의 허상이었음을 마주한 순간 그들의 불행한 미래가 보이기 시작했습니다.

**샐리** : 내가 갖지 못한 것을 누군가 갖고 있고 내가 하지 못한 일을 누군가 하고 있는 건 서로 다른 곳에서 다른 모습으로 다르게 살고 있다는 자연스러운 증거 같은 거잖아요. 가령 거액의 복권이 당첨된 형제를 보면 우리는 어떤 생각을 할까요?

**방문자** : 조금 부럽겠죠. 아니, 많이 부럽긴 하겠죠. 조금 더 깊이 숨은 마음을 꺼내면… 음, 그래요. 솔직히 나눠 받으면 좋겠다는 욕심도 들겠죠. 하지만 당첨의 행운은 내 것이 아니며 나와 형제는 다른 인격체이기 때문에 각자의 세상을 존중해 줘야 해요. 서운함을 느낀다면 야비한 것입니다. 내 몫은 생각조차 하지 말아야 해요. 그리고 진심으로 행운을 축하해 줘야 해요.

**샐리** : 멋진 생각입니다. 심술쟁이들은 샘이 나서 못 견딜 거예요. 악다구니를 쓰며 혜택을 권리로 착각하고 강요하겠죠. 하지만 우리의 인격은 소용돌이치는 솔직한 감정들을 정리하고 박수쳐 줄 수 있는 품질 좋은 상태의 인격이죠?

**방문자** : 당신과 나는 품질 좋은 인품을 바탕으로 타인의 자랑과 분노에 보여줄 최적의 반응을 선택할 수 있습니다. 가족은 소유가 아닙니다. 부모와 형제는 나의 노력으로 얻은 것도 아니고 선택할 수 있었던 것도 아닙니다. 그들의 노력과 운으로 가진 무언가도 내 소유가 아니며 욕심낼 수 없는 영역입니다. 가족이 가진 모든 것은 내 것이 아닙니다.

**샐리** : 당신의 생각은 잘 정리되어 있고 타인에게 보여줄 느낌과 반응도 잘 선택하여 모든 욕심을 잠재울 줄 아는 사람이군요. 하지만 당신은 무언가에 화가 나 있습니다. 무엇이 당신을 화나게 했죠?

**방문자 :** 현재의 저는 행복합니다.

**샐리 :** 당신은 가족 이야기를 할 때 행복하지 않았는걸요.

**방문자 :** 현재의 저는 행복합니다. 과거의 힘들었던 순간에 나의 불행을 감추고 그들의 행복을 축하해 주었던 나의 모습들도 후회하지 않습니다.

**샐리 :** 가족들은 현재 행복하지 않을 거라 생각하나요?

**방문자 :** 그들은 불행합니다. 타인의 행복을, 특히 가족의 행복을 보며 질투의 괴물로 변해가는 모습을 보면 영혼이 나락으로 빨려 들어가고 있음이 분명합니다. 그들은 행복으로 달려온 나를 싫어합니다. 과거의 나에게 받았던 것과 같이 축하해 주려 하지 않아요. 다닐 만한 직장에 정규직이 되었다고 자랑했을 때, 고가의 앤티크 전화기를 구입했을 때, 힘들게 마련한 작은 아파트 가격이 폭등했을 때, 우리 아들이 명문대에 합격했을 때, 출산 후 뚱뚱함을 유지해 오던 아내가 규칙적인 운동으로 예쁘고 날씬한 건강함을 되찾았을 때, 딸이 고급 아파트 청약에 당첨되었을 때 등 기쁜 소식을 알게 될 때마다 그들의 핏줄은 내 안의 핏줄과 같이 깨끗하게 빛나지 못하고 시퍼렇게, 또 검정색으로, 또 시뻘건 색으로 빠르고 불규칙한 변화를 보여주며 천박한 네온사인처럼 깜빡거렸습니다.
질투하고 저주하고 분노하는 표정 안에 빨간색으로 주름 잡힌 미간과

찌그러진 사선의 떨리는 눈썹, 퉁명스러운 목소리, 차가운 말투, 팔짱 낀 손끝과 삐딱한 다리, 삐죽 솟아오른 머리칼 등 머리부터 발끝까지 나의 행복을 못 견뎌 하고 있었습니다. 자신들의 행복은 축하받아 마땅한 것으로 여겼지만, 나의 행복 앞에 그들은 이유 없는 짜증을 냈습니다. 도무지 이해할 수 없는 노여움, 경멸, 교만 등의 불쾌한 감정들을 온몸을 통해서 나를 향해 전시하고 있었습니다.

**샐리** : 좋은 감정만 보여주려 애쓰던 당신의 따뜻한 마음을 그들이 무참히 도외시했군요. 당신이 그들에게 보여준 배려들은 당신이 그들에게 받고 싶었던 마음이었나요? 당신은 대가를 바라고 그들을 사랑했나요?

**방문자** : 형제들에 대한 저의 사랑은 과거가 아닙니다. 영원히 사랑합니다. 대가를 바라지 않고 그들을 사랑하지만 내가 준 모든 것과 상관없이 나도 그들에게 따뜻함을 받고 싶습니다. 사랑 안에 허탈함과 이해할 수 없는 마음들도 담겨있는 것뿐입니다. 모두에게 사랑받고 싶고 칭찬받고 싶고 위로받고 싶으며 이해받고 싶습니다. 일방적으로 흘러가 사라질 마음을 바라지 않는 건 비단 저뿐만이 아닐 겁니다.

**샐리** : 당신의 행복을 향해 밝은 말 한 단어조차 입 밖으로 꺼내지 않은 채 화만 나 있는 형제들에게 서운함을 느끼지만 여전히 그들을 사랑하는군요.

**방문자** : 형, 누나, 동생들을 향한 사랑은 의심하고 싶지 않습니다. 다만 사랑하는 내 핏줄들과 한몸이 되어버린 형수님, 제수씨, 매제, 매형을 향한 마음은 사랑 그 언저리에 끼워 맞추려 해도 어긋나고 튀어나와버리는 불편함을 누를 힘이 부족할 뿐입니다.

**샐리** : 당신이 가장 바라는 그림은 무엇일까요? 당신의 행복을 질투할 수 없는 가족들의 여유로운 생활과 마음. 혹은 당신과 가족들이 서로 질투할 일 없도록 평등하게 행복을 나눠 갖게 되는 행운의 사건들. 혹은 당신을 향한 그들의 시기 질투를 보면서 서운해지도 허탈해하지도 않는 강한 마음을 가진 당신. 혹은 이해하고 칭찬할 줄 아는 건강한 말과 행동으로 예뻐지고 멋있어진 사람들.

**방문자** : 좋아요. 좋습니다. 그림 속의 그들이 삼킬 칭찬알러지 약을 예쁜 약통에 담아 그려주세요. 반드시 부작용 없는 안전한 약이어야 해요. 그리고 무엇보다 중요한 것이 있습니다. 저의 행복을 보며 그들이 행복해하지 않았던 순간까지도 행복을 뿌려 그림을 그려주세요. 이 마음만은 앞으로 우리가 함께할 모든 순간마다 그들에게 전해지기를 바랍니다. 진심으로요.


# 불친절파티

**샐리** : 안녕하세요. 그대는 그대로 가게에 오신 것을 환영합니다. 당신

이 의심 없이 믿을 수 있는 일들을 선명하게 그려내어 이뤄지도록 도와드릴게요. 하고 싶은 이야기를 꺼내주시면 이야기의 흐름이 당신의 미래에 긍정적으로 각색되도록 필요한 그림을 그려드릴 거예요.

**방문자** : 나는 친절해요. 항상, 아니 거의 언제나 친절합니다. 기분이 너무 안 좋거나 우울할 때, 나 자신을 보호해야 할 때, 경계심이 커질 때 등 몇몇 경우를 제외하고는 친절한 편이에요.

**샐리** : 친절한 편인 당신을 환영합니다.

**방문자** : 불친절한 사람이 너무 많아요. 친절한 나에게 왜 불친절한 사람이 많이 스쳐 지나가는 거죠?

**샐리** : 불친절했던 사람들이 친절해지는 순간에 당신을 다시 만나 과거의 불친절함으로 더럽혀졌던 당신의 그 부분을 정화시켜 줄 수 있습니다.

**방문자** : 좋았던 사람이 싫어지고 싫었던 사람이 좋아질 수 있겠죠. 싫었던 사람은 계속 싫을 것만 같은 기분이 사라지고 난 뒤에 친절해진 그 사람들을 만나길 바랍니다.

**샐리** : 불친절함으로 불쾌감을 준 사람들을 저주하지 않고 제 말을 이해해 주고 받아들여 주어 감사해요. 당신은 꽤나 친절하군요.

**방문자** : 그렇죠? 전 친절합니다. 나에게 안 좋은 기분을 느끼게 해준 사람이 불행해지길 바라는 건 나를 불행하게 만드는 거라면서요.

**샐리** : 잘 알고 계셔서 다행입니다. 저의 초능력은 밝은 부분에만 민감합니다. 어두운 생각은 스스로에게 돌아오는 저주가 된다는 걸 우리는 잘 알고 있습니다. 불친절함이 당신의 친절함을 배반하는군요?

**방문자** : 불친절은 일상 곳곳에서 나를 기다리며 숨어있다가 평온하고 안전한 나의 모습에 재를 뿌려요. 평온한 일상들만이 길게 이어지지 못하도록 괴롭혀요. 어젯밤 꿈에서도 날 방해하는 존재 때문에 좋았던 기분이 사라졌어요. 또 힘을 내서 좋은 기분을 장착했더니 보이지도 않는 거센 바람이 얼굴로 쏟아지며 기분 좋은 미소를 걷어찼어요. 바람을 피해 크고 튼튼해 보이는 건물로 들어서니 수백 개의 방들이 호기심을 끌었어요. 복잡한 미로 안에서 가보고 싶은 길만 선택해서 달려가는 가벼운 발걸음 밑에는 보이지 않았던 구멍들이 생겨났고 밑으로 빠지는 발에 묻어나는 건 진흙탕 같은 똥물이었어요.

**샐리** : 좋은 기분에 유통기한을 정해두지 마세요. 알 수 없는 방해자들도, 예고 없이 찾아오는 거친 바람도 당신의 기분을 앗아갈 수 없도록 제가 힘을 보탤게요. 기분 나쁜 바람과 불안감을 등지고 달려갈 건물이 있었던 건 다행이에요. 그 건물이 어쩌면 여기일지도 몰라요. 겉모습은 달라도 건물이 가진 힘을 생각해 보면 아마 이곳이었을지도 몰라요. 똥 꿈은 길몽으로 해석되는 경우가 많으니 좋게 생각해 봐요. 미로

찾기는 정말 재미있었을 것 같아요. 수많은 벽들을 다 부수고 넓은 공간을 차지할 수도 있었을 텐데 당신은 정해진 미로 형식에 순응하는 친절함을 가지고 있어요. 당신의 친절함을 의심하지 않아요.

**방문자** : 평소답지 않은 나의 모습을 봤다면 당신은 나의 친절함을 의심할 수도 있었겠죠? 살면서 만난 불친절함을 모두 곁에 쌓아두었다면 1,000m 높이의 벽이 되었을 거예요. 높은 벽을 곁에 두고 걸어 다니는 나는 햇빛을 제대로 받지 못했겠죠. 그늘에 머무는 시간도 좋지만 매일 찾아오는 아침의 고마움을 잊지 않고 밝음으로 나가야 한다는 걸 잘 알고 있었어요.

그늘의 벽이 쌓일 때마다 부수고 치워서 햇빛 아래 나를 세웠죠. 가끔은 그늘을 파괴할 힘조차 충전되지 않을 때도 있어요. 그럴 때 햇빛을 등지고 그늘 안에 서서 사람들에게 찌푸린 얼굴을 보일 때도 있었고, 그늘에 눌어붙은 곰팡이처럼 숨 막히고 건조한 목소리로 짜증을 내기도 했죠. 진짜 내 모습은 친절한 사람인 게 맞지만 아주 가끔 있는 일이었어요. 찌푸린 얼굴과 짜증 내는 목소리로 나를 각인한 사람이 있었다면 억울하고 비통해요.

**샐리** : 불친절함은 전염성이 강해서 불친절함을 받고 기분이 좋지 않은 상황에서 또 다른 불친절함을 전파하고 전파된 불친절함을 받은 또 다른 피해자는 불친절함에 불친절함을 합쳐서 분노를 퍼뜨릴 수도 있죠. 하지만 당신은 불친절함을 스스로 부수려 했고 가끔 힘에 부칠 때만 타인에게 들켰을 뿐이에요. 당신의 불친절함은 그나마 큰 폭력이 아니

었기에 잘못을 인정하고 후회하고 달라졌다면 용서받을 수 있어요. 앞으로는 불친절함을 조금도 모으지 마세요. 벽으로 쌓아두지도 않고 안에 담아두지도 않고 안전한 통로를 통해 잘 배출된다면 불친절함은 사라질 수 있어요. 여기는 안전합니다. 저에게 다 이야기해 주세요. 어떤 사람이 불친절함을 왜 보여주었을까요? 궁금해요. 이야기해 주세요.

**방문자** : 가장 최근의 일 하나만 말해볼게요. 지난주에 친구랑 마카롱 가게에 갔어요. 포장하는 게 아니라 매장에서 커피와 함께 먹으려고 주문을 기다리고 있었어요. 작은 매장이었지만 3개의 테이블이 있었고 마감 시간까지 아직 여유가 있는 것 같아서 먹고 가기로 했죠. 점원은 한 명이 있었고 작은 매장 안 곳곳에 홀로 흔적을 채우고 다녔죠.
포장 주문 손님의 마카롱 포장과 새로 들어온 손님의 주문 받기, 우리처럼 매장에서 먹고 마시는 손님의 음료 제조, 팔리지 않은 마카롱 진열 재정리, 매장에서 먹고 치우지 않고 나간 손님의 테이블 정리 등 점원 혼자 업무를 해야 하는 상황이 힘들어 보였어요. 영혼이 빠져나간 것처럼 많이 힘겨워 보이더라고요. 저도 직장 생활을 했기 때문에 사회생활의 힘듦이 어떤 느낌인지 모르는 바가 아니기에 이해하지 못하는 건 아니에요. 저는 친절하니까요.
하지만 저도 다른 곳에서 힘들게 일한 날을 겪고 그곳에 간 것이며 쉬는 날 친구랑 기분 좋게 여유를 즐길 자격이 있다고 생각했어요. 갑질을 하려는 생각은 전혀 없었습니다. 기분 나쁜 불친절을 느꼈어도 컴플레인을 걸거나 따지고 들지 않았어요. 그저 기분 나쁨을 친구와 이야기할 뿐이었죠. 우리는 직원에게 불만을 표하지는 않고 참았습니다.

참는 게 진짜 나와 친구의 모습이었으니까요. 우리끼리 하는 말이지만 정말 화가 나긴 했었어요. 글쎄 마카롱 가게 직원은 누가 봐도 이마에 일하기 싫다고 쓰여있는 것처럼 보이더라니까요.

퉁명스러운 말투로 주문을 받고 포스기 사용법에 익숙하지 않은 듯 느려터진 속도로 터치를 반복해대고 세 번이나 주문을 되묻는 과정에서 미안한 기색도 없이 짜증 섞인 표정과 말투를 드러냈어요. 우리가 왜 그 사람에게서 느껴지는 부정적인 기운을 돈을 지불하고 받아야 하는지. 우리의 좋은 기분을 직원의 우울한 시간이 다 갉아먹고 있었어요. 우리가 마지막 손님인 듯 새로운 손님의 발길은 뜸했고 주문을 기다리는 시간은 거짓말 조금 보태어 영겁의 시간 같아 신물이 났지 뭐예요. 어려 보이는 얼굴에 몹시 귀찮은 표정에서부터 사장님이 아닌 아르바이트 직원임을 예상할 수 있었어요. 노동의 목적은 돈일 뿐이며 그저 대충 시간을 채우고 일터를 떠나고 싶은 마음이었을 거예요. 그런 마음이 들 때도 있겠죠. 그래도 조금만 더 친절한 태도를 보여줄 수는 없었을까요. 친구와 저도 전날의 힘든 업무를 버티다가 직장에서 벗어나 맞이한 소중한 날이었는데, 쉬는 날에 먹는 달콤한 마카롱에서 쓴맛을 느끼지 않게 해줄 수는 없었을까요.


**샐리 :** 익숙하지 않은 일 처리에 우울한 분위기 그리고 본인의 실수를 사과하지 않는 불친절함으로 당신과 친구의 소중한 시간에 기분 나쁨이 물들었군요. 기분 나쁠 만한 일이었겠어요. 직원에게 따져 묻지 않고 그 시간을 지나쳐 온 당신의 친절함에 경외를 느낍니다. 좋은 처신이었으나 당신이 참았던 불만이 쌓여 다른 사람에게 표출될까 봐 그

점은 걱정입니다.

터트리지 않고 참아온 불만을 안전한 곳에 잘 버릴 수 있도록 쓰레기통을 그려줄게요. 불만이 쌓이고 쌓여 높은 벽이 되지 않도록 뚜껑을 덮어 그 안에 불만을 담아낼 수 있는 쓰레기통입니다. 다 차면 저절로 소각되는 편리한 쓰레기통이죠. 당신이 지금 나에게 말하면서 떠올리는 그때의 감정은 당시에 사라지지 않고 당신 안에 쌓인 불친절함의 기억이군요. 이제 그것을 쓰레기통에 담겠습니다. 저와 헤어진 후 만날 불친절함은 미래의 것이니 과거의 쓰레기통보다 좀 더 발전된 방법이 좋겠죠? 미래의 불친절함은 쓰레기통에 넣지 않아도 그 자리에서 어느 정도 시간이 지나면 말끔히 소각되도록 불친절함을 거부하는 거부권도 그려드릴게요.

**방문자 :** 좋아요. 지나간 일은 추억거리처럼 가볍게만 이야기할 수 있을 줄 알았는데 지난 불친절함을 이야기하는 순간 또 느끼는 이 울분이 제가 눈치채지 못한 위치에 잘 숨어있었나 봐요. 이젠 버릴 수 있을 것 같아요. 앞으로 또 만나게 될 수도 있을 불친절함을 내 안에 담아두지 않기 위해서 당신이 그려준 불친절 거부권을 믿을게요. 이 믿음이 흔들릴 때는 또 어떤 걸 어루만지며 기댈 수 있죠?

**샐리 :** 선택권을 줄 거예요. 당신의 모든 것은 당신이 선택할 수 있게 해줄 겁니다. 불친절한 직원에게 불만을 표현하지 않음을 선택할 수 있었던 그 힘을 좀 더 넓게 펼쳐보죠. 넓어진 힘의 영역은 어떤 불친절함에도 당신의 좋은 기분이 사라지지 않도록, 불편함을 느끼지 않도

록, 원하는 기분을 선택할 수 있도록 넓고 길고 두꺼운 힘으로 넓혀 그려줄게요.

당신에게 불친절했던 그 직원이 퇴근 후에 제가 운영하는 이 가게로 왔을 때는 그 불친절함의 원인과 그로 인해 우울했던 마음을 알아채고 일하지 않는 날의 여유를 일하는 날까지 가지고 가도록 해줄게요. 깔보이고 싶지 않은 마음들을 누가 가지고 있는지 들키지 않도록 서로를 배려하는 마음만을 가지고 있는 상태로 제가 만들 거예요.

**방문자** : 그 직원이 당신을 찾아올까요?

**샐리** : 찾아올 것 같습니다. 저를 만난 후 달라질 그 직원이 다시 마카롱 가게로 출근하는 날 당신은 마카롱을 구입하러 가세요.

**방문자** : 그때는 마카롱이 아주아주 많이 달 것 같아요. 10개 먹을 수 있을 것 같습니다.

**샐리** : 어떤 맛의 마카롱을 좋아합니까?

**방문자** : 초코 맛, 녹차 맛, 산딸기 맛… 다 좋아해요. 친구는 솔트카라멜 맛을 좋아해요. 친구가 직원에게 "솔트카메라 맛 주세요."라고 잘못 말했을 때도 직원은 웃지 않았어요. 그때만큼은 "솔트카라멜 맛 맞으시죠?" 하고 말하며 포스기를 틀리지도 않고 누르더군요. 저는 정말 웃긴 순간이었거든요.

**샐리** : 말실수가 웃겼던 건 당신 친구이기 때문이에요. 당신은 친구를 좋아하고, 좋아하는 사람의 어떤 말도 다 재미있고 긍정적으로 받아들이잖아요. 그 직원은 당신들 앞에 서서 포스기를 누르고 있었지만 당신들과 함께 있지 않았잖아요. 당신들은 기분 좋은 날 기분 좋게 들어왔었고 직원은 기분 좋지 않은 날 기분 좋지 않은 순간 속에 존재했죠. 서로 다른 세상에서 만났기 때문에 누구에게는 웃긴 말도 누구에게는 들리지 않았을 거예요.

**방문자** : 당신은 나와 같은 세계에 있나요?

**샐리** : 항상 같은 세계에 있습니다. 당신이 앞으로 불친절함으로 상처받지 않고 높은 그늘 벽을 쌓지 않게 되기를 희망합니다. 당신이 바라는 스스로의 모습처럼 항상 친절하고 행복한 모습으로 불친절함에 전염되지도 기분이 변하지도 않도록 내 그림들을 줄 거예요. 그 어떤 불친절한 직원이 있는 곳에 가더라도 나와 함께 달달한 마카롱을 먹을 수 있어요. 우리 꼭 같이 가기로 해요. 그날의 기분 좋음을 지금 미리 느꼈거든요.

# 성실한 게 죄

**샐리** : 안녕하세요. 그대는 그대로 가게에 오신 것을 환영합니다. 당신이 의심 없이 믿을 수 있는 일들을 선명하게 그려내어 이뤄지도록 도

와드릴게요. 하고 싶은 이야기를 꺼내주시면 이야기의 흐름이 당신의 미래에 긍정적으로 각색되도록 필요한 그림을 그려드릴 거예요.

**방문자** : 역마살이 끼었는지 마가 끼었는지 의지와 상관없이 미래로 떠밀려 가며 나이만 먹고 있습니다.

**샐리** : 떠밀려 흘러가던 당신의 몸과 마음이 이곳에서 잠시 멈춰있군요.

**방문자** : 원하지 않은 데로 흘러가지 않도록 이곳에 잠시 나를 붙여주세요.

**샐리** : 당신의 엉덩이 밑과 바닥에 벨크로를 붙여주었어요.

**방문자** : 감사합니다. 저는 벨크로를 좋아합니다. 한쪽은 꺼끌꺼끌하고 다른 한쪽은 부들부들한데 얼핏 보면 구분되지 않아요. 둘 다 뽀글뽀글하고 푹신해 보이죠. 깨끗하고 건조해 보여요. 무언가 정직해 보이기까지 해요. 하지만 만져보면 한쪽은 까칠이 한쪽은 부들이죠. 서로 다른 느낌이 달라붙는 느낌과 소리도 좋아해요. 소리 때문에 많은 사람들이 찍찍이라고들 부르죠.
본드처럼 떼어내기 힘들지도 않고 글루건처럼 떼어낼 때 찢어지지도 않으며 끈처럼 묶고 푸는 모양의 변화도 없어요. 단추를 사용할 때처럼 혹시 딱딱한 단추가 부드럽고 좁은 구멍을 드나들며 구멍이 헐거워

질까, 단추가 떨어져 나갈까 걱정하지 않아도 되죠. 서로가 다른 느낌과 힘으로 서로를 잘 붙잡아 안전한 여밈 장치가 되고 또 미련없이 잘 떨어져 서로를 속박하지 않는 그 우아한 배려심을 좋아합니다.

**샐리 :** 당신의 엉덩이는 바닥에 안전하게 잘 붙어있으며 당신이 원할 때에 따뜻한 바닥이 당신을 힘들지 않게 잘 보내줄 겁니다.

**방문자 :** 원하는 곳에 머물 때마다 벨크로의 힘으로 안전하게 머물고 가볍게 떠날 수 있도록 마법의 벨크로를 가진 나를 그려주세요.

**샐리 :** 문제없어요. 무지개 색깔별로 요일별 벨크로를 그려드리죠.

**방문자 :** 설명할 수 없는 조급함을 갖고 이곳에 왔는데 조급함이 아주 조급하게 사라진 느낌입니다. 벌써 마음이 데워지고 있는 것 같아 감사합니다.

**샐리 :** 당신은 누구보다 이곳에 오고 싶었던 사람입니다. 당신은 앞으로 항상 나를 곁에 둘 수 있을 겁니다. 차가워진 마음으로 서늘할 때마다 뜨끈하게 데워서 나갈 수 있도록 해줄 거예요.

**방문자 :** 환상 같은 느낌들이 현실적인 위로로 손에 퍼지고 있어요. 이곳에서 나간 후에 그림 속 벨크로가 다 낡고 시들어 날 붙잡지 않으면 어떡하죠? 다시 떠밀려 흘러다니게 된다면 난 어떤 힘으로 붙어있어야

하죠?

샐리 : 문제가 밖에 있군요. 해결되지 않은 문제를 억지로 떼어내고 눈에 보이는 조급함들만 떼어내려 이곳에 왔군요. 밖에 있는 문제를 갖고 들어오세요. 저에게 보여주셔도 괜찮습니다. 당신과 나의 시간은 지금 멈춰있는걸요.

방문자 : 벨크로 그림 안에서 포괄적으로 해결될 문제들을 자세히 이야기할 시간이 왔군요. 2년도 채 안 되는 시간 동안 두 군데의 회사에서 정착하지 못하고 세 번째 회사에 들어왔습니다. 단기간 근무했던 직장에서는 마음도 몸도 붙일 수가 없이 떠다니다가 엉덩이를 쫙 붙이고 편히 앉으려는 순간 미끄럼틀 위에서 미끄러져 내려온 것처럼 빠져나와 버렸습니다. 내 의지인 듯 아닌 듯 그 자리는 내 자리가 아닌 걸로 애초에 정해져 있었던 것처럼 나는 알쏭달쏭한 시간을 지나쳐 밀려나 있었습니다. 그것은 분명 내 잘못이 아니었습니다. 누군가 정해놓은 내 자리를 찾아가야만 하는 수수께끼 속에 갇혀 어디로든 빨리 시간 내에 찾기 위해 고군분투해 왔습니다. 그토록 어렵게 찾은 소중한 내 자리. 세 번째 회사였습니다. 특별한 의미 부여를 한 이곳에서 황당한 배신을 뒤집어쓰니 마음이 시궁창에 빠졌습니다.
첫 번째 회사는 직원들의 텃세가 세 달이 지나도록 사그라지지 않을 만큼 지독한 사람들이 분포되어 있는 곳이었습니다. 한 명은 처음에는 중립적인 태도로 나를 대했지만 내 편에 서면 다른 사람들에게 버림받을 듯한 뉘앙스를 풍기며 점점 내게 거리를 두는 모습에 중립적인 사

람에게 가까이 다가가지 못했습니다. 모두가 각자 처한 상황이 있고 그 상황을 이해할 수 없어도 곤란하게 하고 싶지는 않았습니다. 유치하게 나를 제외하고 업무 내용을 공유하거나 괜한 시비를 걸어올 때도 이 정도쯤이야 아무것도 아니란 식으로 보란 듯이 더 열심히 일했습니다.

30분씩 지각하는 못된 습관을 가진 뻔뻔한 직원 때문에 사기가 떨어질 때에도 대표에게 이르지 않고 모른 체해 주었습니다. 하지만 나를 제외한 팀원들의 계략은 중립적 태도를 가진 사람마저 나를 완전히 등지게 했고, 머지않아 팀원들은 나를 유령 취급하기 시작했습니다.

감옥에 있어도 온갖 괴롭힘을 당하는 것보다 독방이 더 무섭다는 말을 어디서 들은 것 같은데 그 말이 갑자기 떠오르지 뭡니까. 독방에 갇힌 듯한 서러운 상황에 던져진 채 모든 의욕을 잃고 힘껏 던져진 칼날들 위를 맨발로 걸으며 피투성이의 발에 신을 신발을 사러 신발 가게를 찾아 달려 나오듯 그곳을 빠져나온 것 같습니다. 정확히 기억하고 싶지 않아 그 느낌만을 묘사할 뿐입니다. 그곳을 빠져나오자마자 칼날에 베인 듯 피투성이인 발은 보이지 않았습니다. 믿음직스러운 익숙하고 편안한 운동화가 오랫동안 내 편이었다는 듯 웃으며 내 발을 감싸 안아 주고 있었습니다. 신발 위로 떨어지는 물방울은 신발을 더럽히지 않고 더욱 깨끗하게 얼룩을 지워 주었으며 난 더 깨끗하고 안전한 곳으로 걸어가고 있음을 알 수 있었습니다.

두 번째 회사는 채용 공고 사이트를 둘러볼 때마다 늘 공고가 보였던 곳이었습니다. 첫 번째 회사에 이력서를 넣을 때 '이곳에도 지원해 볼까?' 고민했었던 곳이라 잘 기억하고 있었습니다. 아무리 상시 모집이라고 하더라도 이해할 수 없을 만큼 늘 급구 채용 공고 글이 불안하게 떠 있었습니다. 상세 모집 공고나 규모를 검색해 보았을 때 직원을 수 없이 많이 채용하는 곳이 아닌데 왜 이렇게 오랫동안 채용 공고 글이 사라지지 않은 것일까 좀 더 깊이 숙고해야 했지만, 수수께끼를 풀어야 할 시간 제한이 조급하게만 느껴지는 내 삶이 그곳으로 나를 밀어 넣었습니다.

깡마르고 유행에 뒤쳐진 듯하지만 인자해 보이는 남자 사장님과 어딘가 수상쩍지만 큰 얼굴처럼 입을 크게 찢어 인자한 척 웃는 마녀 같은 여자 부사장은 부부였습니다. 남자는 간단한 사무 업무에 비해 나의 능력이 과분한 것 같다며 이곳에 와주어 너무 감사하다고 연신 나를 치켜세웠습니다. 마치 구름까지 닿을 듯한, 예쁘지만 너무 얇아 무서운 사다리 위로 나를 더 높이 더욱더 높이 높이 올려보내 주는 느낌이었습니다.

사장님의 칭찬으로 구름 밑까지 높이 올라간 나에게 세부적인 업무를 설명해 준다며 다가온 부사장은 소름 끼치게 기묘하게 웃는 얼굴로 나를 받치고 있는 사다리를 씹어먹고 있었습니다. 그 괴상한 부사장의 기운에 홀려 어느새 바닥으로 내려온 나는 딱딱하고 작디작은 의자에 앉아 얼어가고 있었습니다. 설명이 끝나고 내일 출근을 기약하며 인사하는 부사장의 미소는 사장의 칭찬에 올라간 날 끌어내리던 괴기스러운 모습은 온데간데없이 다시 온화함으로 포장되어 있었습니다.

거짓 온화함을 눈치챈 나는 꺼림칙함을 끌어안고 다음 날 출근을 강행하였죠. 친절한 사장님과의 첫 출근 기념 면담이 끝나자마자 사장님의 방은 부사장 등 뒤로 작은 점이 되어 숨어들었습니다. 내가 사장님한테 먼저 다가갈 수 없도록 흉물스러운 방패를 설치한 건 역시나 사이코 같은 부사장 년 짓이었습니다. 본격적인 업무에 앞서 교육을 해준다며 나를 본인과 마주 보게 앉혔습니다. 부사장은 체형 교정 교본 사진이라도 찍는 듯 불편해 보일 정도로 꼿꼿이 세운 허리와 곧은 자세로 앉아 양팔은 팔짱을 낀 채 내게 퍼붓기 시작했습니다.

"우리 회사는 첫째로 가장 중요한 게 '인성', 인성이거든요~ 서로 친해져도 반 존대나 격식 없는 가족 같은 분위기는 절대 사양입니다. 아, 그리고 점심시간은 따로 없습니다. 그러므로 물론 점심 제공도 하지 않고요. 12시부터 12시 15분까지 15분 동안 간식 시간을 드릴게요. 출근하실 때 요깃거리를 간단하게 챙겨오셔서 그때 저쪽 화장실 옆 쪽방에서 드시면 되고요. 거래처 미팅이 잦으니 관련 분들이 찾아오셨을 때는 자리 지키시고요. 화장실 가려면 한가할 때 저한테 이야기하시고 다녀오셔야 하고요. 동시에 둘 다 화장실 가지 않도록 서로 교대로 다녀오자고요~

그리고 청소할 때는 먼지 제거와 물걸레질을 하면 돼요. 물걸레 냄새가 나지 않도록 좋은 향이 나는 비누로 잘 손빨래하시고요. 물걸레질 끝나면 소독제로 한 번 더 닦아주시고요. 수납장도 먼지가 쌓이지 않도록 매일매일 한 칸 한 칸 다 따로 물티슈로 닦아주시고요. 물티슈로 닦은 뒤 물기를 제거하지 않고 곧바로 닫으면 곰팡이 생길 수 있으니 창문 열고 수납장도 다 열어 놓았다가 닫도록 하시고요. 바닥은 기름걸레로 닦으시고~ 밀대로 소독제 뿌려가며 닦으시고, 물기 없는 걸레로 다시 한 번 닦아주셔야 하고요. 발 매트에 절대 걸레가 스쳐서는 안 됩니다. 그리고 회의나 미팅 때는 다리 꼬는 행동 하지 않습니다. 손으로 턱 괴는 행동 하지 않습니다. 그리고……"

미친 부사장의 큰 얼굴은 더더욱 커져만 가고 목소리는 점점 더 교활해져 갔습니다. 부사장의 목소리와 표정은 귀신도 때려잡을 듯한 군대 교관 같았으며 나를 6살 유치원생 대하듯 나의 행동을 하나하나 조정하고 통제하려 들었습니다. 인수인계도 하지 않고 사라져 버린 전 근무자의 무례한 행동이 출근 첫날에 벌써 이해될 것만 같았습니다. 중요한 업무 이야기를 할 때에도 본인이 하던 몫까지 떠넘기며 "한번 보자고요. 얼마나 잘 준비하는지 보죠. 내일까지 생각해 와요." 라며 숙제까지 주었습니다. 퇴근 시간 5분만 늦어져도 내 시간을 빼앗김에 분노하는 근무자가 얼마나 많은데 근무 시간 외 소중한 내 시간에 왜 업무 숙제를 해야 하는지 분통이 터졌지만 참으려 했습니다.

서로 예의를 갖추고 인성이 중요하다는 명목 아래 나를 휘두르는 그녀의 행동은 분명한 갑의 횡포였으며 꼴사나웠습니다. 등을 기대어 너무 편하게 앉지 말라, 턱 괴지 말라, 간식 시간 15분 넘기지 말라, 점심시간은 없는 회사로 정해졌으니 밥 먹지 말라, 청소에 환장한 자신의 가치관에 맞추어 청소를 10단계로 꼼꼼히 해라, 집에 가서도 업무를 해와라 등 끊임없는 그녀의 횡포는 분명 도를 넘어선 비정상적인 지시였습니다. 그녀가 원하는 대로 청소를 하다 보니 업무를 끝낸 뒤 시작한 청소를 1시간 반도 넘게 하고 있었고 이 정도로 청소하면 이곳에서 살인사건이 나더라도 증거 인멸이 가능하겠다 싶었습니다.

그녀는 나의 말과 행동, 업무 외에도 화장실 가는 시간, 밥도 못 먹고 간식 쪼가리 먹는 시간, 청소 방법과 순서, 앉는 방식 등 나의 모든 회사 생활을 통제했습니다. 나에게 지시하는 눈빛은 흰자에 검은자가 반도 보이지 않게 올라간 모습이었습니다. 그 눈빛은 여느 사이코패스 범죄자의 눈빛보다 악랄했으며 저는 그녀에게 벗어나고 싶었습니다. 친절한 사장을 방패 삼아 입사시킨 뒤 이런 식으로 노예를 부리니 직원이 붙어있을 리가 없지요. 저는 퇴근 후 바로 휴대폰을 끈 채 다음날부터 출근하지 않았습니다. 단기 아르바이트를 하더라도 다음 근무자가 예정대로 잘 오는지 확인 후 퇴사하던 책임감 강한 나조차 이번만은 도저히 예의를 갖출 수가 없었습니다. 관두겠다고 말하기 위한 연락도 하고 싶지 않을 만큼 그녀의 횡포는 비열했습니다.

첫 출근이라며 주변 사람에게 다 알리고 시작한 일이었지만 밥도 못 먹고, 청소만 실컷 하고, 다리를 꼬고 앉지도, 등을 한 번 기대지도 못한 채 괴롭힘당하다 퇴사한 나를 다행히도 주변 사람들은 실패자라 여기지 않았습니다. 미친 부사장을 함께 욕해주며 잘 관두었다고 내 편을 들어주어 다시 힘을 낼 수 있었습니다. 그리고 얼마간의 시간으로 휴식을 취한 뒤 다음 회사에 취업했고 여기가 바로 진짜 내 자리라는 느낌을 받았습니다.

이곳은 지난 퇴사들이 내 탓이 아니었음을 증명해 주는 곳이었습니다. 저는 이곳에서 근무하며 인정받고 또 인정받으며 날개를 달고 날아다녔습니다. 아이디어는 고갈되지 않고 화수분처럼 넘쳐 흘렀으며 나날이 발전하는 업무 능력은 같이 일하는 동료 및 상사, 후배, 대표님까지도 감탄할 수준이었죠. 저의 능력은 회사 발전에 크게 기여했으며 시기 질투를 크게 표현하는 사람도 없이 상쾌한 날들이 이어졌습니다.

내가 맡은 업무를 빠르고 정확하게 마쳤어도 잔여 시간에 간식을 먹으며 시간을 때우거나 사적인 통화를 하지 않았으며 메신저도 주고받지 않았습니다. 근무 시간에 개인적인 일은 최대한 하지 않으려 노력했으며 다른 직원의 업무를 도와주는 일도 허다했습니다. 나의 도움을 안 받은 직원은 거의 없었으며 모두가 나와 좋은 대인관계를 유지하고 싶어 했습니다. 대표님과 함께하는 점심 식사 자리에서 8분 만에 식사를 마치고 업무에 열중하는 대표님의 열의를 존경했고 그 노력을 배우려 애썼습니다. 위염이 잦아 천천히 식사해도 소화가 안 될 때가 있는 나였지만 대표님의 8분 이내 식사 시간을 따라 하느라 체한 적이 한두 번이 아니었죠. 식사를 마치고 양치 후 바로 근무에 몰두하는 내 모습을 보며 내가 이 회사의 제일가는 인재임을 자각하곤 했지만 그 자각은 착각이었습니다.

역시나 직원은 회사의 소모품에 불과했습니다. 그래도 내가 없으면 회사가 안 돌아갈 거라 착각했습니다. 그만큼 성실했고 모두가 인정해 주었기 때문이죠. 회사 대표는 귀가 얇았고, 입김 센 사람으로부터 어떤 말을 들은 건지 갑자기 합병을 고민하기 시작했습니다. 이 회사가 돌아가는 분위기를 가장 잘 알고 있고 큰 계약들을 합리적으로 체결해 오는 데 큰 공을 세운 오대리와 나는 강력히 말렸습니다. 하지만 대표는 우리를 신뢰하지 않았습니다. 오히려 오대리와 내가 회사를 좌지우지하려 한다고 생각했습니다. 다른 직원들도 모두 우리의 편에 서서 의견을 내었지만 몇 년 동안 회사를 위해 희생한 우리의 통일된 선견지명을 받아들여 주지 않았습니다.

결국 대표는 무리한 합병을 진행했고 대표가 진행하는 합병에 반기를 들었던 우리는 해고되었습니다. 조금 더 중립적인 관점으로 우리의 태도를 살펴봐 주었다면, 우리의 능력과 감을 믿고 더 신중했더라면 우리도 대표도 더 행복할 수 있었음이 분명합니다. 하지만 오대리와 나는 눈물을 머금고 퇴사해야 했고 대표는 성실하게 진심으로 노력하던 우리를 치워낸 공허한 자리를 대학을 갓 졸업한 어리고 예쁘장한 신입을 뽑아 채워넣었습니다. 우리가 퇴사하던 날 그 신입은 면접을 보러 왔고 면접 시간에 10분 지각하는 자유분방함을 보여주더군요. 직원들은 성실하고 능력 있는 우리의 운김을 걷어내고 아무나 뽑으려 한다며 대표가 사람 보는 눈이 썩었다며 수군댔습니다. 그 수군거림으로 우리는 조금 위로를 받았고 서로의 행복한 미래를 빌어주며 회사를 나왔습니다.

퇴사 후에도 평소 잘 지냈던 직원들과 수시로 연락을 주고받았고 근무 중 잠을 자고 화장을 고치며 김밥을 먹는 새 직원에 대한 만행을 전해 듣고는 속이 썩어들어갈 대표를 생각하며 통쾌하기도 했습니다. 임무에 충실했던 우리와의 시너지를 저버리고 본인의 무능력함에 참견하지 않을 사람을 아주 잘 선택한 것 같았습니다. 제아무리 대단하신 대표라도 직원들의 쓴소리도 들을 줄 알아야 함을 뒤늦게 깨달았을 거라 믿습니다.

본인의 결정에 왈가왈부하지 않고 무조건 시키는 대로만 해줄 사람을 찾고 싶었을 대표는 우리와 함께 최고의 주가를 달리던 때를 그리워하고 있답니다. 합병과 새 직원 때문에 그동안 대표가 이끌어 가던 회사는 씁쓸하게 무너져 내렸고 대표는 직원 두 명을 추가 해고했으면서도 퇴근 후 투잡을 할 만큼 경제적으로 어려워진 상태라고 합니다. 성실함의 보답으로 나에게 퇴사를 선물한 대표는 인과응보로 망했지만, 또 다른 성실한 직원들을 만나 8분 안에 밥을 먹으며 열심히 일한다면 다시 도약하실 수 있다고 예상합니다.

**샐리** : 불필요한 경험은 없었군요. 당신 참 열심히 잘 살아왔어요. 세 번째 회사는 첫 번째, 두 번째와 다르게 마음을 주고 인정받으며 다닌 회사였기에 퇴사 후의 속상함이 길고 깊었겠어요. 첫 번째와 두 번째 회사는 당신 자리가 아니었던 거예요. 자리 주인이 늦어져서 그 자리를 잠시 채워준 경험이었죠. 하기 싫은 걸 견뎌야 하는 순간이 많지만 굳이 견디지 않아도 될 순간이라 느끼면 과감하게 버리는 것도 당신을 위한 일이죠.

세 번째 회사는 당신 자리였던 거예요. 당신은 그 자리에서 빛났고 발전했고 회사를 발전시켰어요. 오대리와 같은 든든한 인연들도 알게 되었고 당신의 성실함은 더 굳건해졌죠. 해고로 인한 퇴사는 결코 실패가 아니에요. 또 다른 집단, 또 다른 세상을 경험할 기회를 얻은 거예요. 쌓여가던 퇴직금이 끊기는 쓰라림을 겪어야 하고 정들고 익숙한 공간과 사람들과의 헤어짐이 아쉽겠지만 이런 경험이 작은 아픔들은 쉽게 견딜 수 있는 마음의 토대가 될 거예요.

아무도 당신의 아픔을 실패라 부를 수 없어요. 당신 미래에 도움을 줄 소중한 경험이니까요. 대표의 일이 잘 풀리지 않는 게 통쾌했지만 더 망하기를 바라는 마음이 생긴다면 그 마음은 제가 지워줄게요. 나에게 슬픔을 준 사람의 행복을 빌어주는 건 무척이나 역겹고 어려운 일이지만 그 사람도 고통이 있을 거란 걸 인지하며 이해하는 척해보세요. 아무것도 아니에요.

그 사람도 잘되고 나도 잘되고 모두가 행복해야 행복의 기운만이 곳곳에 흘러다니게 될 테고 어딜 가든 불행의 기운을 만나기 힘들어지면 우리는 점점 더 안전해지고 평화로워질 거예요. 미워하는 마음조차 귀찮아지도록 그런 마음을 그려줄 거예요. 좋았던 일과 앞으로 있을 좋을 일들을 위쪽에 그릴 거고 안 좋았던 일은 밑으로 가라앉게 그릴 거예요. 외면하지 않고 똑바로 직시하지만 또 화를 낼 필요없이 지나간 감정으로 그려줄 거예요.

**방문자 :** 직장 생활은 주요 직무보다는 사람들과의 관계에서 스트레스가 많잖아요. 돌이켜 보면 세 번째 회사에서 저는 꽤 행복했던 것 같아요. 대표와는 합병 문제 이후로 트러블이 생긴 거였고 그전에는 소통이 잘 되는 편이었어요. 저의 성실함과 능력을 알아준 적도 많고요. 그 성실함과 노력이 커질수록 나의 견해가 뚜렷해졌고 자신의 방향성을 뒤흔들 것 같은 위협을 느꼈을 거예요. 대표의 생각과 다른 견해를 감추고 아이디어를 즐비하게 늘어놓지 말아야 했는데 사실 제가 융통성이 부족했어요. 어쩌면 제가 그 회사에 남아있었더라도 회사를 망쳤을지도 모르죠. 제가 너무 자만했어요. 인정해요. 대표의 불행을 바라지 않아요.

**샐리 :** 경험자의 강의를 들어도 와닿지가 않는 깨달음들이 많아요. 스스로 경험해야만 알게 되는 것들이 있죠. '성실하기만 했던 내가 왜 이런 일을 당했을까?' 이렇게만 생각했던 당신은 나와 함께 생각의 매듭을 풀어가며 멋지게 실토했어요. 당신의 소신과 능력이 한결같지 않았을 수도 있음을 이야기했죠. 점점 커지는 소신과 능력을 보며 대표가

느꼈을 부담감도 예측해 볼 수 있을 정도로 당신의 생각은 깊고 넓어졌어요. 나의 그림은 정리된 당신의 성숙함의 부록일 뿐이에요.

**방문자** : 초라해지지 않기 위해 버티고 버텼던 순간들은 적당한 소신과 일관적인 성실함으로 어디서 무엇을 하든 활짝 꽃필 겁니다.

**샐리** : 만개한 꽃들은 싱싱하고 아름다워요. 그 꽃들 안에서 당신은 꽃을 꺾지 않고 물을 주고 햇빛을 줄 거예요. 그 꽃이 시든다면 예쁘게 말려 멋진 드라이 플라워를 만들 거예요. 그리고 또 새로운 꽃의 씨앗을 심으면 싹이 트고 꽃을 피울 겁니다. 당신은 피지 않은 꽃도 이미 져버린 꽃도 여전히 예쁘게 대하는 성실한 사람이에요. 이 그림도 영원히 당신 안에 보존될 수 있도록 그려줄게요.


# 살인자동차

**샐리** : 안녕하세요. 그대는 그대로 가게에 오신 것을 환영합니다. 당신이 의심 없이 믿을 수 있는 일들을 선명하게 그려내어 이뤄지도록 도와드릴게요. 하고 싶은 이야기를 꺼내주시면 이야기의 흐름이 당신의 미래에 긍정적으로 각색되도록 필요한 그림을 그려드릴 거예요.

**방문자** : 나쁜 사람들은 길을 걸어가다 번개에 맞아 죽었으면 좋겠습니다. 이기적이고 개념 없는 인간들은 황당하게 가족들을 잃는 절망을

느꼈으면 좋겠습니다. 난폭한 괴물 같은 사람들은 하늘에서 돌이 떨어져서 집 전체가 부서지고 온몸이 찢겨 죽었으면 좋겠습니다. 모르는 사람을 괄시하고 무너뜨리는 사람들은 손톱, 발톱, 치아, 머리카락, 눈알이 다 뽑히고 팔다리가 잘려나가다가 목이 비틀어져 잔인하게 죽었으면 좋겠습니다.

샐리 : 그런 말을 내뱉으면 나는 아픕니다. 당신도 많이 아파요. 제발 나를 천천히 바라보고 분노를 내려놓으세요. 분노를 저주로 표현하면 행운이 달아나요. 불행이 가까이 다가오게 됩니다.

방문자 : 아니요. 죄를 저지른 사람들 중 돈이 많은 사람은 죄를 덮기도 하고 잘 먹고 잘 살기도 합니다. 착하게만 산 사람들 중 억울하게 누명을 쓰고 불행 속에서 사는 사람도 있고요. 세상이 동화처럼 착하게만 행운을 따라가는 게 아니라고요.

샐리 : 그런 세상이 마음에 들지 않잖아요. 경멸하고 있잖아요. 정의 없는 불평등 가득한 세상을 향해 눈을 감아요. 그리고 다른 세상에서 눈을 뜨세요. 각자 원하는 세상에서 원하는 것만 보며 살고 있는 사람들이 꽤나 많답니다.

방문자 : 생명의 소중함이 무시당하고 있다고 생각하면 끓어오르는 분노를 감추기가 힘들어요. 세상에는 나를 죽이려 하는 사람들이 너무 많다고요.

샐리 : 좋은 것만 생각하면 좋은 일만 일어나는 판타지를 믿고 싶지 않나요?

방문자 : 믿고 싶어요. 나는 당신의 존재를 믿고 싶고 의지하고 싶어서 이곳에 찾아오긴 했지만 내가 지금 어디에 서 있는지 발끝이 잘 보이지가 않아요.

샐리 : 촛불이 무섭긴 하지만요, 움직이지 않는 무거운 오목접시 안에 초가 붙어있어요. 촛농은 그 안으로 담길 거고 바람은 불지 않아요. 나의 콧김과 한숨만으로 흔들리는 촛불의 모양을 보고 안정감을 찾는 건 나의 의지였어요. 내 시선이 촛불 자체를 하나로 묶어 바라보아 쉬고 있었기 때문이겠죠. 흔들리는 촛불을 따라 시선을 마구 분산시키고 동공을 빠르게 움직이면 난 어지러워요. 어지러워서 눈을 감으면 눈 안에 촛불이 들어와 갇혀있어요. 뜨거운 눈을 고통스럽게 깜빡일 때마다 촛불의 잔상이 내 시선이 닿는 벽 곳곳에 묻어 불이 나고 그 연기에 숨이 막히거든요.

방문자 : 촛불을 바라보는 내 시선을 통제해야 어지럽지 않고 편안해진다는 말이군요. 깊이 이해할 수 없지만 어떤 감정으로 하는 말인지는 알 수 있다는 게 참 신기하네요. 유치하면서도 그럴듯한 환상이네요.

샐리 : 당신의 분노를 일렁이게 했던 사건 자체를 제가 없애주길 바라나요? 그런 그림을 그려드리면 믿을 수 있나요?

**방문자** : 아니요. 제가 분노하는 대상은 쉽게 사라지지 않을 거라 믿고 있어요. 세상은 빠르게 변하는 듯하면서도 쉽게 변하지 않고, 변하지 않는 상황들 안에 있는 나의 시간은 더디게 가요. 다만 어딘가에 늘 존재할 그 분노의 대상들에게서 조금 멀어지게 해주세요. 그건 믿을 수 있어요. 날 분노의 대상과 완벽하게 격리시켜 줄 수는 없어도 멀리 떨어트려 주고 먼 곳에서 불안하지 않게 지켜볼 수 있도록 그려주세요. 마주치고 싶지 않지만 시선 안에 보이지 않으면 시선 바깥에 숨어있다가 갑자기 나타날까 봐 불안해요. 가까이 있으면 더 무섭고 너무 멀리 있으면 그곳에 있는지 확인하고 싶으니 시선이 닿는 곳 안에서 최대한 멀리 그려주세요.

**샐리** : 당신은 뚜벅이인가요?

**방문자** : 이곳에 오는 발걸음에서 뚜벅이 향기를 느꼈나요?

**샐리** : 뚜벅이를 분노하게 하는 대상은 주로 어떤 것이죠?

**방문자** : 살인자동차요. 그 자동차를 타고 있는 운전자가 분노의 주요 대상이죠.

**샐리** : 교통사고를 유발하는 자동차들을 말씀하시는군요.

**방문자** : 주로 횡단보도를 건널 때 만날 수 있어요. 자동차 말고 오토바

이도 있고요. 저는 초록불에 건너요. 무단횡단은 하지 않습니다. 나이 들어 생을 마감하는 준비를 하다가 자연스럽고 편안하게 죽고 싶어요. 갑자기 교통사고로 비명횡사하고 싶지 않습니다.

**샐리** : 보행자가 초록불에 횡단보도를 건널 때 지나가는 자동차들이 두려운 거군요.

**방문자** : 네. 자신의 가족들이 차에 치여 죽어도 그따위로 운전할지 의문스럽습니다. 음주 운전하는 놈들도 다 크게 벌 받으면 좋겠어요. 해외의 어느 나라처럼 음주 운전자들의 자동차에는 형광색 번호판을 달았으면 좋겠고요. 다시는 운전대를 못 잡게 하면 더 좋고요. 우리나라는 음주 범죄자들에게 지나치게 관대합니다. 속상하고 슬픈 현실입니다.

**샐리** : 횡단보도에서 두려움을 느낀 적이 있군요.

**방문자** : 현재 아파트에 살고 있습니다. 아파트 단지를 막 벗어나 첫 번째 횡단보도에서 신호가 바뀌기를 기다리고 있었습니다. 빨간불이 초록불로 바뀌고 일 초, 이 초 세어본 후 눈치를 보며 발을 내딛는데 발끝과 2cm도 안 될 만큼 가깝게 자동차가 쌩 지나가더군요. 그 자동차는 제가 사는 아파트 단지 내 지하주차장으로 들어가는 차였습니다. 그 자동차의 번호판을 휴대폰 카메라로 잽싸게 촬영하고 아파트 입주자 모임 카페에 게시글을 올리고 싶었지만 참았습니다. 이곳은 잘 참

는 사람들이 많이 오는 곳이죠? 그 새끼는 창문을 열고 손을 번쩍 들어 미안함을 표현하긴 했지만 그 손모가지를 씹어먹은 뒤 죽이고 싶었습니다. 차주의 가족까지 모두, 내 발끝에 닿을 듯 지나간 섬뜩한 자동차 바퀴보다 무거운 망치로 둔탁하게 내려쳐 죽이고 싶었습니다.

그나마 사과하는 척이라고 하는 차주도 있지만 횡단보도에서 길을 건너는 사람이 나밖에 없을 때 빨리 지나가라고 눈치 주며 10cm씩 다가오는 자동차도 있습니다. 신호등에 떠 있는 숫자가 줄어들 때마다 그 박자에 맞춰 횡단보도를 침범하며 커지는 자동차들 앞에서 내 몸은 더 작고 작아져 개미처럼 느껴졌습니다.

정지선을 지키지 않는 차들은 정지선을 넘은 부분만큼 차가 절단되었으면 좋겠다고 상상했습니다. 칼을 휘두르고 총구를 겨누는 것만이 잔인한 살인 위협이 아니잖아요. 보행자의 눈에 비치는 살인자동차들이 얼마나 큰 두려움의 대상인지 운전자들은 모릅니다. 초록불의 횡단보도를 지나가는 차들의 앞범퍼는 칼이나 총, 망치, 낫, 전기톱보다 더 위협적인 살인 도구로 보입니다. 나의 모든 일상을 순식간에 집어삼킬 괴물의 이빨처럼 느껴져 심장이 빨간불처럼 깜빡입니다. 보행자 신호의 초록불이 빨간불로 바뀌기 전에 발걸음을 재촉하는 그 심경을 알 턱이 없는 악마운전자들은 차 안에서 어떤 음악을 듣고 어떤 생각을 하며 어디에서 어디로, 왜, 몇 시까지 가는 걸까요?

살인자동차에 치여 죽을 뻔한 날의 전날 꿈을 꾸었습니다. 꿈속에서 저는 횡단보도에 서 있었습니다. 초록불로 바뀌고 횡단보도를 건너가고 있는데 횡단보도가 자꾸만 움직이더니 출렁다리처럼 변해버렸습니다. 출렁다리를 건너는 속도는 느려졌고 살인자동차들이 빨리 건너가라고 경적을 눌러댔습니다. 경적 소리는 익숙한 삐− 소리였다가 목소리가 녹음된 소리로 바뀌었고 느려터진 나를 향한 욕설의 경적이 귀를 찢을 듯 크게 울리고 있었습니다. 횡단보도와 살인자동차들 사이에 있던 직선의 예쁜 정지선들은 경적 소리에 점점 흐려지더니 사라져 버렸고 자동차들은 나를 빙 둘러싸서 위협했습니다. 그중 회색빛 자동차 범퍼에 다리를 스쳤는데 어찌나 날카롭던지 다리가 찢겨 피가 흐르고 있었고 벗어나기 위해 빨리 움직였지만 내 발은 어느새 롤러스케이트를 신고 있었습니다.

앞으로 나아가지도 돌아가지도 못한 채 휘청거리는 나를 그들은 포기하지 않았습니다. 성미 급한 자동차 한 대가 빠른 속도로 후진한 뒤 그대로 나를 향해 돌진하였습니다. 자동차에 제대로 부딪친 내 몸은 하늘로 튕겨 올라갔고 어떤 가늘고 예쁜 사다리 위에 올라가 있는 사람을 만났습니다. 그 사람은 누군가의 칭찬으로 높은 곳까지 추켜세워진 행복한 순간에 머문 사람이었는데 나는 그 사람과 구름 언저리에서 부딪치며 바닥으로 함께 추락했습니다. 나는 놀이터 트램펄린 위로 떨어져 공중회전하고 있었고 그 사람은 시멘트 바닥에 떨어져 머리가 날계란처럼 깨졌습니다.

나를 들이받은 자동차에서 내린 사람은 그 사람을 향해 다가갔고 자신의 딸이라며 울부짖었습니다. 그리고 공중회전 중인 나에게 다가와 따져 물으며 적반하장의 태도를 보였습니다. 기가 막힌 내가 트램펄린에서 내려와 그 사람에게 대꾸하려는 순간 그 사람은 머리가 깨진 딸의 시체를 안고 트램펄린으로 올라갔습니다. 트램펄린 위에서 그들이 날아오른 순간 트램펄린은 급하게 철거되고 그들은 시멘트 바닥으로 떨어져 형태를 알아볼 수 없을 만큼 잘 으깨지며 터졌습니다. 인과응보의 벌을 받은 부녀 시체를 뒤로하고 저는 그 사람의 자동차에 올라타 운전했습니다.

시원한 고속도로를 운전하며 오르막길을 오르고 오르다 고속도로가 끝났고 좁은 골목길을 지나가고 있었습니다. 골목길에 작은 횡단보도가 있었고 정지선에 맞춰 정차한 나는 차창 밖으로 아까의 내 모습을 보았습니다. 차창 밖 나는 초록불에 건너가지 않고 계속 기다리고 있었습니다. 운전 중인 나는 차를 세우고 기다리는 나에게 다가갔는데 살인자동차가 운전자도 없이 우리를 향해 돌진했고 우리는 차에 치이기 직전에 도망가며 신발을 벗고 뛰고 또 뛰었습니다. 살인자동차는 끈질기게 나를 쫓아왔고 차가 들어올 수 없는 좁은 골목길 끝에 튼튼한 트램펄린이 보였습니다.

전력을 다해 트램펄린으로 뛰어가 들어간 순간 탄력이 심한 트램펄린 위에서 너무 높이 뛰고 있는 나를 발견했습니다. 어지럽고 고소공포증을 느낄 정도로 무서웠지만 멈춰지지 않았습니다. 트램펄린을 멈추려 힘 조절을 하며 뛰고 또 뛰었는데 알람이 울렸고 잠에서 깬 나는 침대 매트리스를 있는 힘껏 눌러대며 꿀렁거리고 있었습니다.

샐리 : 뒤죽박죽 알 수 없는 복잡함이 꿈의 매력이죠. 피곤한 꿈을 꾸셨군요. 살인자동차에 대한 스트레스가 많았던 거예요. 이제 살인자동차가 지나가는 순간에 횡단보도를 건너는 일이 줄어들도록 그려줄게요. 살인 자동차가 당신이 길을 건널 신호보다 뒤의, 뒤의, 뒤의 신호에 걸려 당신 앞으로 돌진할 수 없도록. 살인자동차가 주로 출몰하는 장면

그림에 시간대를 기록하고 당신이 자주 횡단보도를 이용할 때의 시간대를 다르게 기록할 겁니다. 당신은 살인자동차를 점점 더 적게 만나게 될 겁니다. 하지만 아예 사라졌다는 건 믿기 힘드니까 당신의 시야 안 풍경을 그린 제 그림 안에 어딘가 아주 작게 꼭 그려둘게요. 당신이 건너는 횡단보도로부터 멀리 떨어진 차도에서 당신보다 천천히 이동하고 있습니다.

**방문자** : 그래도 또 만나게 되면요? 제가 살인자동차에 타고 있는 운전자를 살인하면 안 되잖아요.

**샐리** : 분노는 조용히 모아서 저에게 털어놓으시고요. 당신이 만나게 되는 살인자동차들이 좀 더 안전한 운전을 할 수 있도록 속도를 늦추는 바퀴도 그려드릴게요.

**방문자** : 내가 살인자동차에 치여 죽으면 날 조문하러 올 건가요?

**샐리** : 갈게요. 하지만 갈 일 없을 겁니다. 당신은 안전하게 횡단보도를 지나갈 수 있고 자동차들은 보행자를 위협하지 않게 횡단보도 근처에서 속도가 느려집니다. 반드시.

**방문자** : 믿어볼게요. 그리고 저도 달라질 겁니다. 횡단보도를 건널 때 정지선을 감추고 서 있는 운전자들을 바라볼 거예요. 제 눈빛은 살려달라고 애원하는 간절함과 당신들은 나를 죽일 자격이 없다는 경고의

메시지도 느낄 수 있게 그런 눈빛으로 그려주세요.

**샐리 :** 이 그림 속 당신의 눈빛에는 자동차를 멈추게 하는 힘이 담깁니다. 살인자동차들은 정지선에 부딪쳐 멀리서 아주 멀리서 보행자를 바라보게 될 겁니다. 신호가 바뀔 때까지 느긋하게.


# 싸구려 육체

**샐리 :** 안녕하세요. 그대는 그대로 가게에 오신 것을 환영합니다. 당신이 의심 없이 믿을 수 있는 일들을 선명하게 그려내어 이뤄지도록 도와드릴게요. 하고 싶은 이야기를 꺼내주시면 이야기의 흐름이 당신의 미래에 긍정적으로 각색되도록 필요한 그림을 그려드릴 거예요.

**방문자 :** 지금부터 제가 하는 이야기들은 대단한 용기를 담은 이야기입니다. 가수가 자신의 이야기를 노래 가사로 써서 음악으로 들려주는 일, 영화감독이 자신의 이야기를 영화에 담아 영상으로 보여주는 일, 화가가 그림으로 자신의 색을 보여주는 일, 작가가 자신의 이야기를 집필하여 생동감 있는 상상을 불러일으키는 일 등 작품 안에 자신의 진짜 이야기를 녹여낸다는 건 깊이 박힌 가시를 유리 용기에 담아 잘 보이도록 가둬두는 일처럼 투명하고 튼튼한 용기로 느껴집니다.
저도 어떤 작품 안에서 제 이야기를 있는 그대로, 그러니까 노골적인 표현이 아니더라도 유사하게 표현해 보고 싶습니다. 그 전에 하고 싶

은 말을 여기서 정리해 보고 싶어요. 오랫동안 이야기하지 않았던 진짜 내 마음을 꺼내보고 정말 괜찮으면 당신의 그림으로 더 큰 용기를 얻어 작품으로 승화시켜 볼 계획입니다. 내가 여전히 상흔의 쓰라림을 느낀다면 당신의 그림으로 치유되기를 기대합니다. 이렇게 처음 보는 가게에 와서 얼굴도 모르는 낯선 사람에게 나의 이야기를 하는 것은 경계심 많은 저로서는 몹시 조심스럽고 두근거리는 일입니다.

안에만 담아두어 썩어가는 상흔에 대해 언젠가는 꼭 제대로 된 이해와 위로를 가득 받고 싶었습니다. 제가 겪었던 일로 인해 100가지도 넘는 감정들이 이 좁은 가슴 안에서 서로 조우했던 일은 폭풍우 치는 바다의 거대한 파도 앞에 선 것처럼 나를 무력하게 만들었습니다. 이마저도 스스로 인정하기까지 많은 시간이 필요했습니다. 무너지지 않고 일상생활을 유지할 수 있는 모습을 자신에게 강요하며 웃고 떠들며 셀카를 찍고 행복한 사진만 업로드하는 저의 SNS 계정만 보고 사람들은 내가 정말 괜찮다고 쉽게 판단해 버렸습니다.

한 번쯤은 제대로 이야기하고 싶었습니다. 누구보다 내 자신이 결코 원하지 않았던 모습의 나를 보여주고 설명하는 일. 사람들이 나를 얼마나 나약하고 불쌍하게 생각할지 두려워서 말하지 못했던 일. 그깟 일도 이겨내지 못 하냐며 억지로 나를 일으켜 세우는 일. 나조차 낯선 나의 모습을 아무렇지 않게 바라봐 주고 이해해 주는 사람들이 보이지 않아 찾아 헤맨 일. 사실은 모든 게 두려웠고 무서웠습니다. 아직도 사람들은 나의 상처를 알아차리지 못하며 원하는 대답을 해줄 사람은 당신뿐이겠죠.

저에게 그 사건은 과거가 되지 않습니다. 힘든 일이 있을 때마다 어제 일처럼 떠올라 두 배 세 배로 힘든 이유를 알고 싶습니다. 힘든 일은 지나가고 또 새로운 일 때문에 힘들어야 하는 인생 패턴에 오류가 생기기 시작한 겁니다. 다른 힘든 일을 겪었을 때는 그 일로만 힘들어하다가도 어느새 과거가 되고, 기억을 망각하고 나아지는데 왜 그 일은 나의 모든 힘든 일 끝에 자꾸자꾸 따라붙는지 너무나 알고 싶습니다. 지나간 일이 아니기 때문에 등 뒤에 숨어있다가 앞으로 나오고 또 나오는 걸까요. 과거로 안전하게 묶이지 않고 과거로부터 시작된 악한 기운이 현재에도 미래에도 코앞에 나타나 날 바라봅니다.

시커멓게 썩어간 상흔에 담긴 기록들을 지루해하지도 않고 지겨워하지 않고 달콤하게 들어줄 사람은 당신밖에 없다는 걸 알고 있습니다. 가까운 지인들에게조차 섣불리 꺼내놓았다가 도리어 한숨 섞인 비난을 받을 수도 있을 이야기를 해야만 하는 건 안전한 배출을 통해 내면을 정화하고 싶은 간절함 때문이기도 합니다. 거짓 이겨냄 말고 이제는 진짜로 깊이 새겨진 상흔에서 벗어나고 싶습니다.

**샐리 :** 당신에게 어떤 일이 있었나요? 저는 당신이 겪은 일에 당신 탓을 하지 않을 겁니다. 그 일로 힘들어했을 당신을 보며 "아직도 벗어나지 못했니? 이제는 다 잊고 이겨내야지. 생각하기 나름이야."라는 무책임한 차가운 말을 하지도 않을 겁니다. 그 일로 힘들지 않은 척하는 당신을 보며 "너 정말 다 잊었구나. 그래 넌 멘탈이 강한 사람이었지. 벌써 몇 년 전인데 설마 아직도 그 일을 선명하게 느끼겠니. 아무 일도 아니야."라며 함부로 아는 척 그 일의 무게를 재는 말도 하지 않을 겁니다.

나쁜 생각을 내려놓고 좋은 생각만 하면 좋은 일이 일어날 거라 입버릇처럼 말하지만 시간이 필요하다는 걸 알고 있습니다. 힘들었던 일을 잊을 수 있는 시간은 당사자가 아니면 정할 수 없습니다. 당신에게 그날이 과거가 되지 않았고 바깥세상의 시계는 움직이지만 당신 안에 있는 상흔의 시간은 흐르지 않고 현재에 따라다닙니다. 당신의 시간은 흐르지 않았습니다. 몇 년이 지났다고 해도 괜찮아질 만한 시간을 벌지 못했다는 것을 알고 있습니다.

센 척하고 강한 척하는 당신은 엄살을 부리지 않았습니다. 당신을 이해해 주지 못하던 사람은 이곳에 올 수 없습니다. 당신의 마음에 천천히 귀 기울여 주지 않았던 사람들도 없습니다. 당신은 나에게 그 날의 모든 것을 이야기해도 됩니다. 충분히 힘들어하지 못한 채 덮어두었던 상처의 뚜껑을 걷어내고 햇빛을 비춰줍시다. 치료하지 않고 덮어두었던 상처를 보여줄 때 당신에게 돌을 던질 사람들의 입에서 나는 소리가 들려올까 두려워하지 않아도 됩니다. 이곳에서 당신은 나의 목소리만 들을 수 있습니다. 이제라도 편하게 말해주세요. 오직 나만이 당신의 편이 되어 줄 수 있습니다.

**방문자 :** 2016년 11월 2일부터 나는 성범죄의 피해자가 되었습니다. 성범죄 피해자라…. 아주 엿같은 타이틀을 얻었죠. 2016년에 저는 학원 강사로 근무하고 있었습니다. 제가 근무하는 학원 바로 옆에는 중고등학생들이 다니는 입시 학원이 있었습니다.

2016년 11월 2일 저는 7시 퇴근에 맞춰 퇴근 준비를 하고 있었습니다. 버스를 타고 또 지하철로 갈아타고 출퇴근해야 하는 거리라서 퇴근 전에 화장실을 들르는 편이었죠. 학원에서 화장실까지는 그리 멀지 않았습니다. 학원을 나와 옆 입시 학원을 지나며 꺾어서 조금 걸어가는 ㄱ자 모양의 길이었죠. 화장실에 들어가니 아무도 없었습니다. 대충 아무 칸이나 들어가 문을 걸어잠그고 바지를 내리고 팬티를 내리고 앉았습니다. 팬티에는 팬티라이너가 붙어있었고 거의 끝나가는 생리 기간에 혹시나 착용한 탐폰은 집에 가서 제거할 목적으로 손을 아래로 휘저어 끈을 찾아 붙잡은 뒤 소변을 보고 있었습니다.

여자의 촉이라는 게 이런 것일까요? 이상하리만큼 고요한 적막 속에서 악마의 기운을 느꼈습니다. 화장실의 칸과 칸 사이의 벽은 그리 길지 않았습니다. 천장까지 이어진 벽이 아니었고 바닥 밑까지 이어진 벽도 아니었습니다. 본능적으로 위를 바라보았습니다. 칸막이벽 위로 빼꼼히 튀어나온 아이폰은 나를 향하고 있었고 카메라가 빛나고 있었습니다. 그 휴대폰을 바로 뺏었어야 했는데 너무 놀란 마음에 흐려진 판단력으로 욕만 내뱉을 뿐 아무것도 하지 못했습니다. "뭐야 씨발!" 하고 소리 지르는 순간 아이폰은 누군가의 손에 꽉 매달린 채 화장실 밖으로 달아나 버렸습니다. 나는 곧바로 화장실 밖으로 따라 나왔으나 동선이 훤히 보이는 네모 모양의 복도 틈 사이 어딘가로 숨어든 게 분명했습니다.

나는 학원으로 돌아왔고, 학원에는 동료 강사와 원장님이 계셨습니다. 분노한 나의 이야기를 듣고 원장님은 관리실로 가서 CCTV 화면을 휴대폰으로 촬영해 오셨습니다. 몰카범은 6시 37분에 내가 다니는 학원 옆 입시학원에서 튀어나와 미리 휴대폰 카메라를 켠 채 발소리 없이 나를 따라 화장실로 들어가고 있었습니다. 피가 거꾸로 솟구치고 수치스러움과 분노로 가득 찬 나는 살의를 느꼈고 경찰에 신고했습니다. 잠시 후 문자가 왔습니다.

"[Web발신][OOOO경찰서]귀하의 사건을 OO파출소 OOO수사관이 접수하였습니다."

흔한 영화 속 경찰처럼, 정의의 다큐멘터리 속 무능한 경찰처럼 경찰은 귀찮아 죽겠다는 목소리로 학원 주소를 몇 번씩 되물으며 거북이처럼 늦게 찾아왔습니다. 경찰이 오기 전 CCTV를 확인한 것도 원장님 덕분이었고 증거 인멸 우려를 막을 수 있었던 것도 동료 강사의 기지 덕분이었습니다. 경찰은 일관적으로 무능한 철밥통의 모습을 보여주며 나를 더 아프게 했습니다. 경찰이 CCTV를 보고 옆 학원으로 쳐들어갔고 고작 15살의 박모 군은 겁에 질린 얼굴로 끌려 나왔습니다. 마음 같아서는 진심으로 그 자리에서 박모 군을 죽이고 싶었습니다. 가해자가 되지 않도록 나를 말려준 동료 강사와 원장님에게 깊이 감사하고 있습니다.

못생긴 얼굴에 검은색 안경을 쓰고 교복을 입은 모습은 어른인 제 눈에 영락없는 어린 아이에 불과했습니다. 경찰에 신고했다고 친히 말해주며 겁에 질린 그 멍청한 범죄자의 얼굴이 나오도록 휴대폰으로 동영상 촬영도 했습니다. 언제든 성범죄자로 낙인이 찍힐 수 있도록, 사회에서 퇴출당할 수 있도록 인터넷에 업로드할 생각도 아직 남아있습니다. 재생하지도 못할 그 동영상을 왜 지우지 못한 채 이동 기억 장치에, 휴대폰 갤러리에 모셔두는 건지 어떤 심리인지 내 마음을 이해할 수 없습니다. 그 이유를 아는 사람이 있다면 제게 설명해 주었으면 좋겠습니다. 아직도 지우지 못하고 있습니다.

느려터진 경찰들이 도시의 큰 건물인 이곳을 힘겹게 찾아왔고 범죄자에게 삿대질을 하며 욕을 하는 나에게 못생긴 인상을 잔뜩 찌푸리며 "거 좀 하지 마세요."라고 말했습니다. 형식적인 절차로 일을 하는 척이라도 해야 했던 경찰은 범죄자의 휴대폰을 뺏어 촬영분을 확인했습니다. 그렇게 돌아가며 남자들은 내 몰카 영상을 찾아 휴대폰에 얼굴을 들이밀었고 어느새 파일은 삭제되고 없었습니다.

하지만 범죄자가 쓰는 휴대폰과 동료 강사가 사용하는 아이폰의 기종이 같았고 같은 모델이었기에 사용법을 익숙하게 잘 알고 있었습니다. 삭제된 지 얼마 되지 않은 파일들은 휴지통에 보관되어 영구 삭제되지 않은 상태였고 휴지통의 위치 확인을 동료 강사가 감사하게도 아주 잘 찾아 주었습니다. 경찰들은 갤러리 아이콘을 눌러 파일이 보이지 않으니 찾지 못했지만 말입니다.

CCTV 확보도, 휴대폰 속 영상 확인도 저의 지인들의 노력이었고 경찰은 무능했습니다. 동료 강사가 찾아낸 휴지통 속 파일을 굳이 내 앞에서 남자 경찰들이 확인해야 했을까요? 최소한 뒤돌아서 확인할 수도 있었을 텐데 굳이 굳이 나와 영상을 번갈아 보며 동일 인물임을 확인해야 했을까요? 그 무능함과 무례함으로 얼마나 많은 시민들의 가슴에 비수를 꽂았을지 감히 헤아릴 수도 없을 것만 같았습니다. 정말이지 내가 보는 앞에서 남자 경찰들이 나의 신체가 찍힌 영상을 구경하는 광경은 우리나라 경찰에 편견이 생길 수밖에 없는 많은 사건 중 하나가 되었습니다. 이 순간부터 나는 대한민국 경찰을 증오하게 되었습니다. 정말 진심입니다.

잠시 후 연락을 받은 가해자의 부모가 찾아왔고 진심인지 거짓인지 알고 싶지도 않은 사과를 해댔습니다. 가해자에게 "너네 엄마가 팬티를 벗고 앉아 있는데 다른 남자가 찍으면 좋겠냐!"라고 퍼부었지만 내 분노는 허공으로 흩어져 사라졌습니다. 꺼내고 또 꺼내고 토해내고 토해내도 가득 차오르는 분노와 수치심은 위를 짓눌러서 다음 날까지 위경련으로 고생해야 했습니다.

하지만 그 일을 겪고도 다음날 출근하여 아무렇지 않게 근무한 내가 너무 대단합니다. 성범죄를 당해 위경련이 나도 월차라는 선처를 주지 않는 현실이란. 정해진 방학을 제외하고도 연차를 쓸 수 있다는 조항이 근로 계약서에 있어도 갖은 눈치를 주며 쉴 수 없게 하는 직장이 아직도 만연하다니 슬픕니다. 코로나바이러스 감염이 의심되어도 해고될까 봐 월차를 못 낼 직장인도 꽤나 많겠군요. 어쨌거나 그 뒤로 지금까지도 조금만 신경 쓰이고 스트레스받는 일이 있으면 위경련이 찾아와 응급실에서 진경제를 맞거나 프리겔현탁액 같은 위장약을 먹습니다.

가해자의 아버지는 내 앞에 무릎을 꿇고 사과했고 그런 아버지의 모습을 보며 가해자는 닭똥 같은 눈물을 떨어트렸습니다. 분노에 찬 내 눈에 그 무릎이 가식적으로 보였지만 자신의 추접스러운 범죄로 부모가 자신이 보는 앞에서 무릎을 꿇는 장면은 가해자가 죽을 때까지 잊지 못할 테죠. 그 사실만큼은 매우 통쾌합니다. 한 차례 사과가 지나가고 가해자와 가해자 부모, 나와 동료 강사, 원장님, 경찰들은 다 같이 파출소로 향했습니다. 파출소에서 도저히 괜찮은 척할 수 없을 만큼 더 심해진 위통은 나의 고통을 증명했고, 가해자 엄마는 연신 눈물을 흘려댔습니다. 경찰은 가해자 가족이 듣는 앞에서 내 신원과 주소 등을 확인하는 무례함을 또 보여주었고 끝까지 귀찮아 죽겠다는 태도로 가해자만큼 나를 아프게 했습니다.

동료 강사는 퇴근도 미룬 채 곁에서 내 편이 되어주었고 원장님은 위통약을 사다 주었습니다. 이 공간 안에서 동료 강사와 원장님을 제외한 모든 사람은 가해자였습니다. 개같은 파출소 절차가 끝났고 그 당시 남자친구는 저를 데리러 왔습니다. 약을 먹어도 사라지지 않고 심해지는 복통으로 응급실에 갔고 수액 주사를 맞으며 피눈물을 흘려야 했습니다. 파출소에서 가해자를 향해 남자친구가 주먹이라도 날려주길, 돌이라도 던져주길, 욕이라도 시원하게 해주길 바랐지만 그는 말하지 않았습니다. 가해자를 노려보지도 않았습니다. 그저 나를 응급실로, 응급실에서 집으로 데려다 줄 뿐이었습니다. 그때는 모든 게 엉망인 감정 상태여서 잘 몰랐는데 시간이 조금 지나고 나니 알 것 같습니다. 그는 나만 보고 있었다는 것을.

그때보다 지금이 정신이 드는 건 확실하지만 여전히 어제 일 같긴 합니다. 여전히 나는 그 날을 떠올리고 말하면 그 날 안에 갇혀 생생하게 기억납니다. 2016년 11월 5일 문자가 왔습니다.

"[Web발신][OOOO경찰서]귀하의 사건이 OO파출소 OOO수사관에게 배당되었습니다."

빨리 사건의 느낌에서 벗어나고 싶었던 나는 피해자 진술서 작성을 하려면 언제 가야 하느냐고 전화했지만 전화는 쉽게 연결되지 않았습니다. 누군가 받았다가 다른 번호를 알려주어 다시 전화했으며 속 시원한 답변 없이 기다리라는 기약 없는 말만 들었을 뿐이었습니다. 시스템을 잘 모르는 사람에게, 그것도 성범죄 피해로 인해 정서가 불안정한 내게 조금만 더 친절하게 이야기해 줄 수는 없었을까요. 본인들에게는 큰 사건도 아니고, 언론이 관심을 가진 사건도 아니며, 나는 돈이 많은 피해자도 아니니 그저 귀찮고 또 귀찮은 잡일이라는 티를 너무 많이 내던 경찰들의 태도에 분개하고 또 분개했습니다. 11월 7일 또 문자가 왔습니다.

"[Web발신][OOOO경찰서]귀하의 사건이 여성청소년계 OOO수사관에게 배당되었습니다."

담당이 여청계로 바뀌고도 나와 지인들이 돌아가면서 전화 문의를 한 끝에 경찰에서 미루고 미뤄온 것만 같은 나의 피해자 진술서 작성을 위해 경찰서에 갔습니다. 남자친구가 데려다 준다며 동행했고 진술서를 작성하는 방에 경찰과 함께 들어갔습니다. 본인이 심리적으로 불안하면 지인이 함께 들어와도 된다며 동의 여부를 물었고 남자친구도 함께 들어왔습니다. 피해자 진술이라는 것을 태어나서 처음 해보았는데 기분이 매우 좆같았습니다. 경찰은 컴퓨터가 올려진 책상 앞에서 모니터에 시선을 꽂은 채 성의 없이 질문한 뒤 내 대답을 듣고 키보드를 두드리는 형식이었습니다. 대충 기억나는 질문들을 생각해 보면 음… "기분이 어땠습니까?"라고 물었고 "가해자를 죽이고 싶다."라고 대답했던 게 기억납니다.

가해자가 이미 범죄 사실을 인정했기 때문에 증거가 중요하지 않을 수는 있지만 파일 확인 관련 질문에서 파일을 삭제해도 임시 휴지통에 보관된다는 사실을 경찰은 놓칠 뻔했고 제 지인이 알아내어 증거를 확보했다는 사실과 CCTV도 제 지인이 알아냈다는 등의 대답을 대충 줄여 쓰려 애쓰는 경찰의 모습에서 나는 또 열 받고 아팠습니다. "처벌을 원합니까?"라는 질문에 "네!"라고 말했지만 어리고 어린 가해자에게 솜방망이, 아니 솜사탕 처벌조차 스쳐 지나가지 않을 것이 뻔해서 슬프고 원통했습니다.

작성이 끝난 뒤 인쇄된 종이를 내밀며 수정하고 싶은 곳을 묻는 표정과 목소리에서 아무 일도 아닌데 유난 떨고 비싼 척하는 것 같은 내 모습이 초라하고 비참하게 느껴졌습니다. 휴지통에 급히 버린 파일로 은폐 시도를 들킨 것도 악랄한 짓거리인데 파일을 삭제했다가 들킨 사실을 생략하고 휴대폰에 처음부터 잘 저장된 상태로 발견된 것처럼 작성한 진술서에 수정을 요청했지만 경찰은 제대로 고쳐주지 않고 귀찮아했습니다. 그 답답하고 억울한 시간을 나는 죽을 때까지 잊지 못할 겁니다.

사실은 나의 고통은 말할 수 없을 만큼 컸습니다. 주변 사람들은 나를 안쓰럽게 여겼지만 그들이 나의 상한 영혼을 들여다보려는 시간은 애석하게도 찰나의 시간이었습니다. 빨리 용서하고 잊으라는 재촉들 앞에 힘들다는 말을 제대로 해보지도 못한 채 영혼은 할퀴어지고 찢어졌으며 '나의 몸은 이렇게 아무에게나 보여주고 발가벗겨져도 되는 것이었는데 왜 이렇게 꽁꽁 싸매고 감춘 것인지.' 하고 말도 안 되는 생각을 할 정도로 자괴감이 들었습니다.

싸구려 육체는 창녀촌에 널브러져 얼마 안 되는 헐값에도 안 팔릴 만큼 보잘것없는 가치인데 내가 나 스스로를 너무 귀하게 여긴 걸까 혼란스러웠습니다. 서운함의 객기와는 질이 다른 느낌이었습니다. 나의 아랫도리는 낡아빠진 중고가 되어 헐값에 팔아 구경하고 버리는 간단한 장사 용품이 된 것 같았습니다. 정말 진심으로 나의 가치가 혼란스러웠습니다. 짧은 시간 안에 다양한 감정들이 휘몰아치면서 신념과 판단력은 흐려질 대로 흐려지고 부서졌기 때문에 내 자신의 몸은 싸구려 육체에 불과하다는 생각을 떨칠 수가 없었습니다.

어떤 친구는 나의 심리 상태를 잘 모르고 "가해자의 부모 입장에서 생각하면 얼마나 속상할까."라는 말을 하며 충격을 안겨주었습니다. 하지만 그 친구가 밉지 않습니다. 사람마다 가치관이 다르고 사는 세상이 다르니 그렇게 생각할 수도 있겠다 싶었습니다. 하지만 가해자를 옹호하는 듯한, 오해를 살 수 있을 만한 본인 생각을 굳이 저에게 말로 전달해야만 했는지, 판단력과 눈치는 어디에 팔아먹은 걸까 의심스럽긴 했습니다.

내 가족, 내 지인들조차 내 마음이 얼마나 깊은 지옥까지 내려갔었는지를 몰랐으니 자신들이 사는 세계 안에서 할 수 있는 말들을 내게 넌지시 던질 뿐이었겠죠. 나를 진심으로 사랑하고 걱정하는 사람들이 많았지만 나에게 위로가 되어 준 사람은 없었습니다. 조금이라도 볼멘소리로 작게 표현하려 하는 순간 나약한 사람 취급을 받았고 "너도 생각을 달리해야지. 좋게 생각하고 잊어버려야지."라는 식의 비수를 꽂을 뿐이었습니다. 아무도 나에게 얼마나 깊은 지옥까지 내려갔는지 묻지 않았고 아무도 나에게 있는 힘껏 슬픔을 표현해도 된다고 말하지 않았습니다. 아무도 나에게 경찰에 신고한 일은 잘한 일이었다고 말해주지 않았으며, 경찰은 가해자가 어떤 불이익을 받는지, 벌을 받기는 받는지, 검찰에 송치되었다던데 그 이후로 어떻게 된 건지, 살았는지 혹시 죽었는지 그 어떤 소식도 나에게 전달해주지 않았습니다. 아무도 나에게 힘들어해도 된다고 말해주지 않았고 이제는 괜찮으냐고 물어보지 않았습니다.

몹시 슬프게도 일말의 위로가 된 건 가해자 부모의 사과 편지였습니다. 만약 돈 봉투를 내밀었다면 염치없는 내 저렴한 몸값인 것 같아 더욱 수치스럽고 비참했을까요? 아니면 공돈이 생겼다고 기뻐했을까요? 어쨌든 돈은 일절 받지도 않았습니다. 이렇게 나를 위로할 사람이 없을 줄 알았다면 돈이라도 뜯어낼 걸 하는 생각까지 듭니다. 나의 슬픔을 아는 척이라도 해주는 건 아이러니하게도 가해자의 부모뿐이었습니다. 사건이 있고 며칠 후 가해자의 부모가 직장으로 찾아왔고 그 면상들을 보는 순간 또 심장이 내려앉고 온몸에 소름이 돋았지만 그 사람들을 죽이지 않았습니다. 나는 마음으로 그 사람들을 수백 번 죽였습니다.

그렇게 죽이고 죽여도 미운 사람들에게 그나마 위로를 받았다는 내 처지가 사무치게 외로웠습니다. 나를 사랑하는 가족들과 남자친구, 친구들은 괜찮은 척하는 내 얼굴을 그대로 믿었고 내면에 썩어가는 내 상처와 충격들을 보고 싶어 하지 않았습니다. 나 또한 그들에게 밝은 모습만을 보여줘야 한다는 책임감을 통감했고 슬픈 일은 항상 감추고 기쁜 일만 보여주는 일이 습관이 되어버렸습니다. 가해자 부모가 쓴 편지의 내용은 이렇습니다.

"몇 번을 생각해 봐도 죄송하다는 말밖에 드릴 말씀이 없어서 막상 펜을 들긴 했지만… 면목이 없습니다. 사실 직접 찾아뵙고 다시 사죄드리고 싶지만 상처받고 놀라신 선생님의 몸과 마음이 조금이라도 진정되시는 데 저희가 용서를 빈다고 얼굴 내미는 게 오히려 해가 될까 조심스러워 이렇게 펜으로 마음을 전합니다.

일단 그날 일어난 불미스러운 일은 저희 아이의 행동이 호기심에서 시작되었다 해도 분명 용서받기 힘든 잘못입니다. 죄송합니다. 선생님께서 덜덜 떨리는 몸으로 병원 가신다고 하실 때 같이 가서 뭐라도 도움이 되고 싶었지만 그러기에는 제가 너무 염치가 없어서 용기 내지 못했습니다. 저희도 놀란 마음에 집에 돌아오는 길에 청심환을 먹어야 했을 정도로 가슴이 뛰었는데 선생님은 얼마나 힘드셨을지 가늠해 보니 이대로 사건 진행만 기다리고 있지는 못하겠더라고요. 어떻게든 진심으로 사과드리고 싶어서 이렇게 용기 내어 펜을 듭니다.

죄송하고 또 죄송합니다. 염치없지만 선생님의 마음이 빠른 시간 내에 조금이라도 치유되시길 바랍니다. 죄송합니다."

이 슬픈 편지가 그나마 나를 죽지 않게 만들었습니다. 아무도 내 몸의 소중함을 느끼게 해주지 않았습니다. 나는 외롭게 홀로 서서 벼랑 끝에 떨어져 죽기만을 기다렸습니다. 하지만 죽음의 과정이 두려웠고 지금도 난 항상 일찍 죽기를 희망합니다. 자살하지 않을 만큼의 정신력은 갖고 있지만 오래 살고 싶지 않을 만큼의 상처로 수명은 단축되었습니다.

**샐리 :** 이렇게 자세히 이야기하기까지 얼마나 많은 고민을 했을지 잘 알아요. 당신은 누구도 원망하고 싶지 않고 자책하고 싶지도 않아요. 이 정도 일은 쉽게 이겨낼 수 있는 강한 정신력을 갖고 싶어 하잖아요. 늘 괜찮은 척 밝게 웃곤 했지만 사실 그렇지 못했어요.

악몽을 꾸고 현실과 꿈 경계에서 환시를 보고 환청을 들었으며 사건 후 한동안 교복 입은 남학생만 봐도 심장이 내려앉아 명치 끝이 막히고 위통을 견뎌내야 했죠. 나약한 모습을 들키면 혼날 것만 같아 아픔을 숨기고 아무렇지 않은 척 행동했지만 잠들기 전 혼자 울었던 날이 많았다는 것도 알아요. 팬티 안을 쉽게 보여줘도 되는 건지 혼란스럽고 판단력이 흐려져 허름한 사창가에 자신을 전시하는 상상을 했던 것도 잘 알아요.

아무도 말해주지 않았던 걸 이야기해 줄 사람은 나밖에 없어요. 세상은 따뜻하면서도 범죄의 피해자에게 인색하다는 걸 우리는 잘 알고 있어요. 얼마나 깊은 지옥까지 내려갔었나요? 지금은 어디쯤까지 올라오고 있죠? 쉽게 올라올 수 있도록 손을 내밀어 주는 내 모습도 그려줄게요. 외면하고 숨겼던 슬픔을 지금 여기서 표현해 주세요. 아주 크게 오랫동안 표현하고 가세요.

믿음이 가진 않지만 그래도 기대야 하는 경찰의 도움을 청한 건 잘한 일이에요. 엉망진창인 우리나라 법 테두리 안에서 어리다는 이유로 벌을 받지 않았겠지만 적어도 겁주는 건 성공했어요. 부모가 자신의 앞에서 무릎 꿇는 장면도 가해자에게 죽을 때까지 잊지 못할 상처가 될거예요. 그것만으로 벌을 받긴 받은 거예요. 몇 년이 더 지나도 그 날을 떠올리며 힘들어해도 됩니다.

시간이 모든 일에 약이 될 수는 없어요. 그래도 조금씩 느리게 망각의 선물을 갖고 올지 기대는 해보자고요. 하지만 급하게 잊으려 하지 마세요. 충분히 힘들어하고 표현하세요. 당신이 서서히 괜찮아지기를 바라며 차분한 분위기의 그림 안에 지금 내 마음 모든 걸 그릴게요. 아무도 당신의 아픔에 반대할 수 없도록 지켜줄게요.

## 3) 불완전 추상화<sup>*</sup>

　　　　　　샐리는 어디에나 존재합니다. 원하는 미래로 스스로
를 이끄는 초능력은 누구에게나 숨겨져 있습니다. 믿지 않는 사람들은
초능력을 외면하고 믿는 사람은 초능력을 지배합니다. 부정적인 요소
에 더 민감한 의심쟁이들은 미래를 그려보려 할 때 불신의 힘이 들어
갑니다. 그들은 어린아이의 낙서보다 더 형태를 알아볼 수 없는 추상
적인 그림을 그려냅니다. 스스로를 믿지 못하고 알지 못한 채 흔들리
는 마음으로 그려낸 혼란스러운 의문을 제가 하이퍼 리얼리즘으로 대
신 그려드리죠.

.........................

* 추상화(抽象畵): 사물의 사실적 재현이 아니고 순수한 점 · 선 · 면 · 색채에 의한 표현을
　목표로 한 그림. 일반적으로는 대상의 형태를 해체한 입체파 등의 회화도.

# 셀프 밀당

샐리 : 안녕하세요. 그대는 그대로 가게에 오신 것을 환영합니다. 당신이 의심 없이 믿을 수 있는 일들을 선명하게 그려내어 이뤄지도록 도와드릴게요. 하고 싶은 이야기를 꺼내주시면 이야기의 흐름이 당신의 미래에 긍정적으로 각색되도록 필요한 그림을 그려드릴 거예요.

고객 : 짜장면이 좋아요, 짬뽕이 좋아요?

샐리 : 둘 다 좋은데요. 짜장면이 더 좋습니다.

고객 : 닭고기 반찬은 찜닭이 좋아요, 닭갈비가 좋아요, 아니면 다른 게 좋아요?

샐리 : 다 좋은데요. 오늘은 납작 당면이 들어있는 찜닭을 먹고 싶네요. 닭갈비와 볶음밥을 먹고 싶은 날도 있고요.

고객 : 오랜만에 남자친구와 포토존이 많은 예쁜 카페 데이트를 갈 건데 흰 블라우스와 무릎 밑까지 내려오는 공주 느낌의 스커트를 입고 싶나요, 아니면 꾸안꾸 느낌으로 헐렁한 니트에 스키니진과 니 하이 부츠를 장착하고 싶나요, 아니면 프릴 장식이 붙은 골지티와 신축성이 좋아 앉아있을 때도 나름 괜찮은 타이트한 미니스커트에 스타킹, 하이힐을 신고 싶나요? 아니면…… 뭐를 입고 싶나요?

샐리 : 어떤 옷을 입느냐에 따라 기분과 태도, 그날의 분위기가 달라지기도 하죠. 매일 똑같이 반복되는 출근길엔 아무거나 손에 닿는 대로 입는 것이 일상이지만 기분 내고 싶은 특별한 날, 특히 사진도 찍고 추억을 남기고 싶은 그런 날이면 옷이나 신발, 가방, 헤어스타일과 메이크업, 작은 액세서리까지 나의 행복감을 더해주기도 빼앗기도 하는 중요한 요소들이죠. 그래서 더 신중하게 고민하고 그 고민의 시간이 행복하길 바라요.

일단은 날씨가 가장 중요한 기준이고요. 그 날의 내 모습과 어울리는 옷의 느낌을 찾기 위해 여러 벌 입어보기도 하고요. 소화가 잘될 것 같지 않고 위장이 예민한 날엔 비상약을 챙기는 동시에 배에 압박을 주지 않는 편안한 의상을 고르기도 하고요. 많이 먹지 않을 것 같은 날에는 조금 타이트한 스커트와 크롭티로 화려함을 표현하고 싶기도 하고요.

고객 : 나는 계속 살아있는 게 좋을까요, 빨리 죽는 게 좋을까요?

샐리 : 내가 당신을 포기하면 당신은 자살할 용기가 있나요?

고객 : 지금은 없지만 무관하다고 생각하지 않습니다.

샐리 : 누구나 죽고 싶을 때가 있죠. 하루만 견뎌요. 딱 하루만 견디고 또 하루만 견디고 그렇게 하루하루가 모여서 일주일이 되고 한 달이 되고 일 년이 되어 당신의 인생이 완성되어 갑니다. 그렇게 하루씩만

견디면서 인생을 견뎌보세요. 남은 시간 동안 슬픈 날이 하루도 없다는 환상을 주기엔 당신이 나에게 준 믿음이 부족하지만 행복한 일들을 더 많이 생기도록 도와줄 수는 있어요.

**고객 :** 어차피 끝을 향해 달려가고 있는데 견뎌야 할 이유는요?

**샐리 :** 많아요. 지금 다 말하지 못할 정도로 많죠. 당신은 당신을 사랑하는 사람들에게 당신의 죽음이라는 상처를 줄 자격이 없습니다. 당신의 자살은 당신의 탈출구가 아닙니다. 아주 지독한 냄새의 흙빛 페인트를 주변에 새기고 떠나는 악랄한 짓이죠. 주변 사람들의 남은 삶에 어둠을 칠하고 떠나는 겁니다. 지구에서 약속된 마감일까지만 견뎌요. 이 시간은 길기도 하지만 짧기도 하니까요. 다른 사람들에게 상처 주고 도망가지 마세요. 스스로에 대해 모르는 사실 하나 알려드릴게요. 당신은 그렇게 나쁜 짓을 할 정도로 이기적인 사람이 아닙니다. 스스로 삶을 포기하고 떠날 수 있는 사람이 아니었답니다.

이제 알았죠? 당신은 지금 떠날 수 없어요. 이곳에서 원하는 것들을 계속 찾으며 지내봐요. 당신이 원하는 것을 정확히 모를 때가 많죠? 약속이 있는 주말에 어떤 옷을 더 입고 싶은지, 오늘 어떤 음식을 더 먹고 싶은지, 친구에게 화를 내야 맞는 건지 참아야 맞는 순간인지, 회사에 가고 싶은지 가기 싫은지, 앞머리를 자르고 싶은 건지 기르고 싶은 건지, 내일 죽고 싶은지 수명이 다할 때까지 버티다 죽고 싶은지 자신이 진짜로 원하는 걸 정확히 아는 게 하나도 없어요. 그렇죠?

**고객 :** 정확히 알 때도 많아요. 생일 때는 동네에 있는 맛집 베이커리에서 고구마 케이크를 먹고 싶고요. 친구들이랑 더치페이에서 내가 더 돈을 많이 썼을 때는 잊어버리려 하고요. 내가 덜 썼을 때는 기억하고 다음에 갚아요. 내가 손해를 보았을 때에도 친구들과 얼굴 붉히고 싶지 않아서 또 그 돈이 아깝지만은 않아서 말하지 않았고요. 앞머리를 자르고 싶었지만 관리가 귀찮아질 것 같아서 앞머리 가발을 사서 써봤었고요. 친한 친구 결혼식에는 플리츠스커트와 블라우스를 입고 링 귀걸이를 하고 싶고요. 내가 사람들에게 항상 바라는 건 나를 이해해 주고 있다는 느낌과 사랑해 주고 있다는 느낌이고요.

**샐리 :** 자신을 사랑하고 있네요. 당신은 자신을 사랑하고 있어요. 나도 나를 사랑해요.

**고객 :** 글쎄요. 그건 잘 모르겠어요. 다만 지켜주고 싶을 뿐이죠. 우주보다 넓게 펼쳐질 광활한 생각들을 담고 다니는 내 몸을 모든 순간 느끼고 함께하는 건 나밖에 없으니까.

**샐리 :** 정확히 원하는 게 잘 떠오르지 않을 때는 저한테 물어봐도 되지만요, 저는 곁에 있는 사람과 가위바위보를 하기도 해요. 연인이나 친구, 형제나 부모님 등 아무나 붙잡고 가위바위보를 하기 전에 답을 정하죠. 상대방이 이기면 요번 주말에 원피스를 입는다, 내가 이기면 요번 주말에 청바지를 입는다. 답을 정한 후 가위바위보를 하면요, 순간적으로 누가 이겼으면 좋겠다는 마음이 튀어나올 때가 있어요. 그리고

가위바위보의 승패가 결정 났을 때 아쉬움이 남는지 만족하는지 미묘한 기분도 떠오른답니다. 내가 무엇을 더 원했는지 알 수 있거든요.

고객 : 정말요? 가위바위보를 해도 확신이 안 서면요? 아무런 느낌이 안 들면요?

샐리 : 승패의 결정을 따르면 되죠. 정확히 마음이 반반이었을 수도 있고요. 마음만 편하면 되잖아요?

고객 : 가위바위보라니… 진부하면서도 신박한 답변이네요. 저는 대단한 그림이라도 그려주실 줄 알았는데. 가위바위보 하는 장면 그리고 있었나요?

샐리 : 오늘 저녁에 외식하고 싶어요, 집밥 먹고 싶어요? 저랑 가위바위보 하실래요? 제가 이기면 외식하시고 고객님이 이기시면 집밥 드세요. 어때요?

고객 : 가위, 바위, 보!

샐리 : 가위를 내셨군요. 저는 주먹을 냈어요.

고객 : 카메라 같은 거 없다고 하셨잖아요. 어떻게 아셨어요? 우리 지금 벽을 사이에 두고 앉아있는데?

**샐리 :** 벽을 사이에 두고 제가 '앉아있는' 건 어떻게 아셨죠?

**고객 :** 그거야 서서 그림 그리는 건 힘들 것 같은 느낌이라.

**샐리 :** 그곳에 앉아있는 당신의 마음과 모습을 마음으로 보고 느낍니다.

**고객 :** 저는 오늘 외식을 할 겁니다.

**샐리 :** 맛있는 거 드세요.

**고객 :** 어떤 그림을 그리고 있나요?

**샐리 :** 사람들이 원하는 당신의 모습보다 당신이 원하는 스스로의 모습을 응원하는 나의 모습도 그렸고요, 가위바위보를 하기도 전에 진짜 원하는 게 무엇인지 알아차릴 강력한 느낌도 당신 마음 안에 그려 넣었어요. 하고 싶은 것만 하고 살 수 있는 게 힘든 세상이지만 그중에서 하고 싶은 것을 선택하는 순간들이 삶의 질을 향상시킬 만큼 힘이 세졌으면 좋겠어요. 아주 진하고 힘 있는 색깔로 칠할 거예요, 당신의 선택들을.

**고객 :** 내 마음에 좀 더 귀 기울이고 친절하라는 소리 같네요.

샐리 : 힘든 일들을 말해주지 않았지만 충분히 느꼈어요. 많은 일들을 견뎌줘서 고마워요. 죽지 않고 살아줘서 고맙고요. 죽고 싶을 때 찾아와서 가위바위보 해줘요. 기다릴게요. 제가 이기면 죽지 않기로 해요. 제가 매번 이기는 그림을 그릴 거지만요.


# 낯선 성격

샐리 : 안녕하세요. 그대는 그대로 가게에 오신 것을 환영합니다. 당신이 의심 없이 믿을 수 있는 일들을 선명하게 그려내어 이뤄지도록 도와드릴게요. 하고 싶은 이야기를 꺼내주시면 이야기의 흐름이 당신의 미래에 긍정적으로 각색되도록 필요한 그림을 그려드릴 거예요.

고객 : 성악설을 믿으세요, 성선설을 믿으세요?

샐리 : 다른 사람들은 모르겠고요. 저와 제가 사랑하는 사람들은 성선설에 근거한다고 믿어요.

고객 : 사람의 성격은 유형으로 나뉜다고 하지만 변화무쌍함에 놀라며 살고 있어요.

샐리 : 고객님은 착한 사람인가요, 나쁜 사람인가요?

**고객** : 나에 대해 잘 안다면서요. 왜 물으시죠?

**샐리** : 의심과 경계심을 갖고 계시군요. 제가 몰라서 하는 질문이라기보다는 어떤 답을 말할지 스스로 들어보시라고 묻기 위해 하는 질문이었어요.

**고객** : 성격이 자꾸 변해요. 그래도 삶에 불편함을 줄 정도의 부적응이 있거나 사람들에게 피해를 줄 만한 양상은 띠지 않아요. 그건 확신해요.

**샐리** : 착한 모습을 보이기도 나쁜 모습을 보이기도 하며 살아왔군요.

**고객** : 저는 착한 사람이라 생각하기도 하고 때로는 나쁜 사람이라고 생각하기도 해요. 하지만 진짜 나쁜 사람은 아니에요. 안전함을 방해받았다고 느꼈을 때, 소중한 안위에 갑작스레 누가 칼집을 내었을 때 나를 지켜내기 위해 소리를 지르고 화내고 눈물을 보이기도 했지만 억지스러운 오해를 하거나 이해받을 수 없는 분노를 표현한 적은 없어요.

**샐리** : 누군가의 눈에는 억지스러운 분노와 진상 짓으로 보였을 수도 있었겠죠.

**고객** : 진짜 저의 모습을 만나보지 못한 사람은 나빠 보이는 모습만으

로 저를 나쁜 사람이라 오해했을 수도 있겠네요.

샐리 : 당신도 어떤 사람의 진짜 모습을 보지 못한 채 일부분만 보고 나쁜 사람으로 분류한 사람이 있겠군요.

고객 : 저는 달라요. 친절함이 진짜 모습이고 이성을 잃고 화내는 모습은 거짓이라고요.

샐리 : 당신은 원래 착한 사람이라서 그렇군요. 당신이 나쁘다고 믿는 그 사람은 원래 나쁜 사람이가요?

고객 : 그런 것 같습니다.

샐리 : 그 사람이 극악무도한 범죄를 저질렀나요? 아니면 사회적으로 크게 문제를 일으켰다고 볼 수는 없는 범위 안에서 당신의 기분을 상하게 했나요?

고객 : 굳이 답하자면 후자에 가까운 것 같습니다.

샐리 : 확실히 나쁜 사람이라는 증거가 없는 상황에서 당신의 주관적인 판단으로 나쁜 사람이라 단정 지은 당신은 정말 착한 사람이 맞습니까?

고객 : 지금 누구 편을 드는 거예요?

샐리 : 왜 화가 났죠? 내가 심기를 불편하게 했나요? 그래서 저는 나쁜 사람인가요?

고객 : 잘 모르겠습니다. 세상일이 따지고 들면 잘 모르겠는 것투성이입니다.

샐리 : 진짜 나쁜 사람과 나쁜 사람일 것 같은 사람을 구분하는 일이 쉽지 않다는 혼란스러움이 지금 우리에게 더 중요합니다.

고객 : 진짜와 가짜, 정답과 오답의 정의는 사람들이 정한 거잖아요. 어쩌면 사람들이 정한 것이 꼭 정답이 아닐 수도 있을 거예요.

샐리 : 부정하고 싶은 일들, 내가 정하고 싶은 정답들, 우리가 믿는 진짜와 가짜들은 타인들의 심기를 불편하게 만들지 않는 선에서만 허락되는 자유예요. 그 자유를 상상 안으로 밀어 넣어 주세요. 겉으로 새어 나올 때에도 많이 들키지는 말아줘요. 당신을 보호하기 위해서. 사랑받기 위해서. 또 사랑하기 위해서. 사람들과 같이 살아가기 위해서는 이곳의 원칙에 순응해 줘요.

고객 : 하고 싶은 말을 무조건 참으라는 뜻은 아닌 거죠? 나를 위한 마음인 거죠?

**샐리 :** 이해해 주어 고마워요. 당신은 어떤 길을 걸어왔나요?

**고객 :** 마음대로 되지 않는 일들 사이에 끼여 실컷 찔려가며 살아왔어요. 가시덤불은 지나쳤고 구덩이와 오르막길이 반복되던 길도 지나쳐 이제는 그레이더(땅바닥을 깎아 고르는 토목용 기계)가 방금 전에 지나간 듯한 길을 걷고 있는 기분이었죠. 가시덤불 속에서 가시를 치워내기 위한 눈빛은 부드럽지 못했고 구덩이와 오르막길에서 미끄러지지 않기 위한 두 발은 거칠고 날카로운 발톱을 세우고 있었죠. 나를 품은 가시덤불은 날카로웠고 빠져나오기 위해 강해지던 나도 꽤 뾰족했었죠. 괴로운 문제들을 지나쳐온 나의 모습은 한결 부드러워진 눈빛과 잔잔해진 발톱으로 흙을 밟고 걸어갔어요. 딱딱하지도 않고 너무 물렁하지도 않은 안전한 부드러움의 흙은 내 시선을 좀 더 넓은 곳으로 뿌려주었어요. 하지만 언제든 땅이 다시 변할 거라는 불안감은 있었어요. 이 땅이 날 받쳐주지 않고 땅 안에서 가시덤불이 자라나 나를 가둘 수 있다는 의심은 완전히 사라지지 않았죠.

안정감과 의심을 품고 걸어갈 때쯤 친한 친구와 둘이 내몽고 여행을 떠났어요. 여행사 상품 소개를 대충 읽고는 몽골 여행인 줄 알았지만 중국 여행이었고, 중국이었지만 충분히 몽골을 느낄 수 있었습니다. 여행사에서 패키지여행을 떠났고 20명쯤 되는 일행들과 함께한 여행이었어요. 각자 다른 세상에서 살던 사람들이 처음 만나 4박 5일을 함께한다는 것은 생각보다 재미있는 경험이었습니다. 낯선 사람들과의 동행이었는데도 생각보다 무섭지 않고 흥미를 느꼈던 까닭은 모두 같은 것을 가지고 모였기 때문이었을 거예요. 다들 무엇을 갖고 모였는지 아세요?

**샐리** : 여행자의 여유입니다. 일상의 고단함을 거처에 두고 새로운 세계에서 행복한 추억을 찾으러 떠나는 그 가벼운 발걸음. 그 발걸음 끝의 향긋한 설렘. 설렘 끝의 미소. 그 미소 테두리에 걸쳐진 온화함과 너그러움.

**고객** : 맞아요. 그동안 살아온 날 중에 "이건 분명 화낼 만한 일이야."라고 판단했던 일도 여행지에서 겪으면 화를 내지 않게 될 수도 있다는 걸 느꼈어요. 그게 신기했어요. 나의 성격이 이렇게 쉽게 변화하는구나 싶었죠.

**샐리** : 화를 냈어도 마땅한 일이었는데 화를 내지 않았군요.

**고객** : 내몽고 여행의 반은 버스 안이라고 해도 과언이 아닐 만큼 버스를 타고 이동하는 시간이 꽤나 길었어요. 하루에 10시간을 버스 안에서 보내기도 했죠. 하지만 가이드분이 틈나는 대로 화장실을 찾아 버스를 세워주었어요. 화장실에 가지 못할까 봐 혹은 배가 아플까 봐 불안한 마음을 해소시켜 주어 감사했죠.

**샐리** : 이동 시간 중에 화장실을 자주 들러주었군요. 가이드분이 화장실을 자주 가는 사람이었을 수도 있고 전에 가이드 했던 팀원들 중 누군가가 버스 안에서 설사를 지렸던 아찔한 경험이 있었을 수도 있지

않았을까요? 가이드가 화장실을 자주 가는 이유에 어떤 사연이 있을지 상상해 보지 않았군요?

고객 : 그러네요. 다른 이유가 있을 거라 상상하지 않았어요. 그저 나를 위한 배려로만 느껴졌던 행동이었죠. 제 마음이 아주 여유로웠거든요. 여행지에서 큰 걱정거리 없이 끝없는 초원과 사막의 아름다움을 감탄하는 데에만 마음을 거의 쏟아부었으니까.

샐리 : 당신의 눈에 비친 가이드는 예쁜 초원과 사막 위를 거닐며 화장실을 자주 데려가 주는 사람이었군요.

고객 : 맛집 예약 시간을 놓치지 않기 위해 급급해하며 실수를 하기도 한 사람이었죠.

샐리 : 어떤 실수를 저질렀나요?

고객 : 점심시간 전에 들른 관광지에서 화장실에 간 저와 친구를 잊어버리고 나머지 팀원들만 태운 채 가이드가 재촉한 버스가 떠나버렸어요.

샐리 : 외국어도 못하는 당신들이 많이 당황하고 놀랐겠어요.

고객 : 이상하게 놀라지 않았어요. 어떻게든 해결될 거라 믿었거든요.

일부러 날 버리고 간 게 아니니까. 날 찾으러 돌아올 거라 생각하며 가이드의 비상 연락 전화번호를 찾아 가방 안 종잇조각을 뒤지고 있었어요.

**샐리 :** 가이드의 전화번호를 알고 있었군요. 전화를 해서 버스가 돌아왔나요?

**고객 :** 아니요. 친구는 저와 생각이 달랐어요. 멈춰 서서 전화번호를 찾아 가방만 뒤지고 있는 저를 뒤로한 채 떠나가는 버스를 향해 달려가고 있었어요. 버스를 뒤쫓는 제 친구를 본 주차안내원 같은 직원분이 버스 근처에 계셨고 버스를 세워주셨어요. 멀리 가보지도 못한 버스는 이내 우리를 집어삼켰죠.

**샐리 :** 휴, 다행이네요. 가슴 철렁한 경험담이에요. 가이드에게 사과를 받았나요?

**고객 :** 식당 예약 시간에 맞춰 떠날 생각에 인원 체크도 하지 않은 채 달려갔다며 사과하는 가이드의 얼굴은 혼이 나간 얼굴이었죠. 오히려 미안해하기까지 했던 걸요. 다른 관광 코스에서는 팀원들에게 사비로 아이스크림을 사주기도 했죠. 가이드는 좋은 사람이에요. 누군가에게 나쁜 사람일 수도 있지만 그 시간 속의 저에게 정말 좋은 사람이었어요.

**샐리 :** 아이스크림을 사줘서 좋은 사람이라 판단한 건 아니겠죠? 아무튼 당신과 친구를 버리고 간 가이드에게 화를 내지 않았군요. 정말 멋진 일입니다.

**고객 :** 그렇죠. 화를 참은 게 아니라 정말이지 화가 나지 않았다니깐요. 아이스크림이 맛이 없었다면 제가 또 다른 생각을 했을지도 모르겠네요. 하지만 맛이 없을 수 없는 아이스크림이었다니까요. 그곳, 그 시간 속의 나는 일상 속에서 존재하는 나와 또 다른 나였던 것 같아요. 항상 여행하는 사람의 마음으로 살면 화를 낼 일이 줄어들겠구나 싶더라고요.

**샐리 :** 상황에 따라 기분과 태도가 달라진다는 걸 이론적으로 알고 있는 것과 실제로 나 자신의 달라지는 모습들을 확인한다는 것은 차이가 큽니다. 당신은 그 여행에서 무엇을 배웠나요?

**고객 :** 나 자신에게 불만이 없을수록 남들에게 불만이 없어진다는 걸 느꼈어요. 내가 편안한 설렘을 가지면 타인이 나에게 보여준 행동들 중에서 나를 위한 모습들을 우선으로 발견하고 잘못된 점을 눈감아 주기도 할 수 있다는 것도 느꼈고요.

**샐리 :** 그곳에서 만난 사람들은 당신을 너그럽고 순한 사람이라 판단했겠네요. 당신이 가시덤불 속에서 발톱을 치켜세운 모습은 상상도 못한 채로 말이죠.

**고객 :** 제가 정말로 착한 사람인지 확신을 주세요. 나쁜 성격을 집에 두고 여행을 가서 여행지에서 착할 수밖에 없던 건지. 가시덤불 속에서 만났던 일들은 화를 낼 만한 일이 맞았었는지. 여행지에서 화를 내지 않은 여유를 가진 모습이 진짜 내 성품인지 변화무쌍한 성격의 일부였는지. 당신이 알아주세요. 정확하게 판단하지 않아도 좋아요. 그저 스스로에 대한 이 낯섦이 제 인생에 좋게 녹아들도록 편안한 그림을 그려주세요. 제가 바라는 건 그리 크지 않습니다.

**샐리 :** 당신은 착함을 선택하려 애쓰는 사람입니다. 나쁜 태도를 선택했을 때에는 당신은 힘들었던 상황에 놓여 판단력이 흐려졌었죠. 분노하는 당신과 관대함을 뿜어내는 당신이 바특하게 다닥치면 당신과 주변 사람은 무척이나 혼란스럽고 힘들었을 거예요. 당신이란 사람을 예측하기도 받아들이기도 힘들어했겠죠. 조금 전에 관대하던 당신의 태도가 순식간에 급변하고 그 불만 표현의 정도가 누가 봐도 지나쳤다면 성격장애로 정신과 상담을 받았어야 했을지도 모를 일이니까요. 당신에게 큰 문제가 없다는 게 확실한 이유는 당신을 이해하는 사람들이 더 많았다는 겁니다. 좋고 나쁨의 시기와 거리가 적당히 유지되었던 거죠. 당신의 노력으로요.

조금 더 느슨하게 마음속 반응을 느리게 꺼내주세요. 당신의 노력과 기대보다 가끔 스스로가 낯설게 느껴질 만큼 빠르게 차가워지기도 따듯해지기도 할 테지만 그 온도를 좀 더 미세하게 조절할 수 있고 확실히 확인할 수 있도록 온도계도 그려드릴게요. 당신의 변화무쌍한 성격에 소스라치게 놀라지 말고 어떤 상황에서 어떤 성격이 튀어나오는지 조금 더 관심을 두고 생각해 보세요. 이미 잘 알고 있지만요.

이제 제 그림을 들여다보고 당신의 선택을 확인하세요. 그리고 믿어주세요. 당신은 당신의 성격을 앞으로 더 자세하고 뿌듯하게 선택하게 될 겁니다. 다음에 저와 함께 멋진 곳으로 여행 가요. 저도 패키지여행을 좋아한답니다. 그때에도 가이드에게 별점 만점을 주실 거죠?


# 청력 실험


**샐리** : 안녕하세요. 그대는 그대로 가게에 오신 것을 환영합니다. 당신이 의심 없이 믿을 수 있는 일들을 선명하게 그려내어 이뤄지도록 도와드릴게요. 하고 싶은 이야기를 꺼내주시면 이야기의 흐름이 당신의 미래에 긍정적으로 각색되도록 필요한 그림을 그려드릴 거예요.

**고객** : 어제 손목이 좀 아프더라고요. 병원에 갈 정도는 아닌데 방치하고 외면할 수 없는 통증에 괴로웠어요. 페이퍼 아트를 하거든요. 종이 공예를 하다 보면 가위질을 많이 해요. 욕심내어 가위질을 많이 했더니 손가락도 패이고 멍들고 손목도 많이 아프더라고요. 한동안 쉬었다가 다시 시작하니 손목이 많이 놀란 모양입니다.

**샐리** : 멋진 일을 하시네요. 예술에는 항상 통증이 따르죠. 환희의 통증, 절망의 통증 당신은 손목의 통증.

**고객** : 체념하진 않을 거예요. 예술가의 길은 멋지고 외롭고 가난하면서 부자이니까.

**샐리** : 당신이 어떤 작품들을 작업하셨는지 눈을 감고 떠올리고 있어요. 너무 멋지고 평화롭고 위태로워요.

**고객** : 모순적이고 기이하게 비치고 싶기도 하고 어떤 의미가 담긴 작품일까 궁금증을 유발하고 싶은 작품을 원하기도 하고 대중적이고 상품성 있는 작품을 원하기도 합니다.

**샐리** : 당신이 만든 작품이라는 사실만으로 가치 있는 예술입니다.

**고객** : 찢어버리고 싶다고 말해주지 않아서, 쓰레기로 분류하지 않고 작품이라 칭해주셔서 눈물이 납니다. 고맙습니다.

**샐리** : 외로운 눈물을 흘리는 당신. 인정해 주지 않았던 사람들을 떠올리지 마세요. 이곳에 당신을 인정하는 나를 믿고 안도하세요. 당신은 예술가입니다.

**고객** : 감사합니다. 가치를 인정해 주는 사람을 만나 작품의 의미는 깊어질 것입니다.

**샐리** : 당신의 작품의 깊이를 정해두지 않을 겁니다. 무한한 가치로 열

어주세요. 한정된 종이 안에 완결된 상태로 그려내지 않을 거예요. 당신의 손목은 나았나요?

**고객 :** 어제 물파스를 발랐습니다. 자기 전에 물파스를 많이 발랐는데 수면 중 손목이 타는 듯한 통증을 느끼며 잠을 이루지 못했습니다. 단순한 물파스 부작용일지 검색해 보고 싶었지만 이 통증이 시작일까 봐, 앞으로 멈추지 않는 통증이 지속되는 삶이 이어질 것 같은 막연한 불안감에 찾아보지 않았습니다. 참으로 미련하고 멍청한 일이죠. 갑자기 며칠 전 텔레비전에서 보았던 복합부위 통증 증후군 질병을 앓는 사례자의 이야기가 떠오르면서 나도 그 병의 시작일까 하는 의심이 새벽을 넘어 아침까지 금세 번져서 숨을 쉴 수 없었습니다.

**샐리 :** 모르는 게 약인 경우도 있고 모르는 게 독약인 경우도 있죠. 어떤 약을 선택하시겠습니까?

**고객 :** 선택은 당신이 해주시고 좋은 결과만 그려주십시오.

**샐리 :** 불안함은 손목이 아닌 다른 곳에 퍼져있습니다. 삶의 전체에 덮여있는 불안감이 여기저기 날뛰고 있는 게 보이네요. 두더지 잡듯이 다 잡아서 재워볼게요. 죽이지도 않고 걷어내지도 않고 살며시 조심스럽게 불안감을 같이 찾아볼까요?

**고객 :** 무슨 말씀이신지 모르겠습니다. 일단 물파스의 악몽은 되풀이되

지 않는 거죠?

샐리 : 제가 의사가 아니기 때문에 의학적으로 진단해 드릴 수는 없어요. 하지만 당신의 모든 것을 제가 느껴본 결과 특별한 외상이 있던 것도 아니고 무서운 병에 걸리지 않을 겁니다. 단순한 피부 질환일 수 있어요. 궁금하면 피부과에 가 보세요. 그 전에, 지금은 통증이 없는 거죠?

고객 : 네. 물파스를 바른 지 시간이 꽤 경과한 뒤로는 괜찮습니다.

샐리 : 지나간 통증을 구태여 붙잡아 두지 마세요. 잊어버리세요.

고객 : 물파스를 많이 발라도 손목이 타는 느낌이 없는 내 모습도 그려주세요.

샐리 : 믿어주신다면야 기꺼이 그려드리죠.

고객 : 감사합니다. 제 청력이 좀 불안한데요. 이야기를 들어주실 건가요? 다소 지루할 수도 있고 말끔히 정리되지 않은 말들이 뒤섞여 지저분하게 뱉어질 수도 있지만 들어주실 건가요?

샐리 : 저의 특기는 경청입니다. 진심으로 마음을 다해 들어주고 공감합니다. 저를 의심하지 않는다면 당신의 이야기는 절대 지루해질 수

없습니다. 청력이 어떻게 불안한가요? 이비인후과에 가보라는 말은 당신이 가장 듣기 싫어하는 답일 테니 하지 않을 겁니다. 병원에 가지 않고 저에게 말하는 이유가 분명히 있을 겁니다. 믿어 의심치 않아요.

고객 : 꿈과 현실의 경계에서 소리를 조절한 게 누군지 알고 싶어요.

샐리 : 당신은 지금 꿈을 꾸고 있습니까? 꿈에서 깨어난 현실에 존재합니까? 꿈과 현실의 경계선 사이에서 어느 쪽에 있는 자신을 깨울지 고민하고 있습니까?

고객 : 일단 이곳에 존재하는 지금의 내 모습과 이 시간을 현실이라 느끼고 말하며 지난밤 있었던 곳을 꿈이라고 말하겠습니다. 꿈과 현실의 구분 기준은 잠에서 깨어나기 전과 후라 정해진 이 세계의 규칙 안에 있기 때문에 지금 이렇게밖에 말할 수 없지만 사실 당신과 나는 정해지지 않은 미지의 세계를 향해 마음의 문을 열고 있다는 걸 알고 있습니다. 이 모든 게 꿈일 수도 있고 꿈에서 깨어나면 지구 밖에 있을지도 모른다는 것을. 언젠가 이곳에서 겪어야만 하는 죽음이라는 일을 겪으면 몸을 버리고 몸 안에 갇혀있던 진짜 내 모습이 우주를 헤엄치며 자유로워질 거라는 환상에 대한 기대감을. 그 슬픈 기대감이 사실은 슬프지만은 않을 수도 있다는 희망과 무한한 자유로움을.

샐리 : 저도 시공간의 실체를 알고 싶어요. 잠들어 있다고 확신했던 모든 순간들, 그 순간들에 꾸었던 꿈들, 그 꿈에서 보고 듣고 느꼈던 모

든 것은 어딘가에 실제로 존재하는 세계일 거라는 기대감 혹은 공포, 우주는 끝없이 펼쳐진 공간이며 그 개수 또한 무한대라는 믿음, 모두에게 하나씩의 우주가 있고 내가 죽으면 나의 우주는 다 사라질 거라는 추측.

고객 : 어쩌면 매일 밤 여행하는 꿈속의 세계는 나만의 우주일 수도 있겠어요. 나의 몸이 쉬는 동안 진짜 나는 자유롭게 나만의 우주를 누비죠. 맥락 없는 상상을 들어주는 사람을 만나 감동적이에요.

샐리 : 맥락 없는 상상은 없어요. 떠오르는 모든 생각은 다 소중한 자산이고 자유니까.

고객 : 어쨌든 나의 우주와 영혼은 지금 내 몸 안에 들어있고 나는 이곳에서 정해진 수면이라는 행동에서 벗어난 상태니까. 지금의 저는 현실에 있다고 말하겠어요.

샐리 : 새삼스럽게 깨어있음을 느낀 당신, 반가워요. 꿈에서도 우리 만날 수 있겠죠. 지난밤 잠들었던 당신은 어떤 꿈을 꾸었나요?

고객 : 밤에 꾸었던 꿈은 아니고요. 낮잠이었어요. 직장에서 단체로 근사한 연주회에 갔었는데 피곤했었는지 깜빡 잠이 들었지 뭐예요. 클래식을 잘 알지는 못해도 유튜브로 자주 듣는 편이거든요. 공부할 때, 청소할 때, 산책할 때 마음이 편안해지는 음악, 집중이 잘 되는 음악이라

고 검색하면 클래식 음악 모음 영상들이 나오거든요. 정말 잘 찾아 듣는 편인데, 직접 라이브 연주를 들을 수 있는 건 정말 정말 좋은 기회라고 생각하거든요. 연주자분들께는 정말 죄송하고 창피한 일이긴 하네요.

**샐리 :** 사실은 헤비메탈이나 욕설 가사가 난무한 거친 음악들을 즐겨 들으면서 우아한 이미지로 포장하고 싶어 클래식을 자주 듣는다고 말하는 건 아니죠?

**고객 :** 엥? 저를 잘 아신다면서 그렇게 말씀하시다니 멍청하시네요.

**샐리 :** 이 정도 농담으로는 크게 화내지 않을 것까지 계산하고 말해본 거예요. 맞아요. 클래식 찾아 들으면 집중력도 높아지고 좋죠. 하지만 곡에 대한 정보까지 굳이 찾아보지는 않죠. 깊이 있게 관심을 두지는 않았고 썩 내키지 않은 직장 동료들과의 관람은 지루했을 만도 해요. 그래서 좋은 꿈을 꾸었나요?

**고객 :** 바이올린과 첼로의 활은 방금 삶은 국수 가락보다 따뜻하고 부드러워 보였어요. 연주자의 예쁜 드레스와 우아한 메이크업, 머리카락 한 올 삐져나오지 않게 묶은 헤어스타일과 빛나는 귀걸이와 목걸이의 아름다움이 활의 부드러운 움직임과 어울렸어요. 클라리넷과 플루트 연주자들 중 여자분들은 드레스가 아닌 검은색 정장을 깔끔하게 입었는데 악기에 립스틱이 얼마나 묻어날지 자세히 보이지 않았지만 몹시

궁금했어요. 팽팽한 활들이 국수처럼 녹아버리거나 끊어지면 어떻게 될까 하는 상상이 들기도 했고 플루트와 클라리넷 안에 개미나 먼지 다듬이들이 숨어들어 있는데 연주자의 침이 들어가 고이면 악기 안에서 벌레들은 익사하는 참사가 일어날까 아니면 온수 풀에서 수영하는 여유를 느끼게 될까 등 말도 안 되는 온갖 상상들이 머릿속을 왔다 갔다 하는 동안 웅장한 클래식 음악 소리는 어느새 음량이 줄어들더니 눈앞이 캄캄해지고 잠에 빠져들었던 것 같아요.

특별한 꿈은 꾸지 않았던 걸로 기억해요. 대부분의 꿈은 기억하는 편이지만 기억이 전혀 없었거든요. 간단한 키워드조차 기억나지 않는 걸 보면 꿈을 꾸지 않은 게 분명해요. 마치 시간을 건너뛴 것처럼 잠든 순간들은 삭제되어 있었죠. 잠든 모습을 보여줄 만큼 직장 동료들이 그렇게 편한 사이는 아니었는데 이상하죠. 잠깐 사이에 소리가 점점 줄어들며 잠이 들어버렸어요. 집에서 혼자 적막 속에 잠드는 일은 무서울 때가 있어요. 그래도 매일 밤 무서워하는 겁쟁이는 아니에요. 불면증도 아니랍니다.

아주 가끔, 가끔씩 무서움을 느끼며 잠든 날이 있었다고 말하고 싶어요. 창밖 너머 차도 위의 자동차 소리나 밤늦게 이동하는 사람들의 발소리, 바람 소리, 새소리, 자전거 소리 등 수많은 소음 중 어느 것 하나 움직이지 않는 순간이 찾아오거든요. 아무 소리도 만들어지지 않는 그 순간은 무언가 대단한 불안감이 휘몰아치기 직전인 것만 같아 소름 끼치곤 해요. 아무 소리도 들리지 않는 순간에 스르륵 잠이 들어버리면 저승으로 걸어가는 내 영혼의 발자국 소리가 들릴 것 같아서 무서워져요.

그런데 또 TV를 켜놓으면 잠이 잘 안 와요. 수면 안대를 착용해도 기어이 비집고 들어오는 TV 화면 빛이 제 눈을 피곤하게 하거든요. TV를 끄고 집 주변에서 만들어지는 약간의 소음들에 기대어 잠이 들어야 무서운 발소리가 들리지 않을 것만 같은 날이었어요. 적막 속에서 잠들기 위해 누워있는 몸. 힘없는 몸 안에 갇힌 영혼이 느끼는 공포. 그 공포를 혼내줄 사람을 찾아 결혼하고 싶기도 해요. 두서없이 감정의 흐름대로 흔들리던 나를 설명해도 당신은 알 수 있죠? 내 마음이 어땠는지 잘 알 수 있겠죠?

샐리 : 아무 소리도 들리지 않는 순간 속에 잠들어야 하는 당신에게 아주 작은 소리의 클래식 음악이 생각나는 장면들을 그리고 있어요. 연주회에서 점점 소리가 작게 들렸던 꿀같이 달콤한 낮잠의 순간처럼 깊은 잠에 빠져드는 당신 표정도 그릴 거예요.

고객 : 연주회에서 깊은 잠에 빠져든 일이 신기하네요. 그렇다고 집에서 잠이 안 올 때마다 클래식을 틀어놓기엔 애매해요. 일부러 틀어놓고 자면 자다가 시끄러울 것 같기도 하고 휴대폰으로 틀면 언제 끌지 신경 쓰일 것 같고, 이어폰으로 들으며 잠들면 베개에 짓눌릴 귀에 꽂힌 이어폰이 불편할 것 같고, 오디오나 블루투스 스피커를 일부러 구입하자니 뭔가 내키지는 않고. 참 까다롭죠?

샐리 : 연주회에서는 소리가 정말 컸을 텐데 잠이 든 게 신기하네요. 클래식 때문만은 아닐지도 몰라요. 많은 사람들 사이에서는 갑자기 죽

어가도 누군가 나의 위험을 발견해줄 것만 같은 기대감과 안도감 같은 감정들이 당신을 수면 상태로 이끈 게 아닐까요?

**고객** : 어쩌면 이것도 외로움이라 간단히 설명할 수 있겠네요.

**샐리** : 잠에서 깨어나는 순간은 어땠나요?

**고객** : 깜짝 놀랐어요. 꿈을 꾸지도 않았는데 영혼이 몸을 두고 어디를 나갔다 온 건지 몸이 아주 깜짝 놀랐지 뭐예요? 갑자기 귀가 찢어질 듯이 커다란 악기 소리가 귓속에 들어왔어요. 손가락만 한 크기로 보일 만큼 먼 거리에 있던 연주자들이 제 귀 옆에 가까이 다가온 줄 알았어요. 사실은 계속 흐르고 있던 소리였는데 내가 들을 소리의 음량을 도대체 누가 늘였다 줄였다 조절한 거죠? 너무나 신기해서 자꾸만 다시 느끼고 싶어요. 그 음량 조절을.

**샐리** : 꿈과 현실의 경계선에 서서 당신을 어느 쪽으로 데려다 줄지 결정하는 존재가 고단한 당신을 재우기 위해 음량을 줄였다가 당신이 일어나야 할 시간에 깨워주기 위해 음량을 키웠던 거예요.

**고객** : 귀신일까요? 수호신일까요? 요정일까요? 외계인일까요? 나의 우주 안에 꿈과 현실의 경계선에는 어떤 존재가 있을까요? 그 존재가 확실히 존재하기는 할까요? 이 모든 게 나의 착각일까요? 나만의 우주 안에 군림하고 있는 누군가가 나를 도와주기도 배신하기도 하는 기분

은 착각일까요?

**샐리 :** 당신의 꿈이 현실이 되고 당신의 현실이 꿈이 되는 일. 모든 꿈과 현실에서 행복하고 자유롭기를. 예고 없이 찾아오는 힘듦은 무사히 지나가기를. 흔들리는 마음과 불안한 눈빛은 쉽게 잠들고 사그라지기를. 설레는 행복들과 편안함만을 놓치지 않기를. 언제나 당신의 행복을 바라는 내가 그리는 모든 그림은 당신의 꿈이기도 하고 현실이 되기도 합니다.

**고객 :** 내가 듣는 음량을 조절할 수 있는 건 어쩌면 당신이었군요.

**샐리 :** 당신의 청력을 실험한 건 나였을 수도 있고 당신이었을 수도 있습니다. 중요한 건 당신의 모든 기분은 당신이 정할 수 있다는 겁니다. 당신의 우주를 군림하는 것은 반드시 당신이어야 해요. 당신의 우주를 최대한 잘 껴안고 그 안에 돌아다니는 배신과 착각 등의 부정적인 감정들까지 당신이 지배할 수 있게 될 겁니다.

**고객 :** 진심으로 나의 행복을 바라는 당신의 그림이 보입니다. 이 그림이 근미래에 현실이 될 것이라는 확신이 듭니다. 나는 더 견고해지고 편안해질 것입니다.

**샐리 :** 언젠가 또 불안한 밤이 찾아올지도 모르지만 당신은 편안한 클래식을 들을 수 있을 거예요. 행복한 꿈나라에 도착할 무렵 재미있는

꿈속 여행에 방해가 되지 않도록 음악 소리는 줄어들 것입니다.

**고객 :** 나만의 광활한 우주에서 오직 당신만이 영원한 내 편이라는 기쁨이 지금 내 표정으로 증명되고 있어요. 당신의 그림은 아주 큰 희망이고 위로입니다. 이 그림 안에서 더 씩씩하게 살아갈 나를 지켜봐 주세요. 감사합니다.


# 연민 반품

**샐리 :** 안녕하세요. 그대는 그대로 가게에 오신 것을 환영합니다. 당신이 의심 없이 믿을 수 있는 일들을 선명하게 그려내어 이뤄지도록 도와드릴게요. 하고 싶은 이야기를 꺼내주시면 이야기의 흐름이 당신의 미래에 긍정적으로 각색되도록 필요한 그림을 그려드릴 거예요.

**고객 :** 당신은 이 가게를 운영하기 전에도 사람들을 만나 초능력을 과시한 적이 있습니다. 맞습니까?

**샐리 :** 당신의 기억이 더 정확할 겁니다. 의심하지 않습니다.

**고객 :** 당신의 초능력이 분명 호의적인 선행으로 시작되었다 해도 저주로 변질될 수 있을 거라는 부작용에 대해서 알지 못했습니까?

**샐리 :** 저의 초능력이 어떤 저주가 되었나요?

**고객 :** 이뤄지면 안 될 소원이 이뤄져서 뒤늦게 후회하고 깨달으며 한 번 겪을 아픔을 두 번 겪어야 했습니다. 그래도 모른 척하실 건가요?

**샐리 :** 저를 원망해도 됩니다. 하지만 이뤄지면 안 될 소원이 이뤄졌다는 건 이뤄지길 바랐던 순간의 믿음이 강해서 이뤄진 거 아닙니까? 원하지 않는 소원이었는지 간절히 원하던 소원이었는지 소원이 이뤄질 당시에 당신의 마음의 방향은 명확하게 한 곳을 가리키고 있었을 겁니다. 그 당시에는 원하던 소원이 맞지 않습니까?

**고객 :** 당신은 나를 잘 안다고 말했습니다. 나의 감정을 나처럼 느끼고 흐느낀다 말했습니다. 누구보다 나의 불행에 아파하고 행복을 찾아 힘내주길 응원해 준다 말했습니다. 내가 잘 모르는 나의 진짜 마음을 당신은 알고 있었으면서 내 목소리만 듣고 가짜 소원을 이뤄지게 내버려 뒀습니다.

**샐리 :** 당신의 소원이 무엇이었는지 다시 말해줄 수 있겠습니까?

**고객 :** 일방적인 이별 통보를 받고 마음에 커다란 구멍이 뚫려있는 상태였습니다. 그 사람이 다시 돌아오길 바라고 바라다 당신이 있는 곳까지 발걸음이 닿았습니다. 제발 그가 다시 돌아오게 해달라고 말했습니다. 그 사람의 마음이 다시 나를 향하고 내게 연락하고 다시 만나

게 되는 날을 상상하고 그 느낌을 실감 나게 미리 느끼기 위해 노력했습니다. 당신은 순수한 믿음을 강조했고 간절함을 쥐고 의심의 마음을 비우려 부단히 노력한 끝에 실감 나는 상상을 할 수 있었습니다. 그 상상을 당신은 그림으로 그려 보여주었습니다. 그 그림은 마치 미래의 사진 같아 커진 믿음을 더 크게 키워주었고 나의 믿음은 내 마음속 눈물 젖은 땅에 뿌리를 내렸습니다. 나는 소원이 현실로 싹이 틀 때까지 눈을 감고 두 손을 맞잡으며 기대감으로 매일 명상했습니다.

믿음의 땅에 기적의 푸른 잎이 자라나고 핑크빛 비를 맞는 꿈을 꾼 그날 아침 기적처럼 그에게 연락이 왔습니다. 오랜만에 만난 그는 데이트를 원했고 약속 시간이 3시간도 더 남았을 때부터 두꺼운 파운데이션을 꾹꾹 눌러 피부 안까지 쑤셔 넣었습니다. 눈썹을 몇 번이나 고쳐 그리고 평소 잘 바르지 않은 펄감 있는 아이섀도를 발랐다가 면봉으로 닦아냈다가 다시 다른 색깔을 발랐다가 닦아냄을 반복하며 메이크업에 힘을 주었습니다. 꼭 이런 날은 메이크업 시간만 오래 걸릴 뿐 마음대로 잘 되지도 않고 평소보다 얼굴 생김새의 단점들이 도드라져 자신감이 떨어지곤 하지만 꿋꿋하게 화장품들을 다독이며 거울 속 나를 고치고 또 고쳐보았습니다. 구입 후 한 번도 입지 않은 새 미니스커트와 날씨에 비해 살짝 추워 보이는 재킷을 꺼내 입었고 구겨진 종이가 들어가 자고 있는 새 핸드백을 꺼내서 줄 길이를 조절하며 의상과 어울리는지 확인하고 또 확인했습니다.

오랜만에 만난 그의 얼굴에 기분 나쁘게 번진 희미하고 묘한 웃음 속에 담긴 의미를 파악하려 머리를 이리저리 굴려보았지만 그의 마음을 쉽게 눈치챌 수 없었습니다. 한동안 그와 다시 만나기만을 바랐고 그

바람이 이뤄진 순간에 나 자신이 무엇을 원했었는지 도통 생각이 나지 않았습니다. 평소에 신지 않는 하이힐을 신고 발뒤꿈치가 벗겨져 피가 나고 쓰라렸지만 어딘가 모르게 기분 나쁜 그의 표정과 그를 만나고 나서 갑자기 알 수 없어진 내 마음이 만들어 낸 정체 모를 불편한 공기 때문에 발뒤꿈치의 고통을 그에게 말할 수 없었고 말하고 싶지 않았습니다.

그 불편함의 이유에 대해서는 그 순간에는 잘 알지 못했지요. 진짜 원하는 게 정확히 무엇이었는지, 모르는 게 너무 많았습니다. 나 자신에게 너무 무지했고 미안한 날들이었습니다. 매일 소원하고 기도하며 꿈에 그리던 그의 얼굴을 다시 본 순간 나는 소원을 이룬 행복감을 느끼지 못했습니다. 나는 행복하지 않았고 모든 감정이 혼란스러웠고 힘들었습니다.

오가는 사람들, 특히 젊은 사람들이 많은 활기 넘치는 시내에서 만나 맛있는 초밥집에 들러 식사도 하고 연인들이 북적이는 유명한 프랜차이즈 카페에 들러 꾸덕꾸덕하게 달콤함이 뭉친 초코케이크 한 조각과 폭신한 휘핑크림이 돌돌돌 예쁘게도 높이 쌓여 올려진 달달한 커피도 마셨습니다. 그리고는 시내에서 다소 떨어진 거리에 있는 가본 적 없는 낯선 동네의 낯선 극장에 들어갔습니다. 자동차 꼬리에 바퀴가 떨어질 듯 말 듯 아슬아슬하게 붙어있던 투박하면서도 미니멀한 느낌의 흰색 자동차. 아마 코란도였던 걸로 기억합니다. 코란도를 타고 다니던 그가 차를 어디에 두고 온 것일까요. 돈이 없어서 팔아버렸을까요. 도대체 무엇을 타고 나를 만나러 본인 집에서 1시간도 더 걸리는 거리로 튀어나온 것인지 그 날은 궁금해하지도 묻지도 않는 나였습니다.

시내에서 나와 왜 먼 곳에 있는 극장까지 걸어갔을까요. 극장이 목적이 아니었고 걷는 게 목적이었을까요. 어떤 복잡하고 어려운 생각을 하며 걷다가 갑자기 극장을 발견해서 들어간 것일까요. 나에게 돈이라도 빌리려는 목적이 있었던 걸까요. 모르겠습니다. 도무지 개연성 없고 로맨틱하지도 감성적이지도 설레지도 슬프지도 않은, 데이트 같지 않은 무미건조한 데이트였습니다.

어쨌든 우리는 극장에 들어갔고 가장 빠른 시간대에 남은 표가 있는 관심 없는 장르의 영화를 시놉시스도 미리 읽어보지 않고 보았습니다. 지금도 그렇지만 그 당시에도 유명했던 젊은 남자 배우가 주인공으로 출연한 범죄 액션물이었습니다. 청소년 관람 불가였는데 지금 다시 찾아보니 평점도 아주 높고 작품성까지 인정받은 좋은 영화더군요. 하지만 지금 시놉시스를 읽어봐도 전혀 기억나지 않는 영화입니다. 영화 내용도 그의 표정도 전혀 기억이 나지 않습니다. 그때 극장에 앉아 있던 나의 시간은 쓸모없고 재미없었으며 그 어떤 의미 부여도 귀찮은 버려진 시간에 불과했습니다. 어딘가 찜찜한 분위기에 압도되어 본 영화는 영화가 아니었을까요.

날 둘러싼 혼란과 우울함 너머 상영되는 영화 내용에 관여할 수 없을 만큼 바쁘게 요동치던 내 안의 가여운 감정들, 바보 같던 그날의 무기력한 내가 기억납니다. 그때의 나와는 많이 멀어진 이곳에서 안전하게 과거의 나를 지켜보는 지금의 나는 이제야 그때의 어리석음을 이해하고 당신을 원망하고 있네요. 이 또한 미래의 내가 후회할 모습일 수도 있겠군요. 하지만 절대 잊지 마세요. 말하고 싶은 모든 것을 말해도 된다고 먼저 말해준 건 당신임을.

**샐리** : 마음을 열어 지난날의 후회를 말해주어 고마워요. 그 오래된 아카데미 극장을 기억해요. 지금은 폐업한 곳인데 그 시절 그 건물 사진을 인터넷 검색으로 찾아볼 수는 있어요. 최근에 그 사진을 보았나요? 아무런 느낌이 없죠? 좋은 감정이 떠오르지도 나쁜 감정이 떠오르지도 않는 그 기억은 추억도 악몽도 아닌 힘없는 시간일 뿐입니다. 시간이 흐를수록 더 먼 곳으로 숨어들 흐리고 생기 잃은 기억 따위.

당신은 그 사람을 그리워했고 잊지 못했습니다. 여전히 사랑한다 믿었고 그가 사라진 일상의 변화를 받아들이기 힘들어했습니다. 그가 없어도 당신의 삶은 충분히 행복할 수 있는 여건들이 있었지만 당신은 지나간 그를 보고 있었기에 당신의 삶의 가치들을 알지 못했습니다. 그가 당신 곁에 다시 존재한다는 안도와 버림받지 않았다는 사랑의 환상이 필요했던 당신. 그의 태도와 마음들을 제대로 들여다볼 수 있는 통찰력을 잠시 잃어버렸던 겁니다.

어쩌면 저도 당신과 같이 진짜 중요한 걸 놓치고 뚫린 마음을 다시 메꾸려는 일에 혈안이 되어있었을 겁니다. 우리는 그의 행보가 당신에게 어떤 영향을 끼칠 것인지 여유롭게 예측해 보지 못한 채 떠난 그의 마음을 되돌려 순간의 안정감을 느끼고 싶었습니다. 이성적이지 못하고 감성적이었으며 사리분별에 흐려진 채로 그를 거짓 사랑하고 있었습니다.

지금 돌이켜 보면 당신도 나도 잘못 생각했음을 느끼지만 그때의 우리는 더할 나위 없이 옳은 판단을 했다고 생각했습니다. 원하는 기도를 선택하며 최선의 노력을 했었죠. 그때의 우리에게 지금 우리가 하는 생각들을 강요했다면 더 깊은 우울감에서 오랫동안 빠져나오지 못했을 것이라는 사실은 당신도 부정할 수 없을 것입니다. 지금의 나도 그때의 나도 그 사실만큼은 잘 알고 있을 겁니다. 단지 모른 척하고 싶은 부분은 모른 척한 채 이별의 패배감을 삭제하고 싶었던 거죠. 모든 게 최선의 선택이었고 지나간 잘못된 선택들이 다듬어져 지금의 깨달음과 깨끗한 객관화가 가능해졌음을 알려드립니다.

**고객** : 미안하지 않은 마음으로 떠났었고 불순한 마음으로 돌아왔을 그의 알량한 마음의 소리를 당신도 들었겠군요. 듣고 싶지 않아도 들리던 그 사람의 지저분한 본심 앞에 맞서던 나의 마음의 소리도 들었었나요? 그를 원했던 사랑의 힘이 빛의 속도로 쇠잔해지던 그 소리. 새 못이 바로 녹슬어 버리듯 소스라치는 그 쇳소리의 낯섦과 가슴에 박히는 서러움. 어떻게 해도 자세히 형용할 수 없는 그 기분 나쁜 소리들이 머릿속에 뱅글뱅글 돌아갈 때 당신은 듣고 있었나요? 그날도 당신은 나를 보고 있었나요?

**샐리** : 최악의 감정들에 빠졌을 때에 그중에서 가장 안전한 감정을 찾아 의지하고, 서서히 혹은 빠르게 탈출하고, 해내고 이겨내고, 또다시 미끄러지고, 졌다가 이겼다가, 또 속았다가 믿었다가, 잘 알 것 같다가 뭐가 뭔지 아무것도 모르겠다가, 웃었다가 힘들어졌다가 다시 웃을 때에도 당신은 포기하지 않았어요. 내가 당신을 포기하지 않았기 때문이에요. 당신은 날 원망하면서도 의지했고 미워하면서도 위로받았어요. 간절히 원했던 건 그 사람이 아니었음을 깨달았을 때에도 당신이 짓던 표정에 드리운 절망을 방패 삼아 안도의 한숨을 내쉬었던 내 한숨 소

리를 당신은 기억해 낼 수 있어요. 저는 절대로 당신의 과거를 후회스러운 과오로 그려내지 않을 거예요. 미성숙한 어린 감정들을 존중하고 최선을 다했던 성숙한 태도를 담백하게 그려낼 거예요.

**고객** : 돌아오길 바랐던 사람의 실체를 눈으로 다시 확인했을 때 깨달았죠. 이별이 힘들고 공허했던 이유는 그 사람의 존재 자체의 소중함이 아니라 전혀 예상치 못했던 이별 통보에 의한 충격 여파라는 것을. 사랑의 환상에서 빠져나와 냉정하게 생각해 보면 그 사람과의 이별이 나의 삶에 절망이 될 만큼 우리 사이에 있던 사랑의 신념은 고결하지 않았음을. 절절한 사랑도 아니었고 대단한 결속력도 없었으며 흥미로운 공통점도 따듯한 배려와 감동적인 사랑 표현도 없었으니까. 쾌락의 욕망과 호기심과 얕은 재미 그뿐. 우리는 서로에게 아름답게 스며들지 않았음을. 지나고 나서야 깨닫는 진짜 우리의 관계.
다시 만난 그의 태도가 조금 더 다정하고 편안했다면 더 진지한 관계로 발전할 수 있었을까. 우리의 미래를 함께 변화시키며 많은 것이 달라졌을까도 생각해 봤어요. 혹여 사업에 크게 성공하여 외제차를 타고 나타났거나 기품있는 정장과 명품 구두 차림에 온화한 미소를 띠며 정갈하게 박음질 된 깊은 안쪽 주머니에 내게 줄 고가의 다이아몬드 반지를 품고 걸어왔더라도 그 천박한 발걸음 소리는 날 지치게 했을 거예요. 지갑이 두꺼워졌어도 그 날의 데이트 비용은 버릇처럼 내가 다 부담하게 했을 거예요. 언제라도 변할 수 있는 그 가벼운 마음과 화려한 여성 편력은 죽을 때까지 고칠 수 없는 불치병임을 알고 있고 절대 간과할 수 없는 중차대한 사안이에요.

제가 천재 의사가 된다고 한들 그 병을 고쳐줄 수 없을 거라는 확신이 이렇게나 그득그득한데 그와의 해피 엔딩을 어떻게 새롭게 믿고 기도하며 살아갈 수 있겠어요. 믿을 수 없는 일은 이뤄지지 않는다 했잖아요. 나는 절대로 그의 곁에서 다시 행복할 수 없어요. 그가 평생 나를 사랑한다는 것을 믿을 수 없고 믿기 싫어졌거든요.

**샐리** : 그를 완전히 잊어서 다행이고 행복합니다. 그 사람은 그 사람의 세계에서 행복하기를 바랍니다. 당신도 당신 세계에서 더 행복할 겁니다. 진짜 원하는 게 무엇인지 예전보다 훨씬 신속하고 정확하게 알아차리고, 최대한 후회하지 않을 선택들을 결정할 줄 알게 되며, 지난 일에 더 이상 후회의 감정으로 에너지를 낭비하지 않고 당신이 제대로 믿을 수 있는 사람을 만날 때 진짜 사랑 안에서 자유로울 당신의 모습을 이 그림에 온 마음 담아 기꺼이 드립니다. 아 참, 그리고 그는 절대로 다시 돌아오지 않을 거니 마음껏 안심하시고요.

# 관종 놀이

**샐리** : 안녕하세요. 그대는 그대로 가게에 오신 것을 환영합니다. 당신이 의심 없이 믿을 수 있는 일들을 선명하게 그려내어 이뤄지도록 도와드릴게요. 하고 싶은 이야기를 꺼내주시면 이야기의 흐름이 당신의 미래에 긍정적으로 각색되도록 필요한 그림을 그려드릴 거예요.

고객 : 안녕하세요. 정말 거기 그대로 계신가요? 저는 제가 몇 명인지 모르겠어요. 어제의 나, 일주일 전의 나, 한 달 전의 나, 일 년 전의 나, 또 일 분 전의 나, 오 초 전의 나, 바로 지금 말하고 생각하고 행동하는 나, 내일의 나, 내일모레의 나…… 평행 세계의 또 다른 수많은 나 그리고…… 모르겠어요. 잘 모르겠습니다. 당신이 나를 가장 잘 알아준다고 들었습니다. 하지만 나조차 나를 잘 모르는데 어떻게 당신이 나를 잘 안다고 말할 수 있죠?

샐리 : 당신을 잘 알고 있습니다. 당신과 함께 모든 걸 느끼고 생각하고 천천히 모든 것을 받아들이며 수많은 당신을 향해 가서 셀 수 없는 세상 속에서 적응하고 있습니다. 당신은 내 목소리를 듣고 있고 믿고 있고 의지하고 있고 궁금해하고 있습니다. 수많은 당신들을 시간이라는 기준으로 구분지어 경계의 선을 긋는 일이 반복되면 우리는 힘들어질 것입니다.

고객 : 제가 원하는 저는 어디에 있죠?

샐리 : 매 순간 당신을 따라다닙니다. 당신 가까이에서 현재라는 시점에 매달려 매 순간 변화하는 당신을 가장 가까운 곳에서 제일 먼저 관찰하고 느끼고 함께합니다.

고객 : SNS에 항상 원하는 모습의 나를 전시했지만 왜 이런 게시물을 업로드한 것인지 후회하고 창피해하고 삭제하고 또 업로드하는 반복

된 나의 모습들은 모두 내가 맞으면서 내가 아닙니다. 미래로 도망치고 난 뒤에도 과거의 시간 안에 멈춰진 나의 기록들은 늘 수치스러운 얼굴로 멀지 않은 곳에 남아 미래의 나를 지켜봅니다. 이렇게밖에 설명할 수 없는 내 마음을 제대로 알아볼 수 있습니까?

**샐리 :** 스스로가 원하는 상황 속에 놓인 자신의 근황만 전시한 게 맞습니까? 원하지 않는 일을 겪은 것도, 갖지 못한 것에 대한 갈망의 허상도 전시하지 않았습니까? 마음에 쏙 드는 자랑하고 싶은 모습이나 경험, 장소 등과 관련된 사진과 영상, 글들을 게시했었지만 뜻밖에 달라진 상황이나 가치관으로 인해 자랑거리에서 숨기고 싶은 경험으로 마음이 바뀐 적도 있지 않았습니까? 이 모든 게 당신의 것이며 당신이 선택한 당신의 소유물이 맞습니다. 삭제하고 싶은 게시물을 뒤늦게 삭제한다고 해서 삭제 전 당신 게시물을 몰래 캡처해 놓은 누군가의 사진첩까지 삭제할 수는 없는 노릇입니다. 당신이 삭제한 게시물을 갖고 있는 누군가가 그 사진을 다시 올린다고 해서 큰일이 날 법한 불운한 상황도 딱히 없습니다.

몇 년간 관리해 온 SNS 계정의 게시물보다 많은 당신은 매 순간 누군가의 생각보다 시시하고 누군가의 생각보다 대단했습니다. 지금 당신의 뇌에 업데이트하고 새 프로그램을 깔아도 모든 지나온 날들이 업데이트되어 항상 마음에 들게 수정되거나 포맷할 수 없습니다. 갑자기 옆구리에서 날개가 자라난다든가 200살까지 수명을 연장시켜 주는 등의 그림을 그려줘도 터무니없는 초능력이라 치부하며 당신이 날 믿지 못할 것을 압니다. 나답지 않은 수많은 과거의 내 생각과 사진을 굳이 이해하려 애쓰지도, 내가 아님을 부정하지도 말고 매 순간 당신의 삶을 인정해 주세요. 이를테면 극단적인 예시로 아주 오래된 당신의 게시물 중 현재의 당신이 싫어하는 사진을 보고도 못 견딤에 무뎌질 수 있으면 좋겠어요. 무뎌질 수 없다면 찰나의 순간 안에 넣고 가둔 뒤 빠져나와 먼 곳에 서서 바라보세요. 창피함은 착각일 수도 있고 금세 소멸될 수도 있습니다.

촌스러운 싸구려 선글라스와 요리를 하려는 것인지 그림을 그리려는 것인지 어수선한 베레모를 비스듬히 눌러쓰고 데님 조끼 안으로 보이는 커다란 십자가 목걸이, 주머니가 무릎 밑쪽까지 흘러내린 카고바지에 허세 가득한 멋진 표정과 포즈로 대중교통 안에서 온갖 폼을 잡고 찍은 사진과 말도 안 되는 오글거리는 글들. 패션의 유행은 분명 돌고 돌지만 그 시간 안에서만 허락될 것 같은 그 무언가에 몸서리쳐지고, 지금의 내 견해와 감각 등 모든 게 맞아떨어지지 않아 견딜 수 없는 오답으로 느껴지고, 지금의 나와 전혀 부합하지 않는 사진 속 나를 둘러싼 그 모든 것, 말로 다 이루어 설명할 수 없는 그 특유의 분위기는 나와 함께 미래로 가고 있는 SNS에서 퇴출시키고 싶은 사진이지만 달리 생각해 보면 별일 아닌 행복한 추억 한 장일 수 있습니다.

생각 나름이라고 나를 진정시키기엔 마음에 들지 않는 그날의 나. 이 사진은 어떤가요?

**고객** : 으, 지금보다 10kg은 더 나갈 때예요. 절대 다시 쓰고 싶지 않은 모자와 밑위 길이는 짧고 발목 밑으로는 너무 길어서 발밑까지 흘러내려 먼지가 들러붙은 시커먼 바지 밑단, 허리에 붙은 눈치 없이 화려한

칠천 원짜리 벨트까지. 잔뜩 멋을 내고 싶은 젊은 시절 설렘은 여과 없이 보여주고 싶으면서도 꽁꽁 감추고 싶어요.

그때는 자주 몰려다니는 친구 놈들이 있었죠. 거의 매일 만나던 친구들이었죠. 주머니에 푼돈을 찔러넣고 슬리퍼 질질 끌고 나와 모여도 주눅 드는 녀석 하나 없었더랬죠. 새 여자친구 이야기에 깔깔대고 피시방에서, 동네 허름한 호프집에서 소리 지르고 열을 올리며 놀다가 때로는 아직 먼 미래를 예측해 보며 불안해하기도 했어요. 하지만 전혀 무겁지 않은 고민들은 잠깐씩이었고 그리 심각해하지 않았어요. 시답잖은 농담들과 비속어들을 경쟁하듯 주고받으며 철없이 행복한 시간들을 보냈었죠. 그 시간 안에 다시 들어간다면 걱정들은 사라지고 자유로워질까요?

그때는 뭐가 고민이었을까요. 친구들끼리 사소한 다툼, 여자친구, 과제, 부모님께 털어놓지 못한 학점과 담배 등. 지금 생각해 보면 그 시절에 했던 고민은 참 고민도 아닌 것 같은데요. 그때 우리도 고민이 있었고 힘든 점이 있었던 것 같아요. 좋았던 것만 기억이 나서 잘 생각나지 않지만. 10년 뒤의 나도 지금의 내가 하는 고민들을 까맣게 잊어줄까요? 아무튼 그때로 돌아간다면, 음. 지금처럼 먹고 싶은 것도, 가고 싶은 곳도, 책임져야 할 것도 너무나 많아진 우리가 그때처럼 마냥 깔깔대며 속없이 맘껏 웃을 수만 있을지 문득 자신이 없어지네요. 다들 사는 게 바쁘고 가정에 충실하게 생활하느라……. 이런 말은 어쩌면 핑계고 명확하지 않은 사건들로 소원해지고 멀어지고 흩어져 더 이상 서로를 가까이 공유하지 않게 되어버렸어요.

그 시절 친구들과 시내에 밀집되어있는 의류 상가에서 최신 아이템을 구입하며 기뻐했고 우리는 멋스러웠고 나름 그날그날이 만족스러웠고 행복했는데 그 만족감의 형태가 기억이 나지 않네요. 철없던 시절을 함께했던 녀석들은 내 인생에서 흐려졌고, 철이 들면서는 나이가 들었고, 열심히 일했고, 조금씩 형편이 나아졌고. 그렇게 몇 년 지나다 보니 어느새 그 시절 다니던 옷가게들은 발길을 끊게 되었네요. 백화점과 누구나 알 법만 브랜드의 옷들만 사 입게 되고 시간이 지나고 이 사진을 보니 그때 입은 옷들이 왜 이렇게 볼품없어 보이는 건지.

참 간사하죠. 보이는 소유물을 통해서 그 사람의 가치와 경제력이 판단되는 게 싫다고 말하던 저였는데. 아직도 저렴한 옷을 입고 다니는 친구 옷이 멋지다 좋다 유니크하다 느껴질 때가 많은데. 제 능력으로 구입하기에 부담스러운 명품들은 관심도 없었는데. 아, 시계는 갖고 싶긴 하더라고요. 고가의 손목시계 하나 있으면 뭔가 삶의 가치가 올라갈 것 같다는 생각을 최근에 한 적이 있네요. 잘 모르겠습니다. 제가 변한 건지 변한 시간 속에 제가 묻어나는 건지.

**샐리** : 사진 한 장으로 그 시간 속의 추억이 소환되었군요. 그때에 당신이 좋아하던 옷과 그 옷을 구입한 장소, 그 장소에 같이 가던 친구들, 그 친구들과의 대화, 그들과 같이 걷던 길, 같이 다니던 피시방 의자 느낌, 그때 하던 게임의 재미와 그들과 당신의 고민, 관심사 등 생각보다 많은 게 들어있는 사진이네요. 인화해서 한 장 남겨놓아도 좋을 것 같아요. SNS에서는 삭제하고 싶으면 삭제하고요. 인화하기에 뭔가 내키지 않으면 그 사진도 그려줄게요. 사진에서 그림으로 잘 옮겨놓을게요. 당신이 사진을 보고 떠올리는 모든 기억까지 다 담아서.

수많은 당신들 중 순간순간에 선택된 이미지들이 당신의 SNS에 게시되고 또 삭제되죠. 당신은 끝없이 당신을 알고 싶어 하고 원하는 모습을 만들고 싶어 하고 힘든 모습을 위로받고 싶어 하죠. 행복을 과시하고 싶어 하고 불행을 위로받고 싶어 해요. 당신은 낯은 가리지만 관종인 편이죠. 내성적이지만 나대는 편이고요. 얌전하지만 흥이 많은 편이고 현실적이지만 비현실적이고요. 보세 옷을 좋아하기도 하고 고가의 브랜드 옷을 좋아해도 아무렴, 괜찮아요. 지독한 자린고비도 아니고 허세 가득한 낭비쟁이도 아니며 누군가의 소유물 가치를 비난하거나 득템으로 우쭐대며 꼴사납게 굴지 않으니 순수함이 퇴색되었다고 자책하거나 자신이 변했다고 생각하며 가치와 판단력 따위를 고찰할 만큼 심각하거나 중요하게 생각하지 않아도 됩니다.

행복할 때 행복한 사진을 올리기도 했고 억울할 때 억울함을 호소하는 글을 쓰기도 했죠. 슬픔에 빠져 낯빛이 어두울 때 셀피를 찍고 무지갯빛 필터를 씌우고는 즐거운 일상 안에 있는 척하기도 했고 행복한 일을 겪어 안색이 빛이 날 때 흑백필터를 씌워 어딘가 모르게 고민이 있어 보이는 척하기도 했죠. 당신은 솔직하기도 했고 거짓 안에 숨기도 했어요. 다양한 감정들과 색깔의 마음을 인터넷 안에 뿌리고는 모두가 나를 알아줬으면 바라기도 했고 갑자기 아무도 몰랐으면 좋을 것 같은 두려움에 계정을 비공개로 전환하기도 했죠.

또 공개로 전환하여 사람들의 반응을 끌어모아 쥐고 있었고 또 비공개로 전환하여 사람들의 반응을 차단하기도 했죠. 예전의 당신이 쓴 글에 설명을 덧붙여 수정하기도 했고 자세히 쓴 일기 기록을 통째로 삭제한 뒤 키워드만 남겨두기도 했잖아요. 멈춰있지 않고 바쁘게 움직인 생각의 흔적들 모두를 제가 흔쾌히 이해하고 저장하고 있어요. 당신이 망각하고 싶은 기억은 저장 공간의 문을 살짝 닫아서 당신이 쉽게 찾을 수 없는 곳에 숨겨둘 거예요. 당신이 기억하고 싶은 기억은 저장 공간의 문을 활짝 열어 쉽게 찾고 추억할 수 있도록 잘 보이는 곳에 보관할게요. 좋음과 나쁨을 명확하게 구분할 수 없는 기억들도 안전하게 가지고 있을게요.

기억의 저장은 제가 관리할 테니 당신은 원하는 대로 자신의 모습을 선택하고 즐거울 수 있는 SNS 계정 관리를 해보세요. 지금 당신 계정 안에 있는 게시물들은 당신이 크게 동요하지 않고 볼 수 있는 사진들이네요. 지금과 멀어진 과거의 사진들을 붙잡고 사진을 해석해 보세요. 제가 만든 이 깊이 일렁이는 파도에 누워서 천천히 파도 안으로 등을 밀어보세요. 파도 소리는 귀를 찢지 못하고 깊은 파도는 당신을 삼키지 못합니다. 물속 깊이 빠질 것 같은 두려움도 물 밖으로 튕겨져 나올 것 같은 불안감도 없는 부드러운 물결은 당신의 추억을 받쳐주며 더운 마음은 식혀주고 서늘한 마음은 데워줄 거예요.

오랜만에 들여다보는 사진 속에 여전히 안전하게 보관되어 있는 것들. 지금 곁에 없는 사람들이나 지금 내 옷장 안에 없는 그 옷, 두 번 다시 못 갈 것 같은 멀고 먼 여행지, 먹고 잔뜩 배탈이 나서 다시 먹고 싶지 않은 음식, 지금보다 통통한 그때의 내 몸매, 주름 없는 피부와 충치 없는 치아, 다치기 전 흉터 없는 발목, 망해버린 전 직장에서의 시원섭섭한 마지막 근무 기록 사진 등 삶의 교집합 안에 묶어둘 수 없는 흘러간 무수한 일들을 떠올리며 당신이 느낀 감정은 슬픔만이 아님을 잘 알고 있습니다. 무지갯빛 감정들이 잔잔하게 휘몰아치며 단단한 가슴 위로 쿵쿵거리기도 하고 따스한 부드러움이 얌전히 다가오기도 하니까. 당신의 모든 것이 소중함을 제가 알고 있습니다. 오직 나만이 당신의 모든 순간을 이해해 주고 알아줄 것을 약속합니다.

**고객 :** 여전히 나는 바라고 바라는 자신의 모습과 마음에 들지 않는 모습 등 수많은 진짜 나를 평가하고 있고 매 순간 변심할 내가 과거와 미래의 나에게 위태로운 잣대를 들이미는 것 같은 기분입니다. 여전히 나는 마음에 들지 않은 순간들을 버리고 싶고 또 한편으로는 손에 쥐고 싶습니다. 존재하는지 존재하지 않는지 실체가 확실하지 않은, 손 안에 꽉 쥐어진 이 잣대를 내일의 나에게 또 일주일 뒤의 나에게 의미 없는 바통을 넘겨주며 불필요한 과제를 떠넘기는 느낌이랄까요. 인생에서 중요한 일들은 충분히 잘 흘러가고 있기에 부수적인 잡생각들을 미래로, 먼 미래로 내던지는 걸까요. 아니면 진짜 중요한 일들을 제가 놓친 채 잘못된 바통을 쥐고 있는 걸까요. 이 또한 답을 모르겠지만 지금 해답을 듣고 싶지 않습니다. 아직도 나는 내가 누구인지 몇 명인지 궁금해합니다. 시간으로 구분 짓지 않는다면 나라는 존재는 셀 수 없이 많거나 오직 한 명뿐이거나.

그런 나에게 최선을 다하는 방법은 막연하고 모든 생각과 호기심이 부끄럽기도 합니다. 뚜렷한 목적이 보이는 인생의 사건들에 대해서만 거론하고 말할 수 있는 세상이라 느꼈는데 뒤죽박죽 모양이 무언가 떳떳하지 못하여 늘어놓지 못했던 지루하고 초라한 이야기에 돌을 던지지 않고 관심을 보여주어 감동입니다. 이곳을 나가서 당신을 잊고 지내며 크게 문제 되지 않는 일상을 견뎌냄은 어렵지 않습니다. 하지만 할 일

없는 오후에 햇빛이 들어오는 거실에 앉아 아메리카노를 마실 때면 해결되지 않은 생각들과 정리되지 않은 마음들이 또다시 둥둥 떠다닐지도 모를 일입니다. 마음에 얹힌 문제가 정확히 무엇인지 모를 순간들을 자꾸만 마주쳐도 지금의 안도감을 느끼며 일렁이는 물결 위에 누워 쉴 수 있을 것도 같네요.

당신의 그림들을 보며 나의 모든 순간을 이해받고 있다는 느낌이 듭니다. 또 제가 소중하다는 말이 진짜 제게 필요한 것이었음을 알았습니다. 문제가 다른 곳에 있을 때도 있고 답이 다른 곳에 있을 때도 있습니다. 당신과 나는 다른 곳에 있을 때도 있고 항상 같이 있을 수도 있습니다. 당신의 관심 없이도 잘 지내고 싶으면서도 당신의 관심을 계속 받고 싶습니다. 언제든 당신을 찾으면 다시 만날 수 있을 거라는 믿음을 주어 감사합니다.


# 이심전심


**샐리** : 안녕하세요. 그대는 그대로 가게에 오신 것을 환영합니다. 당신이 의심 없이 믿을 수 있는 일들을 선명하게 그려내어 이뤄지도록 도와드릴게요. 하고 싶은 이야기를 꺼내주시면 이야기의 흐름이 당신의 미래에 긍정적으로 각색되도록 필요한 그림을 그려드릴 거예요.


**고객** : 두 시간 전에 미용실에 다녀왔어요. 집 근처에 미용실이 여러 곳 있지만 오늘 다녀온 곳은 세 번째 방문이었어요. 지금 사는 지역에 이

사 온 이후로 다른 미용실도 두 군데 가본 경험이 있었거든요? 장단점이 다르지만 이곳이 가장 편하다고 말해야 하나. 딱히 편하지는 않은데 그렇다고 불편한 것도 아니고. 아닌가. 불편한가. 음. 글쎄요. 그냥 이곳이 적당한 배려와 적당한 긴장감이 있어서 여러 번 방문하게 되었습니다.

지난번 가본 곳 중 한 곳은 매우 친절하고 제 의견을 자세히 묻고 존중해 주는 느낌이었어요. 제가 미용 쪽 전문가가 아니라서 정확히는 모르지만 기분상으로 미용사님이 뭔가 손이 느린 것 같았어요. 펌 기계에 연결한 끈이 중간에 뚝뚝 떨어져서 다시 달려오시기도 했고 순간 정수리가 탈 듯 뜨거워서 기계를 다시 조작해 주시기도 했는데 조심스럽게 움직이는 차분한 손짓은 시간을 잡아두는 마법사의 손처럼 제 하루를 길게 만드셨죠.

시술 뒤 머리를 감겨주는 앳된 여자분의 부드럽고 긴장된 손가락의 느낌도 시간을 한 꺼풀씩 꺼내어 세며 늘어놓듯 어색한 침묵을 흘려보냈고 수북한 머리숱을 힘있게 날리며 드라이기로 강풍을 쏘던 남자분도 거울 속 내 앞모습과 거울 밖 뒤통수를 번갈아 바라보며 뇌 속까지 건조시킬 기세로 아주 오랫동안 드라이기를 쏴주셨습니다. 모두가 불필요한 질문은 하지 않았고 스타일에 관해서만 질문해 주셔서 사생활을 침해하지 않으려는 배려는 좋았죠. 최신 유행이나 제게 어울리는 머리 모양을 피력하지 않았고 고가의 시술이나 헤어 에센스 구입을 권하지도 않았습니다.

그곳은 원래 그런 곳일까요? 제가 말을 걸기 어려운 인상이어서 말을 걸지 않은 걸까요? 미용사분이 원래 말이 없는 편일까요? 고가의 시술을 권하지 않은 것도 그 미용실의 원래 분위기일까요? 아니면 제가 돈이 별로 없어 보여서였을까요? 혹시나 떠오르는 추측일 뿐 기분이 나쁘거나 마음에 들지 않은 것은 절대 아닙니다. 모두가 친절했고 적당한 거리를 유지하려 애쓰셨으며 긴 시간 동안 신중하고 꼼꼼한 시술을 위해 애써주셨죠. 쓸데없는 궁금증이 많이 떠오르지만 이내 가라앉고 길게 생각하지는 않아요. 대답해 주지 않으셔도 괜찮습니다.

또 다른 미용실 경험담도 이야기해 볼게요. 평일 저녁 조금 일찍 퇴근하던 날 우연히 갔던 곳입니다. 그곳은 오픈한 지 며칠 안 된 곳이었는데 여자 사장님 두 분이 운영하시는 곳이었습니다. 한 분은 오늘 휴무이기 때문에 출근하지 않으셨다 했고 출근하신 여 사장님 혼자 허둥지둥 분주히 움직이는 모습으로부터 발산되는 사회 초년생의 풋풋한 향기가 미용실 특유의 향까지 뒤덮고 진하게 풍겨왔습니다. 사용 흔적이 거의 없는 새 의자는 안마의자처럼 폭신하고 깨끗했으며 발을 편히 뻗을 수 있도록 발 받침대가 움직였습니다.

어색하게 과한 친절함은 나의 너그러움을 방출시켰고 행여나 미안해할까 봐 불편함도 참아야 하는 분위기에 갇혀 긴장감을 나눠 가졌습니다. 무릎 위 담요와 쿠션, 거울 앞 미니 테이블에 놓인 녹차, 사장님 인생 정보와 저에 대한 백문백답들은 신선하고 불편했으며 기분 좋은 어색함이었습니다. 발 받침대를 올려 편히 앉아 계시라고 신발을 벗을 것을 권했고 하루 종일 땀나게 일하던 발에 붙은 발 냄새가 창피했지만 얇디얇은 양말에 의존하며 벗었습니다. 발 냄새가 분명 천장까지 퍼질 것 같았지만 그 생각은 입 밖으로 내뱉지 못한 채 신발을 벗어 버렸어요. 공기청정기가 켜져 있었다면 빨갛게 열 받은 숫자가 치솟았을 텐데 다행히도 공기청정기는 보이지 않았답니다.

신발을 벗고 곱게 뻗은 제 다리를 확인한 뒤 의자 밑에 달린 발 받침대를 올려주셨는데 저의 짧은 다리 길이를 무시한 채 올라오고 또 올라온 발 받침대 때문에 거의 직각 자세로 앉아있게 되었습니다. 두 발을 꼬면 두 발의 발 냄새가 합해져 진해질 것만 같았고 꼰 다리와 팔짱의 조합으로 버릇없는 갑질 고객 느낌이 날까 봐 불편하였습니다. 그래서 두 다리의 간격을 벌리자니 뭐랄까. 기저귀를 갈아주길 기다리는 아기가 된 기분이랄까.

아무튼 친절함과 호의가 기분 좋으면서도 불편함에 온 신경이 곤두서게 되는 곳이었습니다. 그리고 생각보다 비용이 비쌌어요. 게다가 질문 공세에 답변을 해드리면 또 그 답변에 리액션을 해주시는데 그 말과 행동들이 오글거리게 저를 하늘로 띄워주셔서 제가 본의 아니게 잘난 체를 하는 사모님이 된 기분이었습니다.

이렇게 두 군데의 미용실 경험을 한 뒤로 세 번째 방문한 이 미용실로 정착하게 되었어요. 제가 너무 까다롭고 소심한 걸까요?


**샐리** : 상대방의 말과 행동 하나하나를 예의주시하며 그 의미를 찾아 촉각을 곤두세우고 너무 많은 생각을 만들어 낸 결과는 불편함이었군요. 못마땅하다고 말할 정도는 아니지만 다시 가고 싶지 않은 그 느낌을 알 것 같아요. 까다롭고 소심한 게 맞다고 말할 정도는 아니지만 아니라고 말해주기도 애매한 느낌. 그날의 감정을 솔직히 말해주어 고맙고 흥미로워요.

당신은 그날 만난 사람에게 불편함을 들키지 않기 위해 노력했고 친절했어요. 어떤 사람은 그 사람의 모든 말과 행동에 편안함을 느꼈을 거예요. 당신이 그렇게 느끼지 못했던 건 당신이기 때문이죠. 모두가 다른 감정의 소용돌이를 굳이 모양이나 속도를 맞춰 함께하느라 힘을 빼지 않아도 충분히 괜찮아요. 스쳐 지나가야만 하는 인연들에게 서로 부드러운 손가락의 스침 정도로 지나가도 괜찮아요. 날카로운 손톱을 으스대며 긁지 않아도 각자 원하는 곳으로 웃으며 지나갈 수 있겠죠. 모두가 모두에게 좋은 사람, 편안한 사람이 될 수는 없잖아요. 당신도 누군가에게는 편안하고 좋은 사람이고 누군가에게는 불편하고 싫은 사람일 수도 있겠죠.

나는 당신이 편안하고 좋습니다. 당신도 나를 편안하게 생각해 주어 당신이 겪은 이야기와 그 이야기 안에 담긴 감정까지 말해주어 감사합니다. 두 곳의 미용실을 거치고 세 번째 발견한 미용실은 어땠나요? 앞서 가본 곳들보다 장점이 많았나요? 재방문한 이유도 궁금합니다.

**고객 :** 세 번째 미용실을 이야기하기 전에 까다롭고 소심한 거냐는 질문에 대한 샐리님의 대답을 생각해 볼게요. 그렇다, 아니다는 대답보다 언어유희 같은 그 대답이 저의 실상을 잘 파악해 준 것 같으면서도 흐릿한 듯 선명한 말들은 분명 저를 위한 마음이 들어간 답변이군요. 그 날의 제가 까다로웠는지 소심하게 굴었는지 지금 판단하는 게 중요하지 않다는 생각이 들게 해요. 그냥 불편하게 떠오른 의문들을 박멸시켜준 느낌. 좋네요. 냉철한 추리로 날 혼내도 좋고 하얀 거짓말로 날 웃음 짓게 해도 좋은데 특별한 말들이 아닌데도 뭔가 예상을 빗나간 답변들. 이곳은 생각보다 따뜻합니다. 그저 날 이해하고 괜찮다고 말

해주는 말들이 필요했나 봐요.

이 동네에서 세 번째 방문한 미용실은 40대 후반 정도로 보이는 여자 사장님 혼자 운영하시는 곳이었어요. 대단지 아파트 상가에 위치하여 유동 인구도 많고 근처 상점이 많이 밀집된 곳이었어요. 트렌디한 프랜차이즈 미용실은 아니었고 낙후된 느낌도 절대 아니었죠. 사장님만의 철학이 담긴 듯한 유니크한 곳이었어요. 혼자 운영하시는 만큼 아담한 평수의 미용실이었고 적당히 깨끗한 인테리어에 구석구석 깔끔했지만 세월의 흔적은 진하게 묻어있는 게 적당히 클래식한 분위기였죠. 과한 친절이나 무례한 불친절은 일절 없었으며 한 그릇에 담긴 우유와 시리얼처럼 반말과 존댓말이 섞인 듯 안 섞인 듯 휘휘 저어 떠다니는 조합이 너무 자연스럽고 익숙했지 뭐예요. 물론 붙임성이 좋지 않아서 열 번 만나도 친구처럼 편해지지는 않을 것 같지만 그래도 제 기준에서 이 정도 느낌 이상이면 '그래도 또 올 만하다.'라고 느낀 곳이었어요.

아무튼 처음 방문했을 때는 예약 없이 갔어요. 주말이어서 그런지 두 분 정도 계셔서 기다렸다가 시술받았어요. 젊은 남성분과 나이 드신 남성분 두 분을 번갈아가며 시술 중이신 듯했어요. 젊은 남성분은 몇 마디 안 하셨지만 미용사분이 "원래 이렇게 하시잖아~ 이게 훨씬 나아요.", "요즘도 그 일은 계속 다니셔?" 등을 말씀하셔서 들리는 대화 내용만으로 초면이 아님을 알 수 있었어요. 또 나이 드신 남성분도 소탈하게 웃으시며 사장님의 가족분들 안부를 물으시는 대화 내용으로 단골임을 알 수 있었어요.

그곳은 최신 음악이 크게 울려 퍼지지 않았어요. 잔잔한 대화 내용들과 소리가 거의 없이 틀어져 있는 TV 화면, 휴대폰을 만지작거리며 안 듣는 척하지만 다른 사람들 대화를 엿들으면서 분위기를 파악하는 내 모습, 오래된 가죽 소파, 종이컵에 담긴 믹스 커피 등 이곳에 머무는 모든 것들이 새로운 곳에 대한 나의 긴장감을 누그러뜨리기에 충분했죠.

드디어 제 차례가 되었고 간단히 자르기만 할 건데 층은 없이 하고 싶고 앞머리는 이렇게 했으면 좋겠다는 등 원하는 바를 구체적으로 잘 설명해 드렸어요. 사장님은 "근데 언니 요만큼 말고 밑에 머릿결이 많이 상해서 이만큼은 잘라내는 게 좋은데? 묶이기만 하면 되잖아. 앞머리는 이런 식으로 이렇게 할게요?"라고 하는 등 제가 설명한 그대로보다는 사장님 의견을 더해서 절충안을 찾아 제안해 주셨고 크게 나쁘지 않아 알겠다고 말씀드리고 진행되었어요.

거주지와 하는 일, 가족 관계, 최근 겪은 일들 등 다양한 질문들을 주셨지만 한 가지 주제로 너무 깊게 파고들지는 않았으며 내 이야기를 듣고 좀처럼 이해할 수 없다는 듯한 갸우뚱거림도 없었어요. 그렇다고 호들갑 섞인 반응도 없었으며 지루해하지도 지나치게 재미있어하지도 않았어요. 오래된 편안함 위에 적절한 거리 유지를 올려 툭 툭 던지시는 그 질문들에 거부감이 들지도 않았고 신이 나서 내 이야기를 줄줄이 꺼내 늘어놓을 만큼 속을 뒤집어 보이고 싶지도 않았어요. 그냥 희미하게 느껴지는 편안함에 빨리 더 깊고 넓게 물들고 싶었죠. 딱히 곤란한 질문은 없었어요. 하지만 대답의 길이를 정하는 게 조금 힘들었어요. 힘들었다기보다는 어려웠어요. 단답형은 너무 차갑고 장황한 설명은 민폐일 것 같아서. 이곳의 분위기에 튀지 않고 함께 흘러가고 싶었거든요.

**샐리 :** 편안해질 수 있을 거란 기대감을 발견한 후 당신도 이곳의 단골이 되기 위해 노력했군요. 새로운 곳을 찾아 헤매는 것보다 편안해질 곳을 정해두고 마음을 두기 위해 마음에 드는 미용실을 정한 거예요. 그렇죠? 미지의 세계에서 눈치 보는 것도 재미있지만 각자에게 맞는 편안함을 찾아 머무르는 것도 인생의 재미라고 생각해요. 하지만 제 그림의 장소 배경은 미용실이 아닌걸요? 당신은 아직 하고 싶은 이야기가 끝나지 않았군요?

**고객 :** 질문에 답하는 건 그럭저럭 개괄적인 설명을 길지도 짧지도 않게 내뱉어서 성공적인 소통이었다고 느꼈는데 개인적인 이야기를 해주셨을 때는 어떤 반응을 보여야 할지 뇌 정지가 온 것 같았거든요. 아. 제가 혼란스럽게 말해도 어떤 말을 하고 싶은지 아시죠? 그러니까. 이게 별거 아닌 것 같으면서도 난감한 기분이었거든요. 새로운 인간관계 형성에 실패한 게 나라는 사람 같았고. 휴, 그때 미용실 사장님이 질문만 연속으로 해주실 때는 대답의 방향에 대해 고민하던 저로 멈춰졌나 봐요.

나를 향한 질문에서 본인에 대한 이야기로 흐름이 갑자기 변하니 당황했던 것 같아요. 그날의 상황에서 저에 대해 궁금해해 준다는 것에 경계심보다 흥미로움을 느꼈거든요. 그리고 갑자기 본인 이야기를 해주셨을 때는 "아, 그러셨구나."라는 말만 바로 내뱉어도 충분히 괜찮았을 텐데. 특별히 충격적이거나 전혀 공감하지 못할 사건에 대한 내용도 아니었고 지극히 일상적인 이야기였는데 왜 갑자기 대답을 못 하고 지나친 숙고의 늪에 빠져 멈춰버린 건지. 목구멍 너머 수많이 떠돌아 다니는 단어들이 입 밖으로 새어나오지 못한 채 침묵을 만들어 버렸지 뭐예요.

급진적인 대화 흐름이 감수성을 얼려버린 걸까요. 무엇이 나를 멈추게 했는지 모르겠어요. 처음 만난 사람, 친하지 않은 사람이라는 긴장감 과 어색함을 애써 누른 채 빨리 편해지고 싶었나 봐요. 소화가 잘될 거 라 기대한 맛있는 음식을 빨리 먹고 급체한 것 같았어요. 대답할 시기 를 놓친 채 시간이 흐르고 사장님을 어색하게 만들어 버린 것 같아요. 편안해지고 싶다고 정한 공간에 불편함을 끼었고 말았지 뭐예요. 침 묵 뒤에 뭘 붙일까 고민하다가 긴 침묵을 깨고 다른 주제의 대화를 시 작한 저의 모습을 떠올려 보니 더욱더 사장님의 이야기를 묵살해 버린 것 같아서 마음이 찜찜해요. 그 날의 저는, 진짜 마음은요, 두 군데의 불편함을 거쳐 이곳에서 편안할 거라는 기대감을 느꼈다고요. 친해지 고 싶었다고요. 모든 대화를 잘 나누고 싶었다고요. 뭔가 오해 없는 오 해를 설명하고 싶었다고요. 말로 다 전하기에는 아무것도 아닌 일 같 아서…. 이렇게 시답잖은 마음을 다 직접 말할 수가 없는 노릇이잖아 요.

그냥 이렇게 당신에게 찜찜한 마음을 털어나 봅니다. 어떤 그림을 그 려달라고 구체적으로 설명하기가 어려워요. 당신이 알아서 잘 그리고 있을 거라 기대합니다. 쓸데없는 작은 걱정일 수도 반복될 실수와 치 명적인 단점이 될 수도 있을 고민의 시작을 어떻게 잘 그려줄지 너무 설렙니다. 당신의 그림에 미용실이 없나요?

**샐리 :** 네. 없어요. 사장님 집을 그리고 있거든요. 미용실 사장님은 퇴근 후 집에서 쉬고 계세요. 당신의 침묵을 오해하지 않았고요. 사실 안중에도 없어요. 그 모습을 그리고 있어요. 당신의 의도하지 않은 침묵은 공격으로 해석되지 않습니다. 안심하세요. 아무것도 아닌 일에 마음 졸이지 마세요. 좋은 마음을 오해한 사람과는 그 오해가 원하는 방향으로 잘 풀리고, 풀리지 않을 오해가 생겼거나 좋아지지 못할 관계도 그런대로 차분히 오해가 잘 가라앉아 서서히 사라지게 될 겁니다.

대답이 생각나지 않을 때도 있고 마음에 걸릴 대답을 내뱉고 후회할 때도 있었겠죠. 내 마음을 잘 알아줬을지 이해했을지 상처를 받지 않았는지 의문스러울 때도 있겠죠. 말 거는 게 불편하고 말 안 거는 게 불편하고 어떤 말을 해야 할지 입안에서 대답을 혀로 굴리며 고민하고 고민하다 뱉었지만 왜 이런 말을 해줬을까 스스로가 낯설 때도 있겠죠.

더 나은 내일의 나를 위한 실수와 고민은 오늘의 내가 견딜 수 있을 정도만 남겨두고 나머지는 제가 부담할 수 있게 해줘요. 당신이 겪은 일상과 그 일상 안에 파고들었던 감정들을 숨김없이 보여줘서 다시 한번 감사합니다. 당신과 나는 공멸하지 않고 영원히 함께 모든 마음을 나눌 거예요. 나는 항상 이렇게 당신을 이해하고 공감하며 당신의 편에 서 있어요. 다치지 말고, 편안하고 단단한 마음을 향해 눈을 떠줘요. 그리고 또 나를 찾아와 주세요.

4장

비평과 다짐

1) 익명의 악평 모음

 [☆☆☆☆☆]

전문가와 비대면 상담 앱도 많은 세상에서 이런 가게는 영웅인 척하는 사기 같음. 케케묵은 생경한 말과 그림들. 그 어설프고 세련되지 못한 말들이 정말 웃깁니다. 비전문가가 하는 상담으로 편파적이고 감성적인 엉망진창의 상담.

ㄴ **샐리** : 만족시켜 드리지 못해 죄송합니다. 저의 초능력에 대한 믿음을 드리지 못해 안타깝고 슬픕니다. 저에게 악평을 던짐으로써 조금이라도 위안이 되었다면 좋겠어요. 저는 불만의 소리 몇 줄로 당신을 나쁜 사람이라 오해하지 않습니다. 나를 믿어주지 않아도 괜찮습니다. 가끔 나를 찾아와 솔직히 말해주고 어둠을 숨아내고 편안해지는 당신을 그리며 기다리겠습니다.

 [★☆☆☆☆]

나를 향한 무조건적인 편애가 버겁다. 객관적이지 못하다. 피로함을 당장 해결해 주지도 못하면서 그림으로 현혹해서 문제를 얇게 덮어 숨겨 놓을 뿐.

└ **샐리** : 무조건적인 편애가 버겁지 않도록 노력하겠습니다. 객관적으로 문제를 바라보면서, 충분히 공감하면서, 진실한 말을 전하도록 노력하겠습니다. 그림은 당신의 깊은 마음속 무언가를 시각화시켜 미래에 던지는 중요한 매개체입니다. 덮인 문제가 해결될 때까지는 그림을 걷어내고 싶은 마음에 현혹되지 마세요. 그림은 생각보다 힘 있고 무겁습니다. 해결되지 않는다면 해결되지 않아도 편안해지는 마음을 드릴게요. 그때까지 조금만 더 저를 믿고 다른 일들에 집중하며 시간을 보내보세요. 우린 반드시 다시 만날 겁니다.

---

 [★★☆☆☆]

이야기를 하는 동안 어떤 그림이 그려질지 궁금한 것 그뿐. 모든 게 자질구레함.

└ **샐리** : 그림을 확인하며 얻는 시각적인 즐거움이라도 꼭 가져가세요. 누릴 수 있는 쾌감을 일부러 버리지 마세요. 그림을 본 순간부터 우리가 같이 이뤄낼 힘으로 당신의 미래가

괜찮아지는 재미를 꼭 줄 거예요.

---

[☆☆☆☆☆]

플라시보 효과에 무임승차하려는 무능한 창업자.

└ **샐리** : 종교를 믿지 않는다고 해서 신이 없는 세상이라 함부
로 말할 수가 있을까요. 확인되지 않은 우주 밖 일들을 명쾌
하게 결론지을 수가 있을까요. 플라시보 효과를 좋아합니
다. 제가 믿는 스스로의 초능력도 플라시보 안에 있을 수 있
겠죠. 플라시보 효과라는 게 믿는 사람에겐 특효약이 되지
만, 믿지 않는 사람에게는 거짓일 뿐이잖아요. 믿지 않는 것
은 자유겠지만 본인이 가질 수도 느낄 수도 없는 일이라고
다른 사람의 희망을 모독하지 마세요. 나의 초능력은 숙달
된 행복 전술이며 불안함의 대안이 되고 행복이 됩니다. 다
만 끈질기게 행복을 선택해 보세요. 당신의 행복한 선택들
은 점점 더 나와 가까워질 것입니다. 그때에 다시 만나면 우
린 더 편안해져 있을 거예요.

---

[☆☆☆☆☆]

기다림이 지치고 해결되지 않아. 게으르고 나태한 의지 때문이
라 해도 이젠 상관없어. 실현되지 않을 소망을 더 이상 붙잡고

있기 힘들어. 가짜. 사기꾼. 악마. 허상.

└ **샐리** : 날 미워하고 믿지 않는 마음이 사라지지 않는다면 우리 서로 피해를 주고받을지도 몰라요. 나를 충분히 활용하세요. 기대 이상으로 홀가분해질 수 있어요. 당신의 소망이 담긴 내 그림, 그 이미지를 기억하고 믿은 뒤 꽤 오랫동안 내버려 두세요. 기다리세요. 느긋하게 기다려 주세요. 편안하게 기다려 주세요. 날 믿어주신다면 우리의 그림은 반드시 당신의 미래가 됩니다.

---

 [★☆☆☆☆]

저는 아직도 어둠 속에 있습니다. 몸과 마음의 병은 모두 낫지 않았고 날 위로해 주던 목소리는 아주 잠시뿐. 당신을 찾아간 날 이후로 여전히 아무도 곁에 없잖아. 쓰레기 같은 그림은 초능력은커녕 그 어떤 대안도 위로도 되지 못했어.

└ **샐리** : 명쾌한 해답? 소망 실현의 수단 등장? 방법과 과정의 증거를 찾으려 애쓰지 마세요. 불신이 끼어들 수도 있거든요. 좀 더 차분하고 따뜻하게 말해주기 싫으면 감정을 빼고 명령하세요. 나의 초능력을 믿어준다면 명령은 실현됩니다. 초능력의 존재는 확실하니까요. 내가 그려준 그림의 장면을 겪게 되어 놀라며 그때 날 믿기에는 늦어요. 그림이 현실이

되기 훨씬 전부터 날 믿어야 초능력을 만날 수 있어요.

나에게 인색하고 예의 없이 굴지 마세요. 조금 더 감정을 순화시켜 주세요. 거짓 어둠을 뒤집어쓰고 거짓 우울을 봐달라 떼쓰지 말아줘요. 애쓰지 말아줘요. 어떤 말을 해도 다 괜찮다 말했던 건 서로가 더 행복해지기 위한 말이었지 서로를 힘들게 하자는 의미가 아니었다는 걸 잘 알고 있잖아요. 위로가 필요하다. 이해가 필요하다. 한두 마디면 충분해요. 당신의 마음이 안전하게 흘러가게 도와줄 수 있어요. 흠집이 공개되지 않아도 되고 억지로 더 큰 어둠을 뒤집어쓰지 않아도 됩니다. 힘듦은 모두 숨아낼 수 있어요. 놀랍도록 깨끗하게. 그리고 안전하게. 두려움은 조금씩 버리고 나를 선택해 주세요. 여전히 나는 당신의 믿음과 소통을 기다립니다.

## 2) 익명의 호평 모음

 [★★★★☆]

똑똑한 논객은 아니지만 언제든 다시 만날 수 있을 것 같은, 고향 같은 사람. 힘듦은 밀어내 주고 마음은 편안하게 받쳐주던 환상의 공간.

 [★★★★★]

인라인스케이트가 꼭 갖고 싶다고 생각했었지만 부모님한테 사달라고 말하지 못했어요. 이 가게에 와서 인라인을 갖게 된 나 자신의 그림을 보고 난 뒤 정말 내 것이 된 듯한 느낌이 들었어요! 그리고 얼마 후 거짓말처럼 인라인을 선물 받았어요! 욕심 부려서 1억을 갖게 해달라 빌었다면 의심이 섞여 이뤄지지 못했겠죠? 감사합니다!

[★★★★★]

삶의 무게를 더 무겁게 짓누르는 위협적인 세상일들로부터 스스로 지켜낼 수 있는 무기를 아주 잘 그려준 사람. 그 무기가 지금 내 손안에 있는 느낌.

[★★★★☆]

감추고 싶은 내 안의 삶을 자연스럽게 스스로 도려내게 만드는 가게예요. 그 도려냄으로 인해 불편함을 느끼기도 했지만 통쾌함을 느끼기도 했어요. 자신을 생생하게 거울처럼 비춰 보여주고 그 거울에 햇빛을 뿌려주어 좀 더 예쁘고 소중한 내 모습을 볼 수 있었어요. 재방문 의사 있어요.

[★★★★★]

처음 가게 안을 들여다보았을 때는 가게의 실체를 의심했어요. 낯설었고요. 마음을 다 열지 않은 표정을 들킬까 조바심도 났었고 비협조적인 태도를 들킬까 조심스러웠습니다. 하지만 생각보다 고요하고 안전하더라고요. 떠들썩하게 복잡스러운 가게 밖과는 판이하게 달랐어요. 실제로 존재하지 않는 방음장치 같은 게 마음에서 마음으로 떠다니면서 소리 내서 말하지 않아도, 마음으로만 말해도 충분히 잘 들어주시는 곳이에요. 진정한 내 편이라는 느낌에 눈물이 났습니다.

[★★★★★]

수많은 질문과 답이 오가고 감정들의 이유와 흔적을 보여줬던 시간이 어쩌면 뻔해 보이고 예상도 했던 시간이었지만 그 지겨울 줄 알았던 절차들이 새롭고 신선했습니다. 진짜 나의 이야기를 이토록 원 없이 편안하게 늘어놓을 수 있다는 게 좋았습니다. 친구들보다, 상담소보다 편안했고 시간의 압박을 받지 않았다는 점이 신기하고 흥미로웠습니다. 그 어떤 방해 요소 없이 떠들어 댈 수 있다는 게 너무 감사했습니다. 소망 실현은 좀 더 지켜봐야 확실히 알겠지만 시간을 멈추게 하는 편안함, 이것만으로도 많이 얻어갑니다.

---

[★★★★★]

한 번쯤은 다시, 처음 이야기하는 것처럼, 처음부터 끝까지 자세하게 말해보고 싶었던 이야기였어요. 하지만 누군가를 붙잡고 다시 그 이야기를 해야 하는 일은 분명 어려움이 많았어요. 잘 기억이 나지 않기도 했고 불분명한 무언가를 선명하게 상기시키기 위해 찌푸려야 했던 과정이 꽤 피곤했었어요. 그럼에도 불구하고 꼭 한 번쯤은 자세히 그 날의 이야기를 꺼내고 싶었죠. 그래야만 내 안에 숨어들었던 어둠들을 꺼내고 속이 깨끗해질 것 같았거든요. 신기하게도 이 가게에서는 모든 일을 생생하게 이야기할 수 있었어요. 힘들게 흐릿하게 변해버린 내 기억들을 나 대신 기억해 주었던 당신은 나의 유일한 영웅입니다.

[★★★★★]

우리 서로 다르지만 또 같아요. 항상 내 편이 되어주세요. 서로를 버리지 말아요.

---

[★★★☆☆]

비밀 이야기와 초능력이 만나 완성된 슬프고 행복한 나만의 그림. 나만 볼 수 있는 선명한 그림.

---

[★★★★★]

질문과 대답이 더 깊어지고 자극적이고 충격적이어도 여기 있고 싶다. 언제까지나.

---

[★★★★☆]

창피하고 추잡하고 속 좁은 민낯, 숨겨두기에 답답했을 진짜 내가 맘껏 펼치는 말과 행동 표정들이 자유롭게 떠다닐 수 있는 곳. 언젠가 꼭 만나고 싶었던 미래의 나도 함께 있는 느낌이 드는 곳. 일상에서 답답한 가면을 쓰고 돌아다닐 때 이곳에서의 솔직한 나를 그리워하게 될 것.

---

[★★★★★]

바로 이해할 수 있는 해답은 없었지만 바로 받아들일 수 있는 마음은 있었다. 의심보다는 호기심과 기대감을 갖게 했고 그런 점이 나를 설레고 편안하게 해주었다.

---

[★★★★★]

증오를 고백했고 후회했으며 변화를 소망했어요. 불신의 가치를 뒤흔들며 나의 마음을 열게 한 사람. 거친 나의 태도와 어둠의 감정은 진짜 내가 아니라고 보여준 사람. 오랫동안 힘듦을 붙잡고 있는 건 내가 아니라 내 안의 어떤 것이었다는 것을 깨닫게 해 준 사람. 내가 나를 선택할 수 있는 힘을 비현실적이고 현실적이게 보여준 사람. 감사합니다.

---

[★★★★★]

감정을 통제할 수 있도록 안내하고 행복을 향해 날 밀어 넣는 곳.

5장

휴업 일지

그대는 그대로 가게를 방문한 사람들의 인생 이야기를 재미있게 보셨나요? 우리는 많은 사람들에게 무관심할 때도 많지만 모르는 사람들의 인생 이야기를 깊이 알고 싶어 할 때도 있잖아요.

버스를 탔을 때 귀에 이어폰을 꽂고 있으면서도 음량을 줄이고 손잡이를 잡고 서서 가는 사람들의 대화 내용에 집중하기도 했어요. 카페에서 친구랑 이야기하면서도 옆 테이블의 손님들이 나누는 이야기에 귀를 쫑긋 세우기도 한답니다. 연락이 끊긴 전 연인이나 전 직장 동료들의 메신저 프로필 사진이 바뀔 때마다 클릭해서 확대해 보기도 하고 프로필 사진이 사라지면 내가 차단된 건지 의기소침해지기도 하고요. 운전 중 길고 긴 신호에 걸렸을 때나 차가 막힐 때는 옆 차선의 자동차 안 사람들은 어디에서 어디로 가는지 궁금하기도 해요.

분위기 좋은 레스토랑에 가서 맛있는 음식보다 더 눈이 가는 앞 테이블의 어색한 소개팅 자리에 정신을 빼앗겨 나와 동행한 지인과는 대화를 하는 둥 마는 둥 하며 소개팅 남녀의 썸 발전 여부에 관심을 둔

적도 여러 번 있어요. 소개팅 남녀의 직업, 나이, "쉬는 날 뭐 하세요?" 같은 뻔하고 오글거리는 질문, 하는 일은 구체적으로 어떤 일인지, 그 일은 어떤 게 구체적으로 힘든지 그리고 정확히 연봉이 얼마인지 물어보는 것은 아니지만 그 일의 전망과 야망에 대해 오가는 긴장감 넘치는 질문들, 주선자의 이야기, 취미와 음식 취향, 고향과 주 활동 지역 등 뻔한 질문들을 몰래 엿듣는 일이 왜 이렇게 재미있는 걸까요.

하지만 사람들의 이야기를 듣고 싶지 않을 때도 있죠. 지하철에서 무서워 보이는 사람들의 대화는 억지로 못 들은 척하기도 해요. 독특한 옷차림을 하고 있거나 특이한 아이템을 갖고 있는 사람을 힐끗 쳐다봤다가 그 사람이 나를 쳐다볼 것 같을 때 얼른 시선을 회피해서 노선표를 보는 척하기도 하며 어딘가 모르게 정신병이 있어 보이는 사람이 지나갈 때에도 있는 힘껏 모른 척하고 관심 없는 척할 때도 있어요. 짐이 많은 날 길거리를 지나갈 때 전단지를 나눠주는 손을 못 본 척하기도 했어요.
　어떤 일인지 제대로 잘 모르겠지만 간절해 보이는 서명 운동을 지나친 적도 있고 모든 영업에 관련된 일들이 의심되는 사람의 목소리와 얼굴, 다가오는 발걸음을 모른 척하기도 했어요. 길을 물어보는 척하며 사이비 종교를 포교하는 방식으로 사람들을 괴롭히는 "도를 아십니까?"를 몇 번 만난 후로는 모르는 사람이 말 거는 건 무조건 경계하게 되더라고요. 슬퍼요.
　또 예전에 이런 일도 있었어요. 자동차가 차도에 서서 길가에 걸어가는 저에게 길 좀 묻는다며 가까이 오라고 손짓했는데 가까이 가보니

양복을 입고 운전하던 아저씨의 하체는 나체였어요. 휴, 정말 이상한 사람이 너무 많죠. 그땐 제가 고등학생 때라 너무 어렸죠. 소스라치게 놀라 멀리 달아났어요. 지금 같으면 "빤스 입고 다녀라, 미친 새끼야!" 라고 소리 지르며 주변 사람들의 시선을 모았을 텐데. 역시 지금의 저는 예전보다 훨씬 단단해지긴 했죠.

아 참, 진짜로 길을 물어보는 사람이면 성의 있고 친절하게 알려드려야 하는 건데. 나쁜 사람들 때문에 착한 사람들이 피해 보는 세상이지만 어쩔 수 없잖아요. 나부터 지켜야죠. 이렇게 무서운 세상에서 매일 착한 사람들만 만나고 행복하면 얼마나 좋을까요. 불행을 만나야 진정한 행복을 알게 된다고 말하는 사람도 있지만 나는 항상 행복하고 안전하고만 싶은걸요. 최대한 그러고 싶어요.

누구에게나 자신의 편이 하나쯤은 있다면 너무 든든하겠죠. 사실 이미 모두가 자신의 편을 갖고 있지만 멀리 있다고 생각해서 못 만나는 경우가 있어요. '뒤안길 0199'로 찾아와 '자초지종'을 눌러보세요. 저 샐리가 대답이 없을 때 저를 크게 부르는 예쁜 누름단추 이름이 자초지종이에요. 이름처럼 색깔도 아주 예쁘답니다.

많은 만남들이 반복되고, 크고 작은 사건들과 감정으로 약해지기도 하고 강해지기도 하며, 그 과정을 통해 얻는 진솔한 소통과 믿음의 힘으로 저 샐리는 무럭무럭 자라나고 있습니다. 원하는 미래를 미리 만나기도 하고 원하지 않은 미래를 만났을 때도 괜찮을 수 있도록 튼튼한 감수성을 키우고 있어요. 못된 마음들을 추적해서 섬멸시키고 희망은 급진적으로 늘리고 있습니다. 이러한 결의들은 이제 점점 더 숙달

되어 모든 인생 안에 포괄적으로 안전하게 찾아갑니다.

굳이 비밀은 아니었지만 일상의 바쁨과 무게로 침묵 밑에 깔고 앉았던 그 납작해진 방석을 이제 잘 펴봅시다. 깔려 있다 해방된 방석처럼 부풀어 오른 이야기들은 엉덩이 밑에 숨어 있느라 지독한 방귀 냄새가 날지도 모르겠네요. 하지만 온몸의 무게를 버틴 온기가 남아있기도 할 거예요. 지독하기도 하고 따듯하기도 한 이야기로 삶의 향을 느끼고 바라볼 수 있는 시간을 가져볼까요. 그 시간을 통해 웃고 울며 새로운 나를 토해내면서 우리는 좀 더 가벼워진 모습이 되고 편안함에 가까워질 거예요.

날씨가 좋아요. 가게 밖을 나와 신나게 걷고 돌아다닐 거예요. 그대는 그대로 가게는 잠시 쉬어갑니다. 근무 중이 아니니까 편하게 반말로 말할게.

오늘은 손님을 받지 않았어. 손님의 자리로 돌아가 앉아 커튼을 걷고 창문을 열었어. 창문을 열면 거울이 있어. 거울을 바라보며 나를 만나. 항상 그 자리에 있었지. 많은 이야기들을 담고 단단해지며 내 편이 되어준 내 안의 수많은 나는 나야. 손님1은 손님1을 만났고, 고객2는 고객2를 만났으며, 방문자3은 방문자3을 만났어. 샐리는 어디에나 있으니까. 모두가 자신 안에 있는 자신을 만났던 거야. 그렇게 나도 오늘 나를 만난 거야.

이 가게는 누구에게나 있어. 누구든 찾아가 마음의 커튼을 열고 자신의 잠재의식과 대화하고 초능력을 발견할 수 있어. 나의 이야기를 누구보다 더 경청해 주고 응원해 주며 해결책을 발견하게 도와주는 잠재의식의 힘은 분명히 초능력을 갖고 있어. 믿지 않아서 이뤄지지 않은 것일 뿐. 진심으로 자신 안의 샐리를 믿으면 무엇이든 이뤄질 거야. 이론적으로 행복해질 수 있는 방법은 이미 많이 알고 있잖아. 당장 해결이 시급한 고민들 속에서 행복이 먼저 현실로 와주길 기다리는 모습은 즐거워야 해. 행복을 기다리는 눈이 슬프면 희망은 무겁고 흐릿해져.

그런데 지금 여기서 내 이야기를 듣고 마음으로 그린 그림을 떠올리고 실감 나게 믿으면 잠재의식은 그림이 미래가 되도록 실행할 거야. 이 마음은 진심이야. 걱정은 잠시라도 없던 일이 되고 내일이 언제나 행복해질 수 있을 거야. 순수한 믿음과 잠재의식의 활용으로 우리는 더 편안해질 수 있어. 그렇지?

잠재의식의 기적에 관한 믿음과 의심 사이에서 혼란을 느낄 때, 하지만 믿고 싶은 마음이 더 클 때 잠재의식의 기적을 믿어보라 설득해보는 판타지.

소망을 마음속으로 그리고, 이미 이뤄진 기분을 미리 느끼고, 원하는 결과를 확신하면 이뤄질 수 있습니다. 초능력은 우리 모두가 갖고 있어요. 순수하게 믿지 않아서 실패한 적이 더 많을 뿐. 초능력으로 우리의 소망이 이뤄질 수 있다는 건 제가 기억합니다.

나와 멀리 떨어져 있는 것 같지만 내 안에 실존하는 공간에 들어가세요. 당신과 샐리의 삶이 맞닿아 있음을 알게 될 거예요. 비밀 장소 같지만 통제 구역은 아닙니다. 시간의 흐름은 중요하지 않아요. 우리는 끊임없이 행복을 선택할 거예요. 오직 나만이 존재하는 이곳에서 조용히 소통하고 차분히 말을 걸어보세요. 친절하고 솔직하게. 허세는 없이. 실수도 없이. 너의 불신은 나의 힐링으로 대체됩니다.

절대로 나보다 먼저 죽지 않을 사람, 나의 모든 감정을 이해하고 공감해 주고 위로해 줄 사람, 나의 행복을 누구보다 간절히 바라며 초능력을 발휘해 줄 사람. 오직 나 자신뿐입니다.

안녕하세요. 그대는 그대로 가게에 오신 것을 환영합니다. 당신이 의심 없이 믿을 수 있는 일들을 선명하게 그려내어 이뤄지도록 도와드릴게요. 하고 싶은 이야기를 꺼내주시면 이야기의 흐름이 당신의 미래에 긍정적으로 각색되도록 필요한 그림을 그려드릴 거예요.

안녕하세요. 당신 안에 있는 잠재의식의 문을 두드린 것을 환영합니다. 당신이 의심 없이 믿을 수 있는 일들을 선명하게 그려내어 이뤄지도록 도와드릴게요. 하고 싶은 이야기를 꺼내주시면 이야기의 흐름이 당신의 미래에 긍정적으로 각색되도록 필요한 그림을 그려드릴 거예요. 생각을 이미지화하고 이미지를 생생하게 믿고 느끼면 수단과 방법이 생겨나고 원하는 미래가 펼쳐질 거예요.

# 그대는 그대로 가게

**초판 1쇄 인쇄** 2021년 07월 14일
**초판 1쇄 발행** 2021년 07월 23일
**지은이** 성혜정

**펴낸이** 김양수
**책임편집** 이정은
**교정교열** 이봄이

**펴낸곳** 도서출판 맑은샘
**출판등록** 제2012-000035
**주소** 경기도 고양시 일산서구 중앙로 1456 서현프라자 604호
**전화** 031) 906-5006
**팩스** 031) 906-5079
**홈페이지** www.booksam.kr
**블로그** http://blog.naver.com/okbook1234
**이메일** okbook1234@naver.com

ISBN 979-11-5778-501-8 (03800)